Kyrie McCauley

Ihr sollt ~~nicht~~ schweigen

© Brittany Frisch

Kyrie McCauley war bereits Kellnerin, Babysitterin, Sängerin und ACLU-Aushilfe und ist jetzt Gewinnerin des William C. Morris YA Debut Awards, Mutter und Autorin. Sie hat einen Master of Science in Sozialpolitik und lebt mit ihrem Mann, ihren Kindern und einigen verzogenen, weil sehr geliebten Katzen nahe Philadelphia. Ihr Debüt *You are ~~not~~ safe here* wurde 2021 für den Deutschen Jugendliteraturpreis nominiert.

Uwe-Michael Gutzschhahn ist promovierter Anglist und Germanist. Er war programmverantwortlicher Lektor in diversen Verlagen und lebt heute als Autor, Übersetzer, Herausgeber und freier Lektor in München. Für sein Gesamtwerk als Übersetzer erhielt er den Deutschen Jugendliteraturpreis.

KYRIE McCAULEY

IHR SOLLT NICHT SCHWEIGEN

Roman

Aus dem amerikanischen Englisch
von Uwe-Michael Gutzschhahn

dtv

Von Kyrie McCauley ist bei dtv außerdem lieferbar:
You are ~~not~~ safe here

Dieses Buch behandelt Themen, die potenziell belastend wirken können. Eine Liste ausgewählter Hilfe- und Anlaufstellen findet sich ab Seite 345.

MIX
Papier | Fördert gute Waldnutzung
FSC® C083411

Deutsche Erstausgabe

Published by Arrangement with Kyrie Mullen
c/o New Leaf Literary & Media, Inc., 110 West 40th Street, Suite 2201, New York, NY 10018 USA
Titel der amerikanischen Originalausgabe: ›We Can Be Heroes‹, 2021 erschienen bei Katherine Tegen Books, an imprint of HarperCollins Publishers, New York

Lektorat: Katharina Herzberger
Umschlaggestaltung und Illustration:
Carla Nagel | buxdesign, München
Gesetzt aus der Sabon LT Pro
Satz: Greiner & Reichel, Köln
Druck und Bindung: CPI books GmbH, Leck
Printed in Germany · ISBN 978-3-423-74102-6

Für Mädchen, denen man sagt,
dass sie zu viel sind für diese Welt,
zu laut, zu eigensinnig, zu sensibel, zu wütend.
Ihr seid genau das richtige Maß für die richtigen Leute.
Findet sie und lasst sie euch rundum lieben.

Und für Andrew, Rowan und Theo.
Danke, dass ihr mich rundum liebt.

WE CAN BE HEROES
STAFFEL 2: FOLGE 13
»DER SHERIFF«

MERIT LOGAN: Herzlich willkommen, liebe Zuhörerinnen und Zuhörer, bei unserem Podcast für Überlebende von Gewalt, ganz in der Tradition der »Take Back the Night«-Demos, die in den 1970er-Jahren begannen und bis heute weiter stattfinden. Ich bin Merit Logan und moderiere die Sendung. In dieser Staffel richten wir unser Augenmerk auf das Thema Waffengewalt und wie sie zu geschlechtsspezifischer Unterdrückung führt. Doch unsere Serie beginnt mit der Geschichte einer jungen Frau namens Cassandra Queen.

[Audio-Clip]

Notrufzentrale: Notrufzentrale. Wie kann ich Ihnen helfen?

Anruferin: Jemand läuft mit einer Waffe rum. Wir haben Schüsse gehört.

Notrufzentrale: Können Sie mir sagen, von wo Sie anrufen?

Anruferin: Von der Highschool. Wir sind in der Schule. Irgendwer schießt.

SHERIFF THOMAS: Das war der schlimmste Tag in meiner ganzen Laufbahn, der absolut schlimmste. Es ist die Art von Anruf, vor der wir uns in diesen Zeiten am meisten fürchten. Irgendjemand, der um sich schießt. Anrufe aus der Bell High School. Unsere Leute in der Notrufzentrale wurden in Sekundenschnelle überschwemmt mit Anrufen. Erst all die Kids mit ihren Handys. Und dann auch noch die panischen Eltern.

MERIT LOGAN: Das war der Sheriff von Bell, einer Stadt, die als das »Zentrum amerikanischer Waffenkultur« bezeichnet wurde – und zufällig meine Heimatstadt ist. Sie soll uns als Fallstudie dienen, wenn wir uns in den nächsten Wochen mit dem Thema Waffengewalt auseinandersetzen. Es ist die Stadt, in der vor fast zweihundert Jahren die Firma Bell Firearms gegründet wurde und seither ihren Sitz hat. Bell ist aber auch der Ort, in dem sich Nicolas Bell, der künftige Erbe von Bell Firearms und des gesamten Familienvermögens, die Waffen seines Vaters schnappte, in die Schule stürmte und seine Ex-Freundin, die siebzehnjährige Cassandra Queen, ermordete.

MERIT: Sheriff Thomas, wissen Sie, wie viele Frauen in diesem Land Monat für Monat von ihren gegenwärtigen oder früheren Partnern erschossen werden?

SHERIFF THOMAS: Ich habe die Zahlen nicht vor mir –

MERIT: Okay, verstehe. Aber dann aus persönlicher Kenntnis: Was erzählen Sie Ihren Beamten bei Schulungen im Umgang mit häuslichen Konflikten – vor allem Fällen von häuslicher Gewalt?

SHERIFF THOMAS: Dass sie niemals allein hingehen sollen. Dass sie immer darauf gefasst sein müssen: Gewalt schlägt schnell um und richtet sich plötzlich gegen sie. Einsätze wegen häuslicher Gewalt sind die lebensgefährlichsten, auf die sie reagieren müssen.

MERIT: Ja, das stimmt. Das entspricht auch den Daten im ganzen Land … aber haben Sie nicht gedacht, dass Cassie in großer Gefahr war?

SHERIFF THOMAS: Ich hatte keinen Grund anzunehmen, sie sei in Gefahr.

MERIT: Hat Cassie geglaubt, sie sei in Gefahr?

SHERIFF THOMAS: Ich kann dazu nichts weiter sagen, Ms Logan. Ich habe Cassandra Queen nicht gekannt. Und Nicolas Bell eigentlich auch nicht.

MERIT: Aber Sie kennen Steven Bell, seinen Vater.

SHERIFF THOMAS: Kein Kommentar, Ms Logan.

MERIT: Das war auch keine Frage, Sheriff Thomas.

[Lange Pause]

MERIT: Also gut, können Sie etwas über seinen Zugang zu Waffen sagen?

SHERIFF THOMAS: Nicos Zugang? Jeder in dieser Stadt hat Zugang zu Waffen. Das ist kein Problem.

MERIT: Kein Problem? Wenn ein Mädchen gestorben ist?

SHERIFF THOMAS: Jeden Tag werden Mädchen getötet, Ms Logan.

MERIT: Aber Sheriff –

SHERIFF THOMAS: Es ist eine schreckliche Tragödie, was mit Cassie Queen passiert –

MERIT: Was ist denn mit Cassie passiert? Hat Cassie Sie um Hilfe –

SHERIFF THOMAS: Aber daran ist nicht die Waffe schuld.

MERIT: Und wer ist schuld, Sir?

WANDBILD 1

TITEL: CASSANDRA

ORT: PLAKATWAND AN DER ROUTE 90

BECK

Beck hatte schon früher oft nachts lange wach gelegen und davon geträumt, dass sie von Aliens entführt würde.

Irgendwann, während sie in den Nachthimmel starrte, schlief sie dann auf der Feuerleiter ein. Verzweifelt suchte sie nach einer Lücke in der Smogschicht, die über der Stadt hing. In dem sehnsüchtigen Verlangen, einen Blick auf die Sterne zu erhaschen. Beck dachte, wenn sie die Sterne sah, dann könnten vielleicht die fernen Sterne auch sie sehen.

Immer wieder malte sie sich aus, wie die Aliens sie zu ihrem Raumschiff beamten. Ihre Lichter so grell. Ihre riesigen, glänzenden Augen, die sie anstarrten. Und sie der eine Mensch. Der eine Mensch auf der Welt, den sie suchten. Sie würden mit langen Fingern durch ihre Haare fahren und darum bitten, ihre schiefen Zähne untersuchen zu dürfen. Sie würden alles Zerbrochene an ihr übersehen und nur das atemberaubende Wesen als Ganzes erkennen. Und in dem Moment – so wie sie ihn sich ausmalte, als sie sechs war – wäre sie etwas Besonderes. Nicht nur hier auf der Erde, sondern auf eine kosmische Weise. Sie würden *sie* auserwählen, nicht obwohl sie vergessen war, sondern gerade weil.

Wer konnte besser eine ganze Spezies erklären als das junge Wesen, das die Gesellschaft verstoßen hatte?

Wer war besser geeignet, eine neue Heimat unter den Sternen zu finden?

Ein Schweißtropfen erreichte ihr Auge und Beck musste vom Brennen blinzeln. Als das nicht half, löste sie eine Hand von der rostigen Leiter, die sie hochkletterte, wischte sich über die Stirn und ließ ihre Locken die Feuchtigkeit einfangen und aufsaugen.

Ihre andere Hand rutschte von der Sprosse und sie fasste schnell nach, um sich auf der Leiter zu fangen. Die Hälfte geschafft.

Hör auf mit der Tagträumerei, sagte sich Beck. *Und schau nicht nach unten.*

Beck schaute nach unten.

Wenn es eine andere Fläche gegeben hätte für ihre Arbeit, eine näher am Boden, hätte Beck sie gern genommen. Aber Bell hat nur eine Werbetafel an der Route 90. Und vierundzwanzig Stunden täglich, sieben Tage die Woche, 365 Tage im Jahr plus den einen in jedem Schaltjahr bewirbt die Tafel das Einzige, wofür diese Stadt bekannt ist: die Schusswaffen der Firma Bell Firearms.

Wenn man Cassie nicht mitzählt.

Aber niemand will *darüber* reden.

Beck schob ihren Rucksack zurecht und hörte das Klirren von Metall auf Metall, als die Farbdosen im Innern gegeneinanderstießen. Oben angekommen, machte sie eine kurze Pause, setzte den Rucksack ab, platzierte sich mit dem Rücken zum Bild auf der Werbetafel und schaute in Richtung Schnellstraße. Kein Auto. Vollkommen still so früh am Morgen. Beck schaute zum Nachthimmel hoch. Neumond. Keine Wolken. Über ihr eine Trillion Sterne und plötzlich fühlte sich Beck wieder als Sechsjährige, klein und unbedeutend. Zurück in der Zeit, ehe Grandpa sie in sein Universum gezogen hatte und ihr einen weichen Landeplatz bot. Bevor Cassie ihr einen Bleistift lieh und ein sanftes Lächeln schenkte an ihrem ersten Tag auf der neuen Schule.

Beck fühlte sich zurückversetzt in die Zeit, als sie anfing. Wie sie auf einem rostigen Metallgitter saß, in den Sternenhimmel starrte und sich fragte, ob es dort draußen irgendwas gab, das auf sie wartete – oder irgendwen. Beck hörte zwangsläufig den Widerhall ihrer Worte, die sie als Kind gedacht hatte, als sie sich nach einem Zeichen sehnte: dass sie nicht allein sei im Universum. *Vielleicht kommen sie ja eines Tages und holen mich.*

Und sie fragte sich unweigerlich, ob auch Cassie jetzt irgendwo da draußen war.

Der Plan für heute Nacht war bescheuert, selbst für Becks Standards. Wahrscheinlich würde man sie irgendwann verhaften, was sicher niemanden überraschte. Aber die Werbetafel war das Letzte, was man von Bell sah, wenn man die Stadt verließ, und was jetzt die Wand zierte, war ein Hohn.

Beck reckte den Hals und betrachtete die vertraute Wand mit der alten Schreibmaschinenschrift.

Bell Firearms. Gegründet 1824.

Die Maske lag passend auf ihrem Gesicht, Beck kniff sie noch mal an der Nase zusammen, zur Sicherheit. Das war Grandpas einzige Regel beim Sprayen: Pass auf dich auf. Schütz deine Lunge. Ratschläge, die wie ein Dolch wirkten nach seiner Diagnose.

Beck spürte die Weite der Dunkelheit in ihrem Rücken. Ihre Höhenangst war ein hohles Gefühl in den Fußballen. Es war das Gefühl zu stürzen, obwohl sie genau wusste, dass sie noch immer dastand, ganz sicher, vierzig Zentimeter von der Kante entfernt.

Aber das ist das Problem mit der Angst. Du kannst dir

nicht einreden, dass sie unsinnig ist. Es ist ein Instinkt. Hat was mit Überleben zu tun.

Cassie hätte mehr Angst haben sollen.

Der Gedanke zerrte an Becks Finger auf dem Sprühkopf der Dose und sie begann die Bell-Werbung mit weißer Farbe abzudecken, bis sie bloß noch eine leere Leinwand bildete. Dann tauschte sie die Dose gegen eine andere, skizzierte in schwarzen Linien die Form eines Kiefers, einer Nase, zeichnete das dunkle Geflecht ihrer lockigen Haare nach. Schließlich ergänzte sie ein wenig Blau für ihre Augen. Einen rosa Klecks für die Wangen. Beck sprayte sie als die griechische Prophetin Cassandra – Cassies Namensgeberin –, mit Goldglanzblättern wie Federn in die Haare gesteckt. In der Mythologie sah Cassandra die Vernichtung voraus, doch niemand hörte auf sie.

Ohne Absicht hatte Beck sie mit einem kleinen Lächeln gemalt. Cassie, die so gerne lachte.

Etwas wand sich in ihr bei der Erinnerung, kurz und zerrend wie eine sich drehende Ratsche, die eine Schraube spannt.

Es hieß, Cassie habe gelächelt, als sie starb.

CASSIE

Du suchst nicht den Ort heim,
wo du gestorben bist.
Das gibt es nur in Horrorfilmen
und Schauerromanen.

Geister lungern dort rum,
wo sie getötet wurden –
man ihnen das Leben raubte.
Ich hasse das.
Warum sollte ich
je zurückkehren
in jene Zeit,
an jenen Ort?
Den Ort, der mir
alles nahm.

Stattdessen suche ich den Ort heim,
wo ich gelebt hab,
gelacht hab,
den Ort, wo ein Teil von mir –
eine Seele? Was weiß ich?
Ich weiß nicht mehr richtig,
was *ich noch glaube,*
aber irgendetwas von mir
kehrte hierhin zurück
und monatelang

versuchte ich zu sprechen,
gesehen zu werden oder gehört.

Aber ich bin nur hier, unsichtbar,
in einem seltsamen, sanften Dazwischen,
weder lebendig noch tot,
meistens gelangweilt.

Willkommen im Nachleben
der Cassandra Queen.

VIVIAN

Überall war Blut.

Vivian griff nach einem frischen Paar Handschuhe und zog sie hoch, dass sie gegen die Handgelenke klatschten.

»Was für ein Chaos«, sagte Matteo, während er den Eimer füllte.

»Ist schon spät und du hast morgen früh noch eine Schicht. Ich kann das allein aufwischen«, sagte Vivian und griff nach dem Eimer, doch er hielt ihn außer Reichweite.

»Nee, ich helf dir. Geht schneller«, beharrte er. Matteo holte bereits den neongelben Eimer, den für gefährliche Stoffe. In ihrem Bereich bedeutete das immer Körperflüssigkeiten. Blut.

Der Anruf kam zehn Minuten vor ihrem Schichtende rein. Ein Autounfall. Nicht der schlimmste, zu dem sie beide gerufen wurden, aber kritisch, als sie am Unfallort eintrafen.

Matteo stoppte die Blutung. Vivian belebte das Opfer wieder.

Jetzt sah der hintere Teil des Krankenwagens aus wie ein Tatort und nicht wie ein Ort, an dem gerade Leben gerettet worden war.

Vivian arbeitete still vor sich hin, wrang wieder und wieder den Wischlappen aus. Das Blut machte ihr nichts mehr aus. Weder der Geruch noch das glitschige Gefühl des Bluts an ihren Handschuhen. Sie tat so, als wenn es geschmolzenes Metall wäre. Oder ausgelaufenes Öl. Irgendeine andere kostbare schmierige Flüssigkeit.

Sie betrachtete bei der Arbeit das Wasser. Wie es jedes Mal weniger trüb braun wurde, wenn sie es ausschütteten, bis es zuletzt richtig sauber war. Weggespült, als ob es die Nacht nie gegeben hätte.

Als ob.

Vivian winkte Matteo auf dem Parkplatz zum Abschied und stieg in den alten Honda Civic ihrer Mom. Sie hatte vorgehabt ab August mit dem Wagen zum College zu fahren. Jetzt benutzte sie ihn für den Weg zur Feuerwache und zurück, wenn sie Schicht hatte.

Vivians ganzer Kopf tat weh vom Ziehen ihrer zu straff geflochtenen Zöpfe, die sie die komplette Schicht über trug, und sie wollte sie einfach nur noch lösen. Doch sie wusste, sobald sie die Haare lose herabhängen ließe, würden sie bei der Julihitze sofort an Nacken und Rücken kleben.

Sie sollte sie abschneiden. So wie sie auch alle anderen alten Zöpfe ihres Lebens abgeschnitten hatte. Wie zum Beispiel das College. Wie ihren Traum, an eine medizinische Hochschule zu gehen.

Wie Beck.

Die gelbe Benzinlampe leuchtete auf, als sie den Motor anließ.

»Scheiße«, sagte sie und lehnte den Kopf gegen das Lenkrad. Sie warf einen Blick auf die Uhr im Armaturenbrett. Alle Tankstellen im Ort hatten geschlossen. Die einzige, die 24 Stunden offen war, lag an der Schnellstraße, auf halber Strecke nach Tannersville.

Aber mit einem Balken würde sie es bis dort schaffen. Sie hatte das schon öfter gemacht.

Vivian griff nach dem Handy, während sie vom Parkplatz des Polizeireviers fuhr. Sie brauchte nicht die Stimme ihrer Mutter im Schädel, die ihr erklärte, sie solle beim Fahren nicht mit dem Handy rumspielen – sie hatte als Rettungssanitäterin selber genügend Unfallopfer gesehen. Aber ohne Musik war die Chance groß, dass sie auf der Route 90 am Lenkrad einschlafen würde. Und solche Unfälle hatte sie auch zur Genüge gesehen.

Früher hatte Vivian beim Fahren meist True-Crime-Podcasts gehört, aber das ging nicht mehr. Stattdessen scrollte sie zu ihrer Playlist der lautesten Songs, so eine Art monströses Alternative-Rock-Gekreisch. Die Playlist war nicht mal ihre. Sie stammte von Beck. Die Musik, die sie teilten, gehörte für Vivian innerlich zu der Kategorie *Hör dir das niemals an, wenn du dich nicht von Gefühlen überwältigen lassen willst*, doch heute war sie dankbar dafür. Für die Lautheit. Dafür, dass sie alles andere auslöschte. Es dämmerte ihr, dass Beck wahrscheinlich genau aus dem Grund diese Musik liebte. Sie hatte immer Erinnerungen gehabt, die sie lieber abblockte.

Vivian hatte sie erst seit März.

Der Highway war auf beiden Seiten von Sonnenblumen gesäumt, die im Spätsommer, nur noch ein paar Wochen vor dem Fest, sehr hoch standen. Vivian kurbelte die Fenster runter. Die Sommerhitze gab der Luft etwas Verbrauchtes und Schweres, doch Vivian fuhr schnell genug, dass eine leichte Brise in den Wagen hereinwehte. Auch wenn sie nicht frisch war, hatte sie doch irgendwas an sich und ließ Vivian die Sonnenblumen riechen. Sie rochen nicht süßlich wie andere Blumen. Sie rochen nach Erde. Die Sonnenblumen erinnerten Vivian an Cassie. Als Kinder waren sie so schnell wie nur möglich zwischen den Sonnenblumen hindurchgerannt und es kümmerte sie nicht, wenn ihnen die papierdünnen Blätter in die Arme und ins Gesicht schnitten. Sie waren auch in den letzten Jahren so zwischen den Blumen hindurchgerannt, aber gewöhnlich nur, wenn sie vorher heimlich ein paar Drinks aus der elterlichen Hausbar getrunken hatten.

Plötzlich entdeckte Vivian eine Gestalt auf dem Sockel der Werbewand weiter vorn und wäre fast von der Straße abgekommen.

Wollte die Person etwa *springen*? Und selbst wenn nicht, konnte sie runterstürzen. Und bei der Höhe würde sie übel verletzt.

Vivian hielt auf dem Standstreifen. Noch im selben Moment war sie aus dem Wagen und ihre Ausbildung als Unfallsanitäterin setzte ein. Ihr Training, das Adrenalin zu ihrem Vorteil zu nutzen. Schneller zu denken, zu reagieren. Schnell genug, um ein Leben zu retten.

Das Training, das nützlicher gewesen war, als man von einer Achtzehnjährigen annehmen konnte, damals vor fünf Monaten, als sie eine Klassenkameradin noch anleitete, ihr einen Druckverband ums Bein zu legen, bevor sie selbst bewusstlos wurde.

Das war der Tag gewesen, an dem Vivian begriff: Du kannst alles Training der Welt haben. Jeden Menschen zu retten gelingt dir trotzdem nicht.

Aber heute Nacht, als sie den Boden unter dieser Plakatwand erreichte, erstarrte sie, das Adrenalin stockte vor Schock. Es war, als wenn sie sie durch die Erinnerung heraufbeschworen hätte. Nicht die potenzielle Springerin, von der sie vage begriff, dass sie gar nicht springen würde, sondern eine Kriminelle war, die auf die Plakatwand sprayte.

Es war das Wandgemälde, das sie plötzlich stoppte.

Vivian erkannte das gesprayte Gesicht direkt über ihr sofort. Dicke, dunkle Farblinien formten die Kieferpartie, ihre Augen, ihr dunkles Haar, das in Wellen herabfiel, umgeben von einem goldenen Stirnreif.

Und die Augen stimmten genau – ein helles, eisiges Blau. Dieser leichte Schwung eines Lächelns, das fast nie aus ihrem Gesicht verschwand. Und eine unvergossene Träne, genau im Augenwinkel.

Der andere Teil des Wandbilds war das, was sie umbrachte: dicke Linien, die die schmucklose Form einer Gewehrkugel bildeten. Auf der Seite der Kugel standen vier Buchstaben: *B-E-L-L.*

Bell Firearms war verschwunden.

Überdeckt von einem Cassie-Porträt und den Worten in Schreibschrift darunter: *Collige Virgo Rosas.*

Vivian kannte das Zitat, aber nur, weil Cassie es ihnen mal erklärt hatte. *Es bedeutet: »Pflücke, Mädchen, die Rosen.« Pflück deine Blumen, solange du es noch kannst.*

Cassie hatte es *ihnen* erklärt. Als sie alle zusammen waren.

Vivian begriff, dass es nur einen Menschen gab, der das hier gesprayt haben konnte. Jemand, den sie seit Monaten mied.

Was *dachte* sie? Vandalismus? Und sie wusste, wie sehr Beck Höhe hasste.

Es gab nur einen Weg, es rauszufinden.

»Beck!«, schrie Vivian. »Was tust du?«

Die Gestalt über ihr wirbelte herum und ließ eine Farbdose fallen, die über den Rand rollte. Vivian trat zur Seite, als die Dose nach unten stürzte, und ließ sie schadlos dort landen, wo sie gerade selbst gestanden hatte.

Beck zog die Maske ab und kauerte auf dem Sockel. »Vivian. Du hast mich zu *Tode* erschreckt. Wo kommst du überhaupt her?«

»Von der Arbeit. Komm da jetzt runter, *sofort*, oder ich ruf die Cops.«

»Das ist doch Bullshit, selbst in deinen Augen. Das weißt du genau.«

Vivian entsperrte ihr Handy, wedelte mit dem leuchtenden Display in der Luft. »Fünf! Vier!«

»Ist ja gut! Ich komm schon.«

Beck murmelte etwas vor sich hin, aber Vivian hörte es nicht. Wahrscheinlich ein Schimpfwort. Beck hatte immer Schimpfworte für sie parat.

Sie brauchte ein paar Minuten, um runterzuklettern, doch dann stand Beck da, direkt vor Vivian. Es war das erste Mal seit der Beerdigung, dass sie sich von Angesicht zu Angesicht gegenüberstanden.

Es fühlte sich an, als wäre es gestern gewesen.

Es fühlte sich an wie tausend Jahre her.

»Hi, Vivian«, sagte Beck. Die wilden roten Locken quollen aus einem unordentlichen Knoten und umrahmten ihr Gesicht. Sie war von Schweiß und Farbe bedeckt, die Maske hing ihr noch lose um den Hals. Ihre Sachen waren von Farbspritzern übersät, aber nicht erst seit heute. Man sah mehr Farbe als Jeansstoff an ihrem Overall.

»Beck«, sagte Vivian. *Typisch Beck*, dachte sie. Macht mal wieder irgendwas Dummes, Gefährliches und völlig Unnötiges.

Doch dann schaute Vivian zurück zu dem Wandbild. Zu Cassie. Vivian wusste, was es für Beck mit ihrer Höhenangst hieß, da raufzuklettern. Wusste, dass Beck es für Cassie tat.

Vielleicht war es ja gar nicht so unnötig.

»Pass auf, ich ruf nicht die Cops. Hör einfach auf und fahr jetzt nach Hause, okay?«

»Okay, Boss«, antwortete Beck mit einem sanften Lachen.

»Findest du das witzig?«, keifte Vivian. Es war eine lange Schicht gewesen. Die Arbeit als Sanitäterin machte sie fix und fertig, sowohl emotional als auch körperlich. Deshalb hatte sie sich dafür entschieden. Damit sie zu müde zum Nachdenken war.

Aber heute Nacht wollte sie einfach nur duschen und schlafen.

»Hätte nie gedacht, dass ich den Tag erleben werde, an dem du mein schlechtes Benehmen nicht weitersagst.«

»Tja, Glückwunsch. Hast einen Freifahrtschein, aber nur wegen totaler Erschöpfung«, antwortete Vivian und drehte sich um. »Fahr nach Hause, Beck.«

Vivian stieg in ihr Auto und fasste nach dem Schlüssel. Doch die Zündung war schon an.

»Nein. Nein, nein, nein, nein.«

Sie betete für fünfzehn Sekunden zu sämtlichen Göttern, die ihr in den Sinn kamen, dann probierte sie die Zündung erneut. Nichts. Absolut, gnadenlos null Benzin mehr.

Vivian starrte auf ihr Handy, das auf dem Beifahrersitz lag. Als ob sie auch nur die geringste Wahl hätte. Sie griff nach dem Handy und öffnete ihre Textnachrichten. Sie scrollte eine Weile, ehe sie merkte, dass es das, was sie suchte, überhaupt nicht gab.

Es gab keinen Nachrichtenverlauf zwischen ihr und Beck. Keinen zwischen ihnen allein. Wenn, dann nur Gruppen-Chats mit Cassie. Sie scrollte wieder hoch. Die

Nachrichten waren noch da. Datiert auf den Morgen, an dem Cassie starb.

Vivian rief stattdessen Beck an.

»Meinung geändert? Rufst du jetzt doch die Cops?«, fragte Beck statt einem Hey.

»Mein Auto springt nicht mehr an. Nimmst du mich mit?«

»Scheiße, ja. Ich dreh um.«

Vivian beendete den Anruf. Das Display leuchtete auf und zeigte den Chat der drei. Das Gespräch, das sie nicht einfach löschen, aber auch nicht noch einmal lesen konnte.

Das Letzte, was Cassie geschickt hatte, war ein Sponge-Bob-Meme.

CASSIE

Es war immer
der schönste Teil des Tages –
mit Beck und Vivian zusammen
zur Schule zu fahren.

Becks wütende Musik und
Vivians wütender Blick.
Die zwei Menschen,
die ich in diesem Leben am meisten liebte
und die sich gegenseitig kaum tolerierten,
aber es trotzdem taten
wegen mir.

Manchmal
gelang es mir, sie beide
gleichzeitig zum Lachen zu bringen.
Ich weiß nicht wieso, doch
es war wie Magie und ich fühlte
mich dann am meisten geliebt.

Von da also kam ich,
als ich starb:
aus Becks Wagen.

BECK

Beck drehte auf dem Highway um, hielt hinter Vivians Wagen und ließ den Motor im Leerlauf.

Als Vivian in das Scheinwerferlicht von dem alten VW-Bus trat, sah Beck sie in dieser Nacht zum ersten Mal klar und deutlich. Zum ersten Mal seit Monaten. Vivians braune Haare waren zu denselben straffen Zöpfen zusammengebunden, die sie jedes Mal getragen hatte, wenn sie ihre Bahnen lief. Sie sah aus wie immer, die dichten braunen Augenbrauen tief in Gedanken zusammengezogen, als wenn sie alles, was sie sah und hörte, bis ins kleinste Detail analysieren würde.

Becks Hand glitt über das große Lenkrad und sie wandte gerade genug Druck auf, um die Hupe leicht tönen zu lassen. Vivian zuckte erschrocken zusammen, dann zeigte sie ihr den Mittelfinger, während sie an den Scheinwerfern vorbeischaute.

Beck konnte nie widerstehen. Vivian war seit jeher einfach viel zu leicht reizbar.

Außerdem, so war es immer zwischen ihnen gewesen. So würde es weiter sein, wenn das Universum überhaupt irgendeinen Scheißsinn machte.

Vivian stieg in den Bus und murmelte leise: »Danke.«

»Keine Ursache«, antwortete Beck.

»Können wir schnell ein bisschen Benzin holen, damit ich nach Hause komme? Wir müssen auch gar nicht reden«, sagte Vivian.

Beck sagte nichts und fuhr los.

Es gab keinen Anschluss für ein Handy und auch kein Bluetooth in dem alten Schlachtross von Bus, so einem klassischen VW-Bus, den Becks Grandpa in einem heruntergekommenen Zustand – aber billig – entdeckt und gemächlich über die Jahre restauriert hatte. Als Beck vierzehn war, ließ er sie die Farbe für eine neue Lackierung aussuchen. Sie entschied sich für Goldgelb. Die Farbe der Sonnenblumen. Als sie dem Wagen einen Namen geben sollte, nannte sie ihn *Betty*.

Dann, an ihrem sechzehnten Geburtstag, überraschte er sie mit dem Schlüssel.

Wenn irgendwer Tribeca Jones mit sechs Jahren, als sie zu ihrer Errettung die Sterne beobachtete, erzählt hätte, dass eines Tages jemand ein Auto liebevoll restaurieren würde, nur damit sie etwas zum Fahren hatte … also, da hätte sie wahrscheinlich gesagt: »Danke, aber behalt den Wagen und stell vielleicht besser etwas zu essen in den Kühlschrank oder hilf meinen Eltern trocken zu werden.«

Die sechsjährige Beck war womöglich noch wütender gewesen als die Beck im Teenager-Alter. Geradezu ungezähmt.

Aber Beck liebte den alten VW-Bus mehr als die meisten Menschen und es machte ihr absolut nichts aus, dass er bloß Musik aus dem Radio spielen konnte, und das auch nur, wenn er gerade Lust hatte.

Als Beck in dieser Nacht einen Sender suchte, versetzte Betty ihnen einen unerwarteten Schlag in die Magengrube, indem sie ausgerechnet einen von Cassies Lieblingssongs spielte.

»Scheiße«, sagte Beck und griff erneut nach dem Drehknopf, aber Vivian hielt ihre Hand zurück.

»Schon gut«, sagte sie mit leiser Stimme. »Lass ruhig.«

Eine Minute verging ... die Musik zu fröhlich für das Gefühl, das sie in den beiden Mädchen auslöste.

Es schien, als ob Cassie da wäre, bloß einen Moment entfernt und nicht fünf Monate. Für einen Augenblick hätte Beck schwören können ein vertrautes Summen zu hören. Mehr als alles andere hatte Cassie zu singen geliebt. Sie hatte immer auf der Rückbank gesungen oder zur Radiomusik mitgesummt.

»Das Wandbild ist wunderschön«, sagte Vivian plötzlich wie aus dem Nichts und holte Beck aus der Vergangenheit zurück.

Beck schaute zu ihr hinüber, aber Vivian hatte den Blick gesenkt und sah zu, wie sie die eigenen Hände im Schoß zusammenbog. Wann immer sie Angst hatte, nagte sie an den Fingernägeln, bis es blutete, so wie jetzt. Beck fasste hinüber, ihre Hand landete auf Vivians, und stoppte sie.

»Sie hätten es nicht hängen lassen sollen«, sagte Vivian. »Das war ... keine Ahnung. Einfach nur grausam.«

»Niemanden interessiert, ob es grausam ist, Vivian. Das Einzige, was die Leute interessiert, ist, dass es in Bell genug Jobs gibt.«

»Ich glaube, es ist komplizierter«, widersprach Vivian.

»Ich nicht«, antwortete Beck in zu scharfem Ton. Sie war nicht auf Vivian wütend. Diesmal nicht. Beck versuchte einen weicheren Ton zu finden, ehe sie weitersprach. »Es ist unheimlich, die Musik zu hören, ohne dass sie dabei ist.«

»Es ist, als ob ich Cassie hören könnte.«

Aber Beck hörte es auch.

Das Summen.

Diesmal deutlicher.

»Lass das, Beck.« Vivians Stimme kippte, als sie ihren Namen sagte, ihre Wut biss sich durch das Wort.

»Das bin ich nicht. Das wär krank«, antwortete Beck. Es gab tausend Sachen, mit denen sie Vivian gern quälte, aber nicht mit Cassie.

Beck bremste ab und hielt auf dem Seitenstreifen, um zu horchen. Wenn sie allein gewesen wär, hätte sie es auf die Erschöpfung geschoben. Hatte sie das nicht in den anderen Nächten immer gemacht? Als sie glaubte … etwas zu hören? Es abgetan als Sehnsucht und Trauer.

Der Refrain setzte ein.

Eine Stimme schmetterte ihn – und die Stimme kam von hinten aus dem Bus.

Sie wirbelten gleichzeitig herum. Zuerst glaubte Beck, sie müsse von der Plakatwand gestürzt und so hart mit dem Kopf aufgeschlagen sein, dass sie entweder tot oder bewusstlos war. Aber Vivian saß ganz real neben ihr und strahlte Wärme aus, nach so vielen Monaten. Und das hier war kein Traum.

Auf der Rückbank des Busses, nur ganz schwach in dem Dunkel, erkannte sie eine Silhouette.

Einen Schatten, in Gestalt eines Mädchens.

Aber der Schatten bewegte sich, kam ihnen näher. Der Schwung der Kieferpartie war vage zu erkennen, aber das meiste nicht. Die Haare, wie sie an ihr herabfielen, waren nicht mehr als eine Welle aus Schwarz.

Doch ihre Augen besaßen das gleiche leuchtende Blau.

Das Singen brach ab und die Augen waren auf Beck und Vivian gerichtet. Sie wirkten unnatürlich weit aufgerissen ohne das Gesicht, das sie umrahmte. Und dazu bloß diese weiche, durchsichtige Form eines vertrauten Lächelns.

Cassie.

VIVIAN

Vivian hatte nie Angst vor Gespenstern und Monstern unterm Bett gehabt.

Sie hatte nie an Feen geglaubt. Nicht mal an die, die kommt, um Zähne einzusammeln. Schon von Kindheit an, seit sie den Unterschied begriff, hatte sie die Wissenschaft der Dichtung vorgezogen und die Wahrheit dem Märchen. Vivian hatte kein einziges Mal den Nachthimmel nach Ufos abgesucht oder wegen einer Geistergeschichte nicht einschlafen können. Denn Geistergeschichten waren nicht real.

Nur dass sie sich jetzt plötzlich in einer Geistergeschichte befand.

Vivian tastete vorn durch den VW-Bus, ohne den Blick von der Rückbank zu nehmen, bis ihre Hand Becks Arm fand.

»Beck, siehst du …?«

»Ja, ich seh sie.«

»Ehrlich?«, fragte Cassie und kletterte – schwebte? – auf die mittlere Bank. Vivian erkannte jetzt mehr Details, doch sie waren instabil, kurz da und dann wieder weg. Wie die Wimpern auf der Wange oder das dunkle Indigo ihrer Jeansjacke, die sie getragen hatte, als sie starb.

»Was geht denn hier ab?«, fragte Beck. Sie streckte den Arm aus und Vivian sog scharf die Luft ein, als Becks Hand durch Cassies kaum vorhandenen Arm glitt. »Wieso?«

»Wie?«, fragte Vivian.

»Ich weiß nicht, wieso«, antwortete Cassie. Die Stimme war das einzig Stabile an ihr. Sie hörten Cassie, als ob sie wirklich neben ihnen säße. Was aber unmöglich war. »Ich weiß auch nicht, wie. Ich bin schon eine ganze Weile hier, auch wenn ihr mich nicht sehen, nicht hören konntet. Erst seit ihr zwei …«

»Seit wir zwei zusammen da sind«, ergänzte Vivian den Satz. Ihre Hand lag noch immer auf Becks Arm, als ob sie sich an etwas – an jemandem – festhalten müsse, um sich zu überzeugen, dass das hier real war und kein weiterer dieser Albträume, die sie seit März heimsuchten.

Sie drückte ihre Finger zusammen und kniff Beck.

»Au!«, schrie die und zog ihren Arm weg.

»Will nur sicher sein, dass das kein Traum ist«, sagte Vivian, ohne Cassie aus den Augen zu lassen.

»Aber doch nicht so«, antwortete Beck und rieb sich den Arm.

Cassie lachte.

Und dann kümmerte sich Vivian nicht mehr um ein *Wieso* und *Wie*. Sie wollte das gar nicht mehr hinterfragen, sondern nur von Neuem dieses Lachen hören. Dieses Lachen, das sie seit dem 15. März, als es ihr gestohlen wurde, so sehr vermisst hatte, jeden Moment.

»Ich bin nur nachts da«, sagte Cassie. »Tagsüber bin ich zu … waberig. Ich bin nirgends. Es gibt dann nur meine Gedanken.«

»Das versteh ich nicht«, sagte Vivian.

»Ich auch nicht«, stimmte ihr Cassie zu. »Tut mir leid, wenn ich euch einen Schrecken eingejagt hab. Ihr habt mich vorher nie gehört.«

»Ich hab dich summen hören«, sagte Beck. »Hab nur

nicht gedacht, dass es real ist. Oh, Cassie, wir haben dich so vermisst.«

Die Geistergestalt Cassie drehte sich zum Fenster. Draußen gab es nichts als endlose Felder von Sonnenblumen.

»Wie geht es meiner Familie?«, fragte Cassie.

Zerbrochen, dachte Vivian.

»Sie ... geben sich alle Mühe, Cassie«, antwortete sie stattdessen. »Sind von hier weggezogen, zurück in die Stadt, wo deine Großeltern wohnen.« Das stimmte, doch es war nicht die ganze Wahrheit.

»Schön«, sagte Cass. »Das ist sicher das Beste.«

Ein Lichtschein drang in den noch immer dunklen Bus. Die Sonne ging auf.

»Ich werde wieder verschwinden«, sagte Cassie. »Seht ihr?«

Sie beugte sich vor und ließ den Schatten ihres Arms durch den Lichtstrahl gleiten, wo er verschwand. Bevor Vivian und Beck protestieren konnten, hob Cassie die Hand. »Doch ich versuche zurückzukommen. Heute Nacht. Ich denke ... ich denke, vielleicht müsst ihr *beide* da sein. Ich denke, vielleicht müsst ihr zwei mir helfen.«

»Helfen wobei?« Vivian beugte sich nach hinten, ihre Hände klatschten zusammen, als wenn sie sich davon abhalten müsste, sie weiter auszustrecken, nach Cassie zu greifen und zu versuchen sie festzuhalten.

»Bei dem, was jeder Geist braucht«, antwortete Cassie. »Einen Abschluss.«

»Einen Abschluss?«, fragte Beck. Die Sonne wärmte den Bus auf und erhellte ihn zu schnell.

»Unerledigte Dinge«, erklärte Cassie. »Ich hatte viel Zeit, drüber nachzudenken. Kann mir nicht vorstellen, wieso ich sonst hier bin. Ich weiß nur nicht, was das für Dinge *sind.*«

Vivian wusste es auch nicht.

»Rache nehmen«, flüsterte Beck.

Vivians Kopf schwang herum.

»Nur weil deine ganze Weltanschauung auf wütenden Rachefantasien basiert, heißt das doch nicht, dass es bei allen anderen auch so ist, Beck.«

»Na ja, ganz unrecht hat sie nicht«, widersprach Cassie.

»Rache? Gegen wen?«, fragte Vivian. »Nico ist weg, Cass.«

»Gegen Bell, nehm ich an«, antwortete Cass und ihre Schultern hoben sich zu einem geisterhaften Zucken. Die Bewegung wirkte so lässig, so Cassie-haft. Es schien, als ob sie die Karikatur eines Geists wäre, der seine Spukpflichten nicht genügend ernst nahm. Doch da saß sie, tot – irgendwie –, und bat sie um Hilfe, das unmögliche Geheimnis zu lüften, *wieso* sie hier war, damit sie wirklich loslassen konnte.

Ein Geheimnis, das zu lösen war, ein Geist, ein VW-Bus. Und Beck hatte sicher ein bisschen Gras unter einem der Sitze versteckt. Fast wie in »Scooby-Doo«. Das Einzige, was noch fehlte, war der Hund.

»Was genau meinst du mit Bell? Die Stadt? Die Firma? Mr Bell?«, fragte Vivian.

»Ja, genau«, antwortete Beck.

»Alles«, sagte Cassie, während die Sonne über die Baumkronen stieg.

Und so schnell, wie sie zu ihnen zurückgekehrt war, war sie auch wieder verschwunden.

WE CAN BE HEROES
STAFFEL 2: FOLGE 13
»DER SHERIFF«

MERIT LOGAN: Ein bisschen Hintergrund-Info. Im März brachte Nico Bell, Ex-Freund der siebzehnjährigen Cassie Queen, die Schusswaffen seines Vaters mit in die Schule und schoss auf Cassie, eine Mitschülerin und sich selbst. Die Mitschülerin überlebte. Nico und Cassie starben noch vor Ort. Man könnte argumentieren, dass der kleine Ort Bell eine Hochburg der Waffenbefürworter im Land ist, weil dort seit 1824 die Firma Bell Firearms ihren Stammsitz hat und die Stadt förmlich um die Firma herum entstand. Vierzig Prozent aller Jobs hängen bis heute noch an der Firma Bell. Und Nico Bell sollte das Ganze von seinem Vater, Steven Bell, irgendwann übernehmen.

MERIT: Ich habe noch ein paar weitere Fragen, was die Ereignisse angeht, die zu dem Mord an Cassie führten, Sheriff.

SHERIFF THOMAS: Nun, ich werde versuchen sie zu beantworten. Aber ich weiß nicht viel. Es war eine Jugendliebe, die auf schreckliche Weise schiefging. Einer meiner Beamten hat den Fall damals übernommen. War keine obere Priorität. Keine Ahnung, wieso der Junge das getan hat. Wieso er glaubte, es sei der einzige Weg.

MERIT: Der einzige Weg?

SHERIFF THOMAS: Der einzige Weg, sie zu halten. Was weiß ich? Vielleicht hatte er nicht mal geplant sie zu töten. Vielleicht wollte er ihr bloß … Angst einjagen.

MERIT: Sie glauben, ein Siebzehnjähriger hat die Waffen seines Vaters mit in die Schule gebracht, um einem Mädchen, dem er vorher Gewalt angetan hatte, Angst einzujagen?

SHERIFF THOMAS: Ich sage bloß, dass wir nicht wissen, was in seinem Kopf vorging. Wir hätten seine Absichten unmöglich ahnen können.

MERIT: Sir, haben Sie in letzter Zeit mit Fällen von häuslicher Gewalt zu tun gehabt?

SHERIFF THOMAS: Leider ja. Solche Fälle erleben wir unangenehmerweise häufig.

MERIT: Wie oft? Bloß mal geschätzt.

SHERIFF THOMAS: In Bell etwa dreimal im Monat.

MERIT: Und wie unterschieden sich die Umstände bei Cassie von den anderen Notrufen?

SHERIFF THOMAS: Es war etwas völlig anderes. Keine Erwachsenen. Die beiden waren nicht verheiratet oder lebten zusammen.

MERIT: Das heißt, Sie haben Cassies Fall nicht so behandelt wie andere Fälle von Misshandlungen?

SHERIFF THOMAS: Es gab keinen Fall, Ms Logan. Nico Bell war nicht auf unserem Schirm. Die zwei waren *Kinder.* Wer erwartet denn, dass sich Kinder gegenseitig umbringen?

MERIT: Vielleicht ja die Person, deren Aufgabe es ist, sich mit der Dynamik von Gewalt auszukennen. Und die *Kinder* haben sich nicht *gegenseitig* umgebracht. *Nico* hat getötet. Nur Nico. Sie reden so, als ob beide verantwortlich wären. Aber lassen Sie uns weitermachen, Sheriff. Mit dem Tag, als es passiert ist. Können Sie mir sagen, was Sie von dem Morgen noch wissen?

SHERIFF THOMAS: Es war ein normaler, ruhiger Morgen im März. Wir sind hier in Bell stolz darauf, wie Sie wissen. Niedrige Kriminalitätsrate. Niemand in Bell bricht in Häuser ein. Oder überfällt eine Tankstelle. Denn so gut wie jeder in Bell ist bewaffnet. Das bewahrt den Frieden.

[Lange Pause]

MERIT: ... Wirklich?

SHERIFF THOMAS: Sie wissen genau, was ich meine, Ms Logan. Es *hat* ihn bewahrt. Was sollen wir tun? Jedem die Waffen wegnehmen, nur weil *ein* Mädchen gestorben ist?

CASSIE

Zuerst fühlt sich der Tod an
wie damals mit zwölf
in dem Sommer, als ich
beinah ertrunken wäre im See.

Es war kein Schmerz da,
nur so ein Begreifen,
untergegangen zu sein, bald
keinen Sauerstoff mehr zu kriegen.

Unser Ruderboot sank
genau in der Mitte
des Sees
und ich war noch drin.

Ich versuchte zurück
an den Steg zu schwimmen,
doch ich verkenne
den Weg, meine Kraft.

Und dann spürte ich
Arme um meinen Körper,
die mich an die Oberfläche zogen
und zurück an den Steg.

Die Sonne stand strahlend
am Himmel,
direkt hinter seinem Kopf,
und bildete einen Heiligenschein.

Als die Lokalzeitung
über den Vorfall schrieb,
einen kleinen Artikel auf Seite 4,
nannten sie ihn einen Helden.

Nico.

BECK

Beck versuchte erst gar nicht zu schlafen, als sie nach Hause kam.

Stattdessen stellte sie die Kaffeemaschine an und griff nach den Pillenfläschchen für Grandpa.

Sie zählte die Tabletten ab und sortierte sie in die Medikamentenbox, die sie für ihn im Ein-Dollar-Shop gekauft hatte. Es waren hauptsächlich bloß Schmerzmittel, aber die Dosierung musste eingehalten werden, also zählte sie die Pillen ganz genau und dann noch mal, um sicher zu sein, dass alles stimmte, ehe sie sie in die Box tat.

Beck lehnte ihr Handy gegen ein Glas Orangensaft und durchsuchte die Online-Ausgabe der Lokalzeitung, ob irgendwas drinstand von wegen –

Da war es.

Vandalismus an der Route 90.

Sie las den Artikel nicht, sondern schaltete das Handy aus und schob es gerade in ihre Tasche, als sie plötzlich das wohlbekannte Knarren der dritten Treppenstufe von unten hörte. Im nächsten Moment erschien Grandpa.

Er stellte den Sauerstofftank auf die Kücheninsel gegenüber von Beck.

»Frühmorgens?«, fragte er. »Oder spätnachts?«

Beck hatte schon vor Monaten aufgehört ihre Dinge geheim zu halten.

»Spätnachts«, erklärte ihm Beck.

Grandpa knurrte, doch es klang nicht wie eine Bestrafung. Nach Becks Mom war Jugendrebellion in Form von nächtlichen Sprayaktionen keine große Sache.

»Maske getragen?«, fragte er.

»Klar.«

Grandpa ließ seinen Kaffee zum Abkühlen auf der Arbeitsplatte stehen und holte die Zeitung von der Veranda. Er ließ sie beim Lesen zusammengefaltet und Beck schaute hoch und entdeckte ein auf dem Kopf stehendes, aber vertrautes Motiv.

Ihr Wandbild.

Auf der Titelseite der Zeitung.

»Scheiße«, sagte Beck und bekam einen missbilligenden Blick über den Rand der Zeitung hinweg.

»Was ist?« Grandpa faltete die Zeitung auseinander und schwieg einen Moment, während er las.

»Spätnachts, wohl wahr«, sagte er und legte die Zeitung auf die Arbeitsplatte. »Hat dich irgendwer dort gesehen?«

»Nein«, sagte Beck spontan, dann erinnerte sie sich an ihr *Keine Lügen*-Versprechen, das sie einander gegeben hatten, als Beck bei ihm einzog. »Vivian.«

»Aha«, sagte Grandpa. »Such dir in Zukunft vielleicht lieber weniger auffällige Orte aus.«

»Aber auf der Plakatwand war –«

»Ich weiß, was auf der Plakatwand zu sehen war. Was der Grund ist, wieso ich nicht mit dir *schimpfe*. Sondern dich nur bitte, dir nächstes Mal einen besseren Ort zu suchen. Lass dich nicht erwischen.« Grandpa schaute auf das Foto mit dem Wandbild. »Ist schön geworden, Schätzchen. Gott, ich vermisse das Mädchen.«

Beck stierte in ihren Kaffeebecher, als Grandpas Stimme stockte.

Wenn Cass für Beck wie eine Schwester war, dann war sie für Grandpa eine zweite Enkelin gewesen.

»Kannst du mir heute in der Werkstatt helfen? Hab ein volles Programm. Erst Ölwechsel, dann Inspektion und danach kommt jemand wegen neuer Reifen.«

»Kein Problem, Gramps«, antwortete Beck und trank den letzten Schluck O-Saft aus. »Einverstanden, wenn ich mich vorher kurz hinlege?«

»Der erste Termin ist erst um zehn, hau dich also ruhig aufs Ohr.«

Oben kroch Beck aus ihrem Overall mit den tausend Farbspritzern und danach ins Bett. Sie schaute zur Decke, die in einem wabernden Blau gestrichen und mit Sternen übersät war. Sie hatte sich gewünscht, dass ihr Zimmer wie der Nachthimmel aussah.

Sie wollte gerade einschlafen, als plötzlich ihr Handy klingelte. Beck schaute aufs Display.

»Vivian, ich versuche zu schlafen«, sagte sie.

»Wir sollten uns heute Abend treffen«, antwortete Vivian. »In deinem Bus. Wenn wir beide da sind, kommt sie vielleicht noch mal wieder.«

»Okay, ja. Bei Sonnenuntergang?«

»Der ist um 20.32 Uhr. Hab ich schon nachgeguckt und ...«

»Und?«, fragte Beck. Ihr fielen beim Sprechen die Augen zu.

»Ich hab drüber nachgedacht, was du gesagt hast. Von wegen Rache. Ich bin dabei.«

Beck setzte sich im Bett auf.

»Du?« So schnell hatte sie das nicht von Vivian erwartet. Vivian machte normalerweise erst Pro- und Kontra-Listen und diskutierte endlos. Betrachtete ein Problem erst eingehend von allen Seiten. Und vermied um jeden Preis, Ärger zu kriegen.

Vielleicht gefiel Beck diese neue Vivian ja.

»Okay, gut. Und was machen wir? Die Fabrik abfackeln?«

»Um Himmels willen, *nein*, Beck. Wir fackeln gar nichts ab. Kannst du nicht mal ein bisschen subtiler sein?«

»Nein, stimmt.«

Becks Handy summte. Vivian wollte videocallen. Als Beck einschaltete, sah sie im Hintergrund Vivians Zimmer, das kaum verändert schien. An der Wand hinter ihr standen lauter Regale mit all den nervigen Leichtathletik-Trophäen, Rechtschreibpreisen und Urkunden für lückenlose Anwesenheit im Unterricht, die sie in ihrem Leben gewonnen hatte.

Es war Vivian selbst, die sich in den letzten Monaten verändert hatte. Sie wirkte müde und das nicht nur von dieser einen langen Nacht mit Cassie. Die dunklen Ringe unter den Augen schienen von monatelanger Schlaflosigkeit zu rühren. Und Beck musste es wissen. Die gleichen Ringe grüßten jeden Morgen auch sie aus dem Spiegel. Es war, als ob Cassie sie schon die ganze Zeit heimsuchte, bloß dass sie es bis gestern nicht gewusst hatten.

Endlich waren Vivians Haare auch nicht mehr zu strammen Zöpfen geknotet und umspielten als lange Mähne brauner Wellen ihren Kopf.

Beck überlegte, dass sie vielleicht etwas Nettes zu Vivian sagen sollte.

»Du siehst aus wie ein Vampir«, platzte sie heraus. »Aber wie ein total heißer.«

»Wow, Beck. Danke.«

Beck stand auf und ging zum Fenster. Das Farmhaus

besaß diese alten, bis unten reichenden Erkerfenster und Beck kauerte sich hinein und verschränkte die Beine.

»Wir müssen strategisch vorgehen«, sagte Vivian. Beck sah einen Stift auf Vivians Bett liegen und ein Heft, das randvoll mit Notizen war. Ihr Gehirn arbeitete *nonstop*, selbst hierbei. »Wir müssen Bell da treffen, wo es den Leuten am meisten wehtut.«

»Heißt was?«

»In ihrem Selbstbild«, antwortete Vivian. »Mr Bell wusste, dass Nico Cass bedroht hat. Die Polizei wusste es. Aber niemand hat etwas unternommen. Sie haben die Fabrik über Cass' Leben gestellt. Wir müssen ihnen bloß sagen, was passiert ist.«

»Wem sagen?«

»Allen. Wir müssen es allen sagen, die zuhören.«

VIVIAN

Der Racheplan sah so aus: sechs Kreuze auf einer Karte von Bell.

Die Stellen waren sorgfältig gewählt. Orte, an denen sie arbeiten konnten, ohne erwischt zu werden, die aber trotzdem so sichtbar waren, dass sie tagsüber die Aufmerksamkeit der Leute garantierten. Vivian und Beck wollten, dass ganz Bell sie sah.

Sie trafen sich kurz vor Sonnenuntergang an der Plakatwand. Jemand musste hochklettern, um ein Foto vom ersten Wandbild zu machen, und Beck weigerte sich ein zweites Mal auf den wackeligen Sockel zu steigen.

»Sei vorsichtig!«, schrie Beck von unten, während Vivian die Fotos machte.

»Bin schon fertig«, rief Vivian zurück und stieg die rostige Leiter hinunter. Beck schaute noch immer weg, als Vivian den Boden erreichte, und Vivian tippte ihr auf die Schulter.

»Konnte nicht hinsehen, wie du da oben rumkletterst«, sagte Beck.

Vivian kannte nicht alle von Becks Geheimnissen. Was sie verband, war Cassie, doch sonst nur sehr wenig. Vivian war gut in Sport, eine super Schülerin, die, so schnell sie nur konnte, ihrem Traum entgegenlief. Beck dagegen liebte die stillen Räume. Sie war gern mit ihren Gedanken allein, malte gern, rauchte gern Gras und hatte sich seit jeher mehr dafür interessiert, mit ihrem Grandpa Autos zu reparieren, als für die Schule. Deshalb wusste Vivian nicht, *wieso* Beck solche Höhenangst hatte. Doch ihr war klar, es musste einen Grund geben.

Denn sie hatte sonst nie Angst.

»Und jetzt?«, fragte Beck.

»Jetzt folgt eine öffentliche Ansage.« Vivian rief einen neuen Account auf. Sie hatte den ganzen Tag drüber nachgedacht. Welche Plattformen nehmen und wie nutzen? Sie brauchten Bildmaterial. Dann konnten sie das Wandbild posten und danach Fotos von Cassie. Sie mussten allen das Gefühl geben, Cassie zu kennen. So als wenn der Verlust jeden beträfe, als wenn er der Verlust eines jeden wäre.

Vivian zeigte Beck ihr Lieblingsfoto der Plakatwand und öffnete es in einer Bearbeitungs-App, um das Bild aufzuhellen und die Farbtöne zu ändern. Vivian wusste, dass sie nicht die Künstlerin in diesem abartigen Plan der beiden sein würde, doch sie konnte eine Social-Media-Kampagne organisieren. Sie hatte genügend Erfahrung durch ihre eigenen Accounts, wo sie versuchte ein perfektes Selbstporträt zu kreieren.

Sie konnte die Architektin hinter dem Racheplan sein, komplett bis zur perfekten Ästhetik.

»Erzähl mir was über das Porträt«, sagte Vivian und drehte sich zu Beck um.

»Es zeigt Cassandra aus der griechischen Mythologie. Cassandra war eine Prophetin, aber sie war verflucht. Sie konnte die Zukunft sehen, doch niemand hat ihr geglaubt.«

Vivian gab die Beschreibung unter dem Foto ein, das Ganze von wegen griechischer Mythologie, fügte einen Titel für das Wandbild hinzu – einfach *Cassandra* – und dessen Standort in Bell. Dann markierte sie eine Handvoll

Organisationen, die sich für Waffenkontrollen einsetzten, und taggte alles, was ihr noch einfiel, um das Interesse auf Bell zu ziehen.

#DontForget

#BellGunsKill

#JusticeForCassie

»Okay, dann poste ich's jetzt. Bist du bereit?« Vivian schaute zu Beck hoch und wartete auf eine Bestätigung.

»Ja. Mach. Fackel alles ab, V.«

Vivian verdrehte die Augen und schaute wieder auf ihr Handy.

»Okay, unser erstes Cassie-Wandbild ist … online.«

Sie saßen da und starrten auf das Display mit dem Foto und der kleinen Textblase darunter. Vivian war von ihrem Plan überzeugt gewesen, doch jetzt, nachdem das Bild im Internet war, wirkte alles zu klein. Es schien nicht auszureichen gegenüber so einem Riesen wie Bell.

Die Stille dehnte sich zwischen ihr und Beck. Sie waren es nicht gewohnt, zusammen allein zu sein.

Seit der Beerdigung war es für Vivian unmöglich gewesen, mit Beck zusammen zu sein. Sie war wie eine ständige beißende Erinnerung daran, dass Cassie nicht da war. Nur ein Raum in Cassie-Gestalt, wo sie hätte sein müssen. Und es fühlte sich an wie ein schwarzes Loch, das alles andere ansog. Vivian konnte das Gefühl nicht unterdrücken. Also mied sie Beck lieber.

Sie hätte Beck liebend gern für immer gemieden, wenn Cassie sie beide nicht heimgesucht hätte. »Wusstest du, dass Cass nach ihr benannt ist?«, fragte Beck und unterbrach so die unangenehme Stille. »Cassandra. Deshalb mochte sie diese alten griechischen Stücke und Geschichten so sehr.«

»Erinnerst du dich, wie wir uns mal zu Halloween als Göttinnen verkleiden sollten? Du als Athene mit diesem Fake-Schwert und wie die Kinder alle vor dir weggerannt sind?«, fragte Vivian.

»Das Ding war harmlos, bloß so ein Teil aus Cassies Theaterrequisiten«, antwortete Beck, dann lächelte sie. »Aber sah wirklich echt aus.«

»Wegen dir wurden wir alle nach Hause geschickt.«

»Wir sind zu Cassie und haben den ganzen Nachmittag Süßigkeiten verputzt. Danach ging es uns so schlecht, dass wir nicht mal für Süßes-oder-Saures mehr rauskonnten. Das war ein echt geiler Tag.«

»Wir haben so viel Ärger gekriegt«, sagte Vivian. Es machte keinen Unterschied, ob es mit zwölf Halloween war oder mit sechzehn Partys. Beck hatte sie *immer* in Schwierigkeiten gebracht.

»Wir hatten *Spaß*. Okay, Cassie und ich jedenfalls. Vielleicht findest du ja irgendwann auch noch raus, wie das geht.«

Plötzlich fiel ein Schatten über ihre Gesichter und lenkte Vivian von dem ab, was sie Beck als Nächstes an den Kopf werfen wollte.

»Beck. Die Sonne geht unter.«

Sie sahen beide zu dem VW-Bus.

»Schauen wir mal, ob es klappt«, antwortete Beck.

Während Beck fuhr, suchte Vivian auf ihrem Handy, bis sie den Song fand, den sie im Radio gehört hatten, als Cass in der letzten Nacht aufgetaucht war. Sie waren besessen davon, so wie überdrehte Sportfans, die glaubten, dass irgendein alberner Talisman, den man am Körper trug, ihrer Mannschaft bei einem großen Spiel zum Sieg verhalf. *Das ist Aberglaube*, sagte sich Vivian. *Du glaubst nicht an so was.*

Aber heute Nacht war das egal. Sie wollte kein Risiko eingehen. Nicht wenn es galt, Cassie wiederzusehen.

Beck parkte den Bus auf demselben Highway-Abschnitt, wo Cassie letzte Nacht erschienen war. Aber all das schien gar nicht nötig, denn sobald der Himmel von Gelb in ein Grüngrau überging, hörten sie sie.

»Ich bin hier«, sagte Cass sanft, doch sie klang noch weit weg.

Vivian drehte sich zu der Stimme um und ihre Augen erkannten Cassies Gestalt, zunächst zwar noch schwach, doch je länger sie schaute, desto weniger durchsichtig wurde Cass. Die Jeansjacke tauchte auf und heute war sie so deutlich sichtbar, dass man sogar die Knopflöcher erkennen konnte und all die kleinen Sonnenblumen, die Beck letztes Jahr als Geburtstagsgeschenk auf das Rückenteil und die Ränder gestickt hatte.

»Cassie«, flüsterte Vivian, einen Moment lang wieder in Ehrfurcht erstarrt, ehe sie sich zusammenriss. Sie hatten Dinge zu erledigen. »Wir haben einen Plan. Beck, kannst du zum See fahren, damit wir nicht die ganze Zeit auf dem Seitenstreifen vom Highway stehen müssen?«

Beck ließ den Motor an, legte den Gang ein und fuhr auf den Highway in Richtung Bell Lake. Sie hatten jeden Sommer auf dem Steg des Sees verbracht und sich in der gnadenlosen Sonne gerekelt, bis sie es nicht mehr aushielten und zur Abkühlung ins Wasser sprangen.

Sie waren auch, wenn es kalt war, zum See gefahren. Im Spätherbst und zu Beginn des Frühjahrs.

Es hatte als Strafe begonnen. Cassie hatte Vivian und Beck im ersten Highschool-Jahr gezwungen ein Stück einzustudieren. Vivian *hasste* es und ausnahmsweise schien Beck mit ihr einer Meinung zu sein. Sie wurden ausgewählt, obwohl keine von ihnen singen konnte. Beck schaffte es auch ums Verrecken nicht, den Tanzschritten zu folgen. Aber Cassie hatte darauf bestanden, dass sie weiter mitmachten, damit sie mehr Zeit zusammen verbringen konnten. Die Highschool hatte sie auseinandergerissen.

Für Vivian und Beck waren es drei Monate extremer Demütigung gewesen, die ihren Höhepunkt fand, als Beck Vivian am letzten Abend bei der Schlussverbeugung aus Versehen von der Bühne stieß.

Nach der Vorstellung hatten sie Grandpa gefragt, ob er noch am See halten könne, bevor sie nach Hause fuhren, und Vivian und Beck hatten Cassie über den Steg gezerrt und ins Wasser geworfen, ehe sie hinterhersprangen.

Es war Ende Oktober gewesen und das Wasser eiskalt.

Aber eine Tradition war geboren.

Von da an fuhren sie nach jeder Schlussvorstellung, bei der Cassie dabei war, zum See und sprangen zusammen ins Wasser, sogar wenn es fror.

»Das also ist unser Plan«, sagte Beck, als sie die Automatik des Busses auf P stellte. Der See wirkte dunkel und still, doch sie hatten die Scheiben heruntergekurbelt und Vivian hörte, wie lebendig er im Sommer war – Frösche quakten und irgendwas spritzte durchs Wasser. Beck griff nach dem Notizbuch zwischen den Sitzen und schlug es auf, um Cassie ihre Karte zu zeigen. »Wir haben eine Liste mit Racheaktionen gemacht, die wir durchziehen wollen. Sechs Wandbilder, die ich entwerfe und spraye. Sechs Orte in Bell. Und dazu eine Social-Media-Kampagne, um allen zu erzählen, was dir passiert ist. Die ganze Geschichte, von Anfang an.«

Vivian öffnete ihr Handy. Die Kommentare unter ihrem ersten Post gingen schon los. Viele davon waren liebevoll. Erinnerungen von Schulfreundinnen und -freunden an Cassie. Trauerbekundungen von Fremden.

Und dann entdeckte sie einen von einem Typen, der schrieb: »Dieses Wandbild ist Vandalismus. Weitere Straftaten sind niemals eine Antwort.«

Vivian klickte sich durch sein Profil und sah, dass der Mann auch aus Bell kam. Auf seinen Fotos posierte er peinlich inmitten einer riesigen Waffensammlung.

Beck schaute Vivian über die Schulter und höhnte: »Glaubt ihr, der kompensiert irgendwas mit dem Zeug?«

Vivian drehte das Display zu Cass, die wieder über der Mittelbank schwebte und ihnen über die Schulter schaute.

»Mit solchen Typen kenne ich mich aus«, sagte Cassie und zu jeder anderen Zeit hätten sie wahrscheinlich gelacht. Aber Nico war niemand, über den sie noch lachen konnten. »Warum glaubt ihr, es kümmert die Leute? Es hat sie auch vorher nicht interessiert.«

»Keine Ahnung«, sagte Vivian. »Vielleicht ja nicht. Aber wir müssen ihnen zeigen, dass es *uns* kümmert. *Wir* haben nicht vergessen, was passiert ist. Etwas muss sich ändern, damit es nicht noch mal geschieht.«

»Ihr könnt eine Menge Ärger kriegen, Leute«, warnte sie Cassie. Sie sagte es zu beiden, aber sie sah dabei Vivian an.

Vivian, die Regeltreue.

Vivian, die Einserschülerin.

Vivian, die mit einem Leichtathletik-Stipendium den landesweit besten Vorbereitungskurs fürs Medizinstudium belegen sollte.

Aber Cassie wusste nicht, dass die Vivian-Version, die

sie geliebt hatte, nicht mehr existierte – verschwunden war an dem Tag, als eine Kugel einen Knochen in ihrem Bein zertrümmert und sie so um die Chance gebracht hatte, Leichtathletik zu machen und Bahnen zu laufen. An dem Tag, als eine weitere Kugel ihr blitzschnell die beste Freundin nahm. Und was sollte Vivian sagen? Sie hatte ja versucht dorthin zurückzukommen – zu dieser *besseren* Vivian, doch es fühlte sich an, wie in das Hirn einer Fremden zu dringen und zu verstehen, wie es funktionierte. *Ich kenne sie nicht mehr*, dachte Vivian. *Und ich will sie auch gar nicht kennen.*

»Es ist das Risiko wert«, sagte sie zu Cassie. »Deshalb musst du uns alles sagen. Auch das, was wir nicht wissen. Und dann werden wir der Welt unsere Geschichte erzählen. Wir werden sie dazu bringen zuzuhören.«

»Alles, von Anfang an?«, fragte Cassie.

»Von Anfang an«, antwortete Vivian.

CASSIE

Irgendwie komisch, es den Abend
zu nennen, an dem ich ihn traf,
denn wir waren ja immer zusammen,
in den gleichen Fächern,
eigentlich schon seit dem Kindergarten.

Doch ich erinnere mich an den Abend,
als ich ihn traf.

Ethan Pine war der Regisseur
der Herbstaufführung gewesen:
Die Schöne und das Biest.
Seine Eltern verließen die Stadt,
deshalb machte er eine Party.

Wir drei waren pitschnass,
als wir ankamen.
Lola Talbot nahm mich beiseite,
während wir reingingen.
So eine Scheiße, Cass.
Wann hört ihr drei endlich auf
in den See zu springen?
Es ist November. Ihr holt
euch den Tod und wer
spielt dann im Frühjahr
die Hauptrolle?

Ich lachte.
Denn es war lustig
und der Tod schien so fern.
Keine von uns konnte ahnen,
dass Lola Talbot in
sechzehn Monaten
und ein paar Tagen
dabei sein würde, als ich
in meiner Klasse starb.

Aber an jenem Abend sagte sie:
Nico hat ein Auge auf dich geworfen.
Und ich fragte: Bell?,
was eine absurde Frage war
(es gab keinen andern, keinen, der zählte),
weshalb Lola auch nicht reagierte.

Sie versuchte ihr Bestes
mit meinem Aussehen.
Im VW-Bus hatten wir trockene
Sachen angezogen,
doch meine Haare waren pitschnass.
Lola schimpfte: Du bist ganz blass
und eiskalt wie 'ne Leiche.
Sie zerrte mich über den Flur
Richtung Bad, wo sie wohl Wasser
aus meinen verklebten Locken wringen
und Lipgloss auftragen wollte,
doch es war schon zu spät.
Nico Bell trat in den Weg
und blockierte den Flur.

Er sagte meinen Namen ganz locker,
als ob wir bereits zusammen wären.
Als wenn er wüsste, dass es so sein würde.
Erzähl mir bloß nicht,
jemand musste dich wieder mal
aus dem See
fischen?

Sein Blick war nur auf mich gerichtet
und Lola drückte meinen Arm:
Viel Glück!
Dann verschwand sie.

Ich weiß nicht mehr alles,
was Nico zu mir gesagt hat
an diesem ersten Abend.
Doch ich weiß,
wie ihm beim Reden
die blonden Haare
in das Gesicht fielen.
Er redete viel.
Und ich dachte, es stört ihn nicht,
dass ich so still bin, so schüchtern.
Aber inzwischen glaub ich,
es interessierte ihn
wahrscheinlich gar nicht,
was ich zu sagen hatte.

Er führte mich, schlängelte sich
durch die Party,
zog mich
hinter sich her.

Seine Hand lag so warm
auf meiner.
Und als wir am Bierfass vorbeikamen,
gab er mir eins,
dann gingen wir raus ans Feuer.

Es war nur ein Stuhl noch frei,
auf dem nahm er Platz
und gab mir Zeichen,
mich auf seinen Schoß zu setzen,
was ich auch tat.
Dann zog er sein Sweatshirt aus,
stülpte es mir übern Kopf
und flüsterte in mein Ohr:
Bitte erfrier jetzt nicht, hörst du?
Ich will nicht der Arsch sein,
der schuld ist,
wenn du plötzlich stirbst.

WE CAN BE HEROES
STAFFEL 2: FOLGE 14
»DIE WAFFENEXPERTIN«

MERIT LOGAN: Was ist mit Cassandra Queen passiert? Wenn man den Sheriff von Bell fragt, ging es um eine Jugendliebe, die schieflief – und Nico Bell war kein gewalttätiger Killer, sondern nur ein liebeskranker Romeo. Sheriff Thomas äußerte sogar, dass Nico Bell an dem Tag vielleicht gar nicht vorhatte Cassie zu töten, sondern ihr bloß Angst machen wollte. Um über die Wahrscheinlichkeit dieser Annahme zu diskutieren, habe ich Olivia Ocasio zu We Can Be Heroes *eingeladen. Ms Ocasio hat an der Universität in West Point promoviert, war zu zwei Einsätzen in Afghanistan und ist eine hoch angesehene Scharfschützin und Waffenexpertin. Sie hat bei diversen Anhörungen im Kongress ihre Fachkompetenz zu dem Thema unter Beweis gestellt.*

MERIT: Vielen Dank, Ms Ocasio, dass Sie sich bereit erklärt haben, heute mit mir zu sprechen.

OLIVIA: Nennen Sie mich einfach Olivia.

MERIT: Olivia. Danke. Können wir damit beginnen, dass Sie uns die Waffe beschreiben, die Nico Bell im März in der Bell High School benutzt hat?

OLIVIA: Natürlich. Zunächst will ich aber festhalten, dass er an dem Tag zwei Waffen benutzt hat, was bisher meist verschwiegen wurde. Die erste Waffe war ein Gewehr, das bei Bell Firearms produziert wurde. Es wird mit Kugeln vom Kaliber .223 geladen. Waffen dieser

Art bezeichnet man allgemein als Angriffswaffen oder auch Sturmgewehre.

MERIT: Was unterscheidet ein solches Sturmgewehr von anderen Gewehren?

OLIVIA: In der Form nur wenig. Aber diese Art von Gewehr setzt auf extreme Schnelligkeit und lange, schmale Munition, um das zu bewirken, wofür sie gedacht wird.

MERIT: Und wofür ist sie gedacht?

OLIVIA: Für extremste Verwundung. Die Gefahr dieser Waffen besteht darin, dass sie beim Einschlag zu extrem starken inneren Verletzungen führt. Das können alle Unfallchirurgen bestätigen, die solche Fälle schon mal auf dem OP-Tisch hatten. Der Schaden ist nicht so wie bei einer gewöhnlichen Gewehrkugel und CT-Scans haben den Unterschied noch einmal deutlich sichtbar gemacht. Eine gewöhnliche Schusswunde, wie bei einer Kurzwaffe, zeigt die Geschossbahn im Körperinnern als dünne Linie. Die CT-Scans bei einer Verletzung mit einem Sturmgewehr, wovon wir hier sprechen, zeigen eine weit gestreute Zerstörung – die inneren Organe sind durch die Energie des Einschlags so gut wie vollständig dezimiert.

MERIT: Dann sind diese Gewehre also tödlicher als andere Waffen?

OLIVIA: Tödlicher als Kurzwaffen, ja. Es gibt aber Gewehre, die noch tödlicher wirken. Doch solche, wie Nico sie gewählt hat, werden häufig von Massenmördern verwendet, weil die Munition preiswert und leicht ist. Es ist eine Frage des Zugangs. Eine Frage, wer an solche Waffen herankommt. Weshalb ich mich immer wieder für ein vernünftiges Waffenrecht ausgesprochen habe, das dem gesunden Menschenverstand folgt.

Nicht alle Waffen sind gleich, das sollte die Rechtsprechung immer bedenken.

MERIT: Das ist eine interessante Aussage: *Nicht alle Waffen sind gleich.* Sie führt mich zu meiner nächsten Frage: Können Sie auch etwas zu der zweiten Waffe sagen, die an dem Tag zum Einsatz kam?

OLIVIA: Das war eine Kurzwaffe von Bell Firearms. Technisch nichts Außergewöhnliches, nur dass sie sehr alt war. Wahrscheinlich aus Steven Bells Privatsammlung. Ich denke, sie gehörte einmal dem Firmengründer. Sie war eine wertvolle Rarität. Sicher ein Stück von persönlicher und historischer Bedeutung.

MERIT: Und wieso *zwei* Waffen?

OLIVIA: Das Gewehr wäre über die Länge des Klassenzimmers sehr akkurat und extrem tödlich gewesen. Cassandra wurde damit am Kopf getroffen und war sofort tot. Nico, der mit Waffen groß geworden war, wusste vermutlich, dass er sie überall am Oberkörper hätte treffen können und sie hätte es nicht überlebt. Die Mitschülerin, die auch getroffen wurde, stand jedoch. Die Kugel traf deshalb ihr Bein. Wenn sie in den Bauch oder die Brust gegangen wäre, hätte auch sie sicher nicht überlebt. Und dann hat Nico das Gewehr fallen lassen und sich selbst mit der Pistole erschossen.

MERIT: Mit der Pistole. Dem Sammlerstück.

OLIVIA: Richtig.

MERIT: Okay, lassen Sie uns mal von dem Tag weggehen. Wir haben verstanden, was passiert ist, und wissen über die verwendeten Waffen Bescheid. Unterm Strich kann man festhalten, dass Nico die beiden Waffen vermutlich gezielt auswählte, die eine wegen ihrer Tödlichkeit und die andere wegen ihrer persönlichen Bedeutung. Er hatte also nicht vor, Cassie bloß Angst einzujagen. Er wollte sie töten und hatte wohl auch von vornherein geplant sich zu töten.

OLIVIA: Das sehe ich genauso.

MERIT: Okay, Olivia. Ich bewundere Ihre Offenheit in dieser Sache, deshalb möchte ich Ihnen noch eine etwas eigenartige Frage stellen. *Mögen* Sie Schusswaffen?

OLIVIA: Meine Karriere basiert auf dem Verstehen von Waffen. Ich glaube an den Zweiten Verfassungszusatz, der das Recht garantiert, Waffen zu besitzen und zu tragen. Aber nein, dass ich Schusswaffen mag, würde ich nicht sagen.

MERIT: Können Sie das näher ausführen?

OLIVIA: Schusswaffen sind ein Mittel zum Zweck. Beim Militär ist der Zweck oft Gewalt gegen andere Menschen. Aber in privater Hand? Ohne vernünftige Ausbildung, ohne klare Vorgaben, ohne Waffenverständnis und ohne gesetzliche Regelungen, wie Waffen zu Hause aufbewahrt werden müssen, führt das Ganze in einen rechtsfreien Raum, wo Bürger Zugang zu jeder Art von Waffe haben, die sie sich wünschen. Wir behandeln Waffen wie Spielzeug. Ich habe Menschen erlebt, die fordern, jede Waffe erwerben zu können, die ihnen gefällt, einfach so. Das hat nichts mit Verantwortlichkeit zu tun oder mit Respekt vor der Tödlichkeit einer Waffe, wenn sie unausweichlich in falsche Hände gerät.

MERIT: Aber was ist mit dem Recht eines Menschen, sich selbst zu verteidigen?

OLIVIA: Nun, ich glaube, die entscheidendere Frage lautet, *wessen* Recht? Denn ich kann Ihnen versichern, die Waffenlobby steht nicht auf, wenn Schwarze Bürger mit einer legal erworbenen Waffe von Polizisten erschossen werden. Sie interessieren sich nicht für Kinder, die im Haus eine Waffe finden und sich versehentlich selbst töten. Oder für Frauen, die Opfer häuslicher Gewalt werden, Frauen, die in ihrem eigenen Zuhause gefangen gehalten werden, weil die Anwesenheit einer Schusswaffe als ständige Bedrohung wirkt. Es gibt eine enorme Lücke in der Argumentation der Waffenlobby, nämlich die Frage, *wer* eigentlich durch eine Waffe geschützt wird. Wenn wir das Recht auf Waffenbesitz haben, haben wir dann nicht auch das Recht, vor Waffen geschützt zu werden?

MERIT: Aber können sich nicht auch Frauen *mit* einer Waffe schützen?

OLIVIA: Eher nein. Cassie Queen konnte es nicht. Das Einzige, was sie tun konnte, war sagen, dass sie Angst hatte, und die Polizei um Hilfe bitten. Und viele Frauen, die sich selber mit einer Waffe gegen einen Vergewaltiger verteidigt haben, sind deswegen im Gefängnis gelandet. Alle Frauen, mit denen ich zusammen beim Militär war, hatten ihre eigene Schusswaffe und wurden von Fachleuten im Umgang damit ausgebildet. Aber schauen Sie sich die Statistik tätlicher Übergriffe beim Militär an. Das heißt, der Zweite Verfassungszusatz gilt nicht für alle gleich. Allgemein gesprochen sind die, die sich weigern über ein vernünftiges Waffenrecht zu diskutieren, bereits eine sehr privilegierte Gruppe von Menschen.

MERIT: Schließt das Menschen wie die Bells ein?

OLIVIA: Genau solche wie die Bells meine ich.

WANDBILD 2

TITEL: ARIADNE

ORT: AULA DER HIGHSCHOOL

BECK

Um kurz nach elf in der nächsten Nacht schlüpfte Beck aus ihrem Zimmer und schlich sich an ihrem Großvater vorbei, der beim Nachrichtensehen auf der Couch vor dem Fernseher eingeschlafen war. Beim Verlassen des Farmhauses gab sie sich Mühe, ihn nicht zu wecken, denn wie hätte sie ihm erklären sollen, was sie vorhatte?

Beck war auf dem Weg zu einem Geist. Schon wieder.

Und auf dem Weg zu einer Straftat. Schon wieder.

Beck lief über den Hof, begierig so schnell wie möglich zu ihrem VW-Bus zu kommen. Begierig sich so schnell wie möglich zu beschwichtigen, dass die letzten zwei Nächte mit Cassie nicht irgendein merkwürdiger Streich waren, den ihr das Universum spielte.

Aber sie musste sich keine Sorgen machen.

Cassie war da.

Beck sah sie bereits durch die Scheibe leuchten, bevor sie die Tür öffnete. Der Geist Cassie war ganz in Blau gehüllt. Es war nur eine Tönung. Als wenn sie vom Mondlicht angestrahlt würde, nur dass gerade Neumond war und der Schein von Cassie selbst kam.

»Hi, Casper«, sagte Beck und stieg ein.

Cassie lachte und Beck fand, dass sie diesmal realer präsent schien als in den Nächten zuvor. Beck konnte sogar jede einzelne Haarwelle erkennen, die Cassie über die Schulter fiel. In den vergangenen Nächten waren die Haare bloß eine einzige dunkle Masse gewesen.

»Casper?«, sagte Cassie. »Gefällt mir.«

»Ich hab eine Überraschung für dich«, antwortete Beck. Sie zog ihr Handy aus dem Rucksack und verband es mit dem tragbaren kleinen Lautsprecher, den Vivian auf dem Beifahrersitz gelassen hatte. »Ist neu.«

Beck drückte auf »Play« und beobachtete Cassies Gesicht, als die begriff, was sie da hörte.

»Sie hat ein neues Album rausgebracht?«, fragte Cassie.

»Vor ein paar Wochen«, antwortete Beck.

»O mein Gott!«, kreischte Cassie. »Wir waren zwei Nächte in deinem Bus und du hast mir nichts gesagt?«

»Wir waren ein bisschen durcheinander, Cass. Von diesem ganzen … Geisterkram.«

»Unverzeihlich«, sagte Cassie. »Neue Musik von *ihr* überbietet ja wohl alle Jenseitigkeit.«

»Tut mir leid, dass meine Prioritäten nicht so verkorkst sind wie deine. Aber ich verspreche, dass du die ganze Zeit das Album hören kannst, wenn wir sprayen.«

»Stimmt. Die Racheliste. Womit soll das heutige Wandbild Aufmerksamkeit erzeugen?«

Beck schlug ihr Skizzenbuch auf und zeigte es Cassie.

»Wow«, sagte Cass und streckte die Hand aus, um über das Blatt zu streichen. Erst im letzten Moment zog sie sie wieder zurück, so als hätte sie sich erinnert, dass sie ja gar nichts berühren konnte. »Diese Geschichte hat mir schon immer gefallen.«

»Ich weiß, wie sehr du sie gemocht hast. Sorry, wie sehr du sie magst«, sagte Beck. »Die ist echt krass.«

»Ja genau, krass«, stimmte ihr Cassie zu.

Dann versanken sie beide in Schweigen und lauschten Cassies Musik, bis Beck vor Vivians Haus anhielt.

»Kannst du den letzten Song noch mal spielen?«, fragte Cass und Beck klickte zurück.

Vivian wohnte mit ihrer Mom in einem kleinen Reihenhaus. Ihre Mom war Nachtschwester in der Notfallambulanz, deshalb war Vivian seit ihrem zwölften Lebensjahr in den Nächten immer allein. Beck wusste, dass sie jedes Mal Angst hatte. Doch anstatt ihre Mom auf der Arbeit vollzuheulen – sie brauchten das Geld und ihre Mom durfte den Job am einzigen Krankenhaus in der Gegend auf keinen Fall verlieren –, schrieb Vivian stattdessen mit Cassie. Und Cassie schrieb so lange zurück, wie es eben dauerte, bis Vivian eingeschlafen war.

Beck hänselte Vivian deswegen und behauptete, sie hätte Angst vor der Dunkelheit.

Als ob Beck nicht wüsste, wie es war, wenn man Alleinsein hasste.

Aber Vivian war Perfektionistin, weshalb es sehr wenig gab, womit man sie hänseln konnte. Also musste Beck nehmen, was sich ihr bot.

Sie hatten beschlossen gegen Mitternacht mit dem Wandbild anzufangen. Der Ort, den sie gewählt hatten, war nicht so gut einsehbar, wie es die Plakatwand gewesen war. Deshalb konnten sie früher loslegen und würden, wenn alles gut ging, wohl nicht entdeckt werden.

In dem Moment, als der Bus hielt, trat Vivian bereits aus dem Haus. Sie musste hinter der Eingangstür gewartet haben. Beck sah genau, wann Vivian den Schein durch die Scheibe bemerkte. Ihr Gesicht bekam etwas Freudiges, einen Ausdruck voller Liebe und Sehnsucht und Beck spürte ein Stechen, als sie es wahrnahm.

Sie hatte Vivian immer gequält und sich nie Gedanken gemacht, wie es sich anfühlen würde, Vivian glücklich zu machen. Vivian war eine Grüblerin, besessen davon, in allem die Beste zu werden. Und sie schaffte es auch tatsächlich immer. Sie war in absolut allem gut, was sie anpackte. Klassenbeste, beim Laufen die beste. Schnell genug, um ein Leichtathleten-Stipendium für die medizinische Schule ihrer Wahl zu bekommen, um sich aufs College-Studium vorzubereiten. Vivian war, was der Leitfaden für die Highschool »ehrgeizig« nannte.

Und genau das hatte Beck immer schrecklich genervt.

Wieso sich ständig einen abbrechen, nur um der allgemeinen Definition von »perfekt« zu entsprechen?

Aber in dieser Nacht, als Vivian in den Bus stieg, lächelte sie echt, trotz ihrer Erschöpfung.

Und ausnahmsweise war Beck nicht danach, sie zu quälen.

»Hey, Beck. Hi, Cass. Gefällt dir die Musik?«

»Klaro«, antwortete Cass. »Sie ist eine geniale Songwriterin. Beck, spielst du noch mal den letzten Song?«

»Das bist *du* aber auch«, sagte Vivian und klickte den Song an.

»War«, widersprach Cass, die Zeit korrigierend.

Cassie hatte ständig Songs geschrieben. Und Gedichte. Sie war wählerisch mit der Sprache gewesen und benutzte Worte, um Bilder zu erzeugen, genau wie es Beck mit dem Sprayen tat.

Beck fuhr sie ans Ziel und stellte den Wagen auf der anderen Seite des Gebäudes ab, falls doch irgendjemand vorbeifuhr.

»Ich kann nicht glauben, dass wir das wirklich tun«, sagte Vivian und reckte den Hals, um durch die Frontscheibe hindurch die Wand zu betrachten, die sie sprayen wollten.

»Ich kann nicht glauben, dass *du* so was tust.« Beck drehte sich auf dem Fahrersitz um. »Okay, Casper, du hast deine Musik. Das Ganze dauert etwa ein, zwei Stunden.«

»Casper?«, fragte Vivian. Sie schaute auf das Skizzenbuch.

»Der freundliche Geist«, erklärte Beck.

Vivians Blick hätte sich locker mit Beck messen können.

»Machst du Witze? So kannst du sie doch nicht nennen.«

»Wieso nicht? Ihr gefällt's«, antwortete Beck.

»Ist lustig«, bestätigte Cassie. »Nicht zum Lachen, aber so nach dem Motto: *Wow, wie sind wir denn hierhin geraten?* Verstehst du?«

Beck lächelte Cassie an, die so locker über ihre Geisterhaftigkeit witzelte, wie das nur sie konnte. Dann, als Beck wusste, dass Cass guckte, streckte sie Vivian die Zunge raus und Cassie musste lachen.

»Ich weiß nicht«, sagte Vivian, drehte sich um und erwischte die zwei, wie sie hinter ihrem Rücken Grimassen schnitten.

»Dann benutz deine Vorstellungskraft. Irgendwo in dir drin muss sie doch sitzen«, neckte Cassie sie.

»Aber ganz tief vergraben«, sagte Beck. »Unter einer auswendig gelernten Liste sämtlicher Knochen, die ein Mensch im Körper hat.«

»Wir sollten anfangen«, sagte Vivian zum anstehenden Thema wechselnd und ignorierte Becks spitze Bemerkung. Sie war wie immer total fokussiert, selbst wenn es um eine Straftat ging.

Beck musste zugeben, sie war überrascht, dass Vivian überhaupt da war.

Sie hatte damit gerechnet, dass sie noch aus dem Plan aussteigen würde. Vivian war immer so besessen gewesen, bloß eine reine Weste zu haben. Nur Einser. Keinen Tag im Unterricht fehlen. Alles, um auch ja auf ihre Traumschule zu kommen.

»Lasst die Scheiben unten«, sagte Cassie. »Dann können wir wenigstens reden, während ihr arbeitet, und zusammen Musik hören. Aber zuerst müsst ihr noch ein Mal den letzten Song spielen.«

»Cassie, den haben wir doch jetzt schon drei Mal gehört«, sagte Beck.

»Du kannst mir nichts abschlagen. Ich bin tot.«

»Also, ich spiel ihn nicht. Der Song ist schon in mein Hirn eingebrannt.«

Beck und Vivian ließen die Seitenfenster offen und holten die Spraydosen raus. Vivian sortierte sie nach Farben und stellte sie in der Reihenfolge auf, wie sie gebraucht wurden.

Beck verdrehte die Augen, ließ sie aber gewähren.

Vivian schlug für Beck den Skizzenblock auf und reichte ihr gerade die erste Dose, als sie es hörten. Der Song lief wieder von vorn.

Sie rannten zum Bus zurück und beugten sich in das offene Fenster.

Cassie strahlte. Ihr Finger schwebte noch über dem Button von der Musik-App.

»Hast du da gerade drauf gedrückt?«, fragte Beck.

»Ich war das«, sagte Cassie.

»Du hast im wahrsten Sinne des Wortes neue Geisterkräfte entwickelt, bloß um noch mal den Song hören zu können?«, fragte Vivian.

»Klar.«

»Schön«, sagte Beck und hob die Hände. »Hast du dir wirklich verdient.«

»Üb weiter«, meinte Vivian. »Vielleicht schaffst du es ja noch, Sachen aufzuheben oder so was.«

»Und was? Ich häng doch weiter im Bus fest. Das Einzige, was ich machen könnte, wär Becks Klamottenberge auf dem Boden sortieren. Die liegen hier übrigens schon seit März drin.«

Vivian lachte. »Lass es lieber. Es sei denn, du glaubst, du hättest deine Lebensaufgabe nicht zu Ende gebracht Beck beizubringen, dass sie endlich ordentlicher wird. Aber in dem Fall rate ich dir: Finde dich damit ab, ein Geist zu sein, der in einem stinkigen alten VW-Bus festsitzt, denn weiter wirst du nicht kommen.«

»Hey!«, sagte Beck. »Ihr beiden *liebt* Betty gefälligst. Denn dieser stinkige alte VW-Bus hat euch jahrelang brav durch die Gegend gekarrt. Habt mal ein bisschen Respekt.«

»Betty ist super. Wir lieben Betty selbst dann, wenn sie beschließt mitten im eiskalten Winter nicht anzuspringen und wir uns den Arsch abfrieren«, erwiderte Vivian. »Es ist dein Chaos, von dem wir reden.«

Vivian und Beck liefen um den Bus und holten die Stehleiter heraus, die sie brauchten, um an die oberen Teile der Wand zu gelangen. Es war ein großer Entwurf. Sie hatten von fast überall Deckung und es war Sommer, da kam sowieso keiner vorbei. Aber trotzdem war es riskant.

»Stell dir mal vor, wir könnten in der Zeit zurückreisen und würden der früheren Vivian erzählen, dass sie mir helfen wird Schuleigentum zu zerstören«, sagte Beck.

»Nun ja«, antwortete Vivian und reichte Beck die

nächste Farbdose, »kommt drauf an, wie weit du zurückgehst. Ich denke, von März an würde dich jede Version von mir überraschen.«

»Das stimmt. Ich dachte, du wärst total abgelenkt davon, dich auf deinen Abflug aufs College vorzubereiten.«

»Bin ich nicht«, antwortete Vivian.

»Nicht abgelenkt?«, hakte Beck nach und zog ihre Maske zurecht. Heute sprayte sie ein Labyrinth und sie musste sich konzentrieren, um lange gerade Linien auf die Seitenwand des Gebäudes zu sprühen. Sie hatten die Außenmauer der Aula gewählt, in der Cassie so oft die Bühne erobert hatte.

»Ich geh nicht«, antwortete Vivian.

Beck hörte auf zu sprayen. Vivian ging nicht aufs College? Sie hatte doch seit ihrer Kindheit von dem Zulassungsschreiben geträumt. Vivian hatte immer Ärztin werden wollen. Und sie hatte es in das medizinische Vorbereitungsprogramm ihrer Wahl geschafft.

»Willst du drüber reden?«, fragte Beck.

»Gibt nichts zu reden«, antwortete Vivian. »Kann nicht mehr laufen. Also gibt es auch kein Leichtathletik-Stipendium mehr.«

Beck drückte wieder auf den Sprühknopf. Sie versuchte sich auf die Linien zu konzentrieren – das Design war schwieriger als das letzte und sie wollte keinen Fehler machen.

Aber die Sache ließ sie nicht los.

»Du wolltest auf die Schule, seit wir neun waren«, sagte Beck.

Sie erinnerte sich dran, weil es jedes Mal so ein leichtes neidvolles Prickeln in ihr ausgelöst hatte, wenn das Thema aufkam. Vivian hatte immer diese großen Träume gehabt und sich nie dafür entschuldigt oder versucht sie kleiner wirken zu lassen, als sie waren.

Beck war kaum mehr aus dem Überlebensmodus, in dem sie festsaß, herausgekommen.

»Die Dinge haben sich geändert«, sagte Vivian.

»Das reicht nicht«, entgegnete Beck und wirbelte auf der Leiter herum, um ihr ins Gesicht zu sehen. Beide hatten eine Maske auf, um sich vor den Farbdämpfen zu schützen, und das Einzige, was Beck von Vivian sah, waren die Augen. Nur erhellt von den fernen Scheinwerfern des VW, wirkten sie dunkel, wild und wütend. Beck erkannte die Warnung, die in ihnen lag. Die Warnung, die ihr sagte: *Treib mich nicht in die Enge oder ich beiße.* Aber Beck erkannte ein verwundetes Tier, wenn sie eines sah. Es war wie der Blick in einen Spiegel.

»Du musst dahin«, sagte Beck. »Du kannst dir Geld leihen und eine Förderung beantragen. Hast du überhaupt schon mit der Schule –«

»Lass es«, sagte Vivian. »Ich hab mich entschieden. Schon vor Wochen. Es fühlt sich nicht mehr richtig an.«

»Aber Vivian –«, sagte Beck.

»*Schluss jetzt*, Beck«, rief Vivian. »Wenn *ich* loslassen kann, kannst du es auch. Ich bleibe hier bei meiner Mom und du wirst meine Entscheidung – um Gottes willen, Cassie!« Vivian drehte den Kopf und rief über die Schulter in Richtung Bus: »*Bitte* spiel einen anderen Song.«

Cassie klickte wieder denselben an.

»Du weißt, dass sie das seelisch verarbeiten muss«, sagte Beck. »Erinnerst du dich, wie das mal sechs Wochen lang mit dem Adele-Song ging?«

»O mein Gott, ich hab den Song noch Monate nicht aus dem Hirn gekriegt. Sogar in meinen Träumen tauchte er auf.«

»Mein Grandpa kannte den Text auswendig, weil ich ihn so oft vor mich hin gesungen hab.«

»Autsch, armer Grandpa«, lachte Vivian.

»Ach, dem war doch alles recht, was Cassie gemacht hat.«

»Oder sonst wer von uns dreien«, sagte Vivian. »Der ist ein Heiliger. Ein grummeliger Mechaniker-Heiliger.«

»Das stimmt.«

Beck sprühte eine Gestalt in eine Ecke des Labyrinths. Ein Mädchen. Sie war klein und gefangen in einem Dickicht aus gewundenen und sich schlängelnden Wegen. Und in die Mitte des Labyrinths sprayte Beck das Monster. Den Minotaurus, groß und schaurig, auf der Suche nach dem Mädchen.

Beck zog eine letzte Linie, die die zwei Figuren zusammen einschloss.

Das Labyrinth hatte keinen Weg nach draußen.

Das Mädchen war bewusst dort dringelassen worden, als Köder. Als Mahlzeit. Als etwas, um das Wesen zu beschwichtigen, damit es die Mauern nicht hinterfragte, die um das Monster herumgebaut worden waren. Cassie hatte sich immer für griechische Sagen interessiert und diese war ihr besonders nahegegangen, aber erst recht im letzten Jahr. Alles, was mit Verlorensein und In-der-Falle-Sitzen zu tun hatte, fand bei ihr Widerhall.

Jetzt ergab das für Beck natürlich Sinn. Wenn sie es bloß früher gemerkt hätte. Cassie fand keine Worte, um um Hilfe zu bitten. Deshalb erzählte sie Geschichten. Es war Cassie, die die ganze Zeit in der Falle gesessen hatte. Und es gab keine Brotkrumen oder Fäden, um ihr den Weg hinaus zu zeigen.

Es brauchte noch eine weitere halbe Stunde für Verbesserungen, ehe Beck mit dem Wandbild zufrieden war, von der Leiter stieg und sich die Maske abzog.

Sie trat mit Vivian von der Mauer zurück und schaute zu dem Bild hoch.

»Das ist der Wahnsinn«, sagte Vivian. »Wir müssen noch mal bei Tageslicht vorbeikommen, um ein gutes Foto zu machen.«

»Kein Problem«, sagte Beck. »Wir passen auf.«

»Wie soll ich dieses Bild nennen?«, fragte Vivian.

»Schreib einfach nur wieder den Namen«, antwortete Beck. »*Ariadne.*«

»Soll ich dir ein Geheimnis verraten?«, fragte Vivian und beugte sich näher zu Beck heran.

»Klar«, antwortete Beck genauso leise wie Vivian.

»Ich wünschte, Cassie könnte diesen Scheißbutton nicht drücken.«

Beck stand in der Tür zu Grandpas Zimmer.

Es war kurz nach drei Uhr morgens und Beck hatte sich ins Haus zurückgeschlichen.

Nachts nach ihm zu schauen war seit seiner Diagnose zur Gewohnheit für sie geworden. Jedes Mal, wenn sie nachts aufwachte, trat sie ganz leise in sein Zimmer, oft aus einer Angst heraus, die sie geweckt hatte, einer Panik, die ihr sagte, er wäre schon tot.

Inzwischen war die Panik fast jede Nacht unumgänglich. Wenigstens diesmal konnte sie den Teil mit dem Aufwachen überspringen und fiel erst ins Bett, als sie nach ihm geschaut hatte.

Es war genauso, wie *er* damals immer nach *ihr* geschaut hatte, als sie die erste Zeit bei ihm wohnte.

Es war wie in der Werkstatt. Je kranker er wurde, desto mehr Arbeit übernahm sie. Es war ein Rollentausch, langsam, aber stetig. Von Fürsorgeempfängerin zu Fürsorgespenderin. Grandpa ahnte nicht, dass Beck wusste, wie auch er jede Nacht nach ihr geschaut hatte. Jedes Mal hatte er für einen Augenblick in der Tür gestanden und geguckt, ob sie noch da war, sich vergewissert, dass sie sich nicht mitten in der Nacht fortgeschlichen hatte wie ihre Mutter auf der Suche nach Partys und Becks Dad, wieder und wieder, bis die zwei betrunken in einem Autounfall starben und Beck zu einem Großvater kam, dem sie noch nie begegnet war.

Er hatte nicht mal gewusst, dass es Beck gab, als die Behörde ihn anrief. Und dann waren sie das Ein und Alles füreinander geworden. Aber jetzt war er krank. Jetzt war es Beck, die sich Sorgen machte, dass jemand verschwand.

Die Tür war nicht weit genug zu, deshalb trat Beck an sein Bett und legte ihre Hand auf seinen Rücken. Sie wartete, bis er ein paarmal tief atmete, ehe sie wieder ging.

In ihrem Zimmer öffnete sie das Fenster. Eigentlich wollte sie Vivian noch schreiben, sie solle ihr eine Uhrzeit frühmorgens nennen, um für die Social-Media-Posts ein gutes Foto vom zweiten Wandbild hinzukriegen. Doch das Handy lag noch im Bus und spielte wieder und wieder Cassies neuen Lieblingssong.

Die Frage konnte warten. Vielleicht würde die Zeitung ja auch über dieses Bild berichten und ihnen zu einem brauchbaren Foto verhelfen.

Beck rollte sich auf dem Platz mit dem tief nach unten reichenden Erkerfenster ihres Zimmers zusammen und warf sich eine alte Decke über die nackten Beine. Sie konnte Cassies Musik hören – leise von da, wo sie Betty neben dem Sonnenblumenfeld abgestellt hatte, das direkt bis an das Grundstück von Grandpa heranreichte.

Es war ein schöner Song, musste Beck zugeben.

Während sie ihm lauschte und wusste, dass Cassie da draußen war und auch den Song hörte, schlief sie ein.

CASSIE

Ariadne prägte sich
das Labyrinth des Minotaurus ein.
Sie lernte die Schritte auswendig
und folgte ihren Füßen
durch die Finsternis
in Sicherheit.

Dann lehrte sie die andern
und rettete auch sie.

Die Philosophen nennen das
den Faden der Ariadne.
Er bedeutet, du hast alle
Möglichkeiten ausgeschöpft
ein Problem zu lösen.
Er bedeutet, dass du
jeden logischen Weg ausprobierst
und den Überblick behältst
über all deine Irrtümer,
bis du die Antwort findest.
Er bedeutet, dass du
wohlüberlegt *vorgehst*
bei der Suche
nach einer Lösung.
So wie meine Freundinnen
wohlüberlegt sind

und überzeugt von dem Weg,
wie sie mir helfen.

In Gedichten ist Ariadne
immer die Weiche,
als wenn Leben retten
eine Art Schwäche wäre
oder ein fataler Fehler.

Aber ich glaube, Ariadne
verstand Überleben
als etwas Grundsätzliches.
Sie wusste, wenn sie
in dem Labyrinth nur für
einen Moment den Weg verlor,
wäre auch sie verloren.

Ich verbringe einen ganzen Tag damit,
über Schwellenräume nachzudenken.
Ein Schwellenraum könnte
ein Zug sein
oder eine Brücke,
ein Aufzug,
ein Flughafen,
ein Bus
oder der Busbahnhof.

Sie sind das Dazwischen,
der Weg und die Reise,
aber nicht das Ziel.
Ein Ort, den du nur
befristet bewohnst.

Ich denke an die Seitenflügel
der Bühne, dunkel
und voller Wispern,
wo wir noch die Distanz
zum Publikum spürten.

Ich erinnere mich an den Moment
unmittelbar ehe ich vortrat,
an den Moment, in dem ich dachte:
Scheiße, was tue ich?
Was ist, wenn alles schiefgeht?
Doch dann folgte ich
meinen Füßen in die Dunkelheit,
tat diesen letzten Schritt
trotz all der Angst
und draußen im Scheinwerferlicht
verwandelte sich
meine ganze Welt
und mit ihr auch ich.

Auf der Bühne
war ich irgendwie
mehr ich selbst.
Auf der Bühne
fand ich meine Stimme.

Es ist seltsam, was ich vermisse.
Kleine Details meines Lebens,
die ich kaum wahrnahm,
nach denen ich mich aber sehne:
das Gefühl der Sommersonne
auf meiner Haut.

Den Geruch einzuatmen
der Sonnenblumen im Juli,
diese Seitenflügel der Bühne
und das Gewisper der Freundinnen.

Ich denke, vielleicht war auch
das Labyrinth so ein Schwellenraum.
Ariadne, die Verlorene
durch die Dunkelheit führte,
sicher, solange sie sich erinnerte
ihren Füßen zu folgen.

Und ich frage mich jetzt,
ob ich nicht auch ein Schwellenraum bin.

So eine zeitlich begrenzte Existenz
hat etwas Wildes
und Verletzbares an sich.

Und auch ich habe
etwas Wildes, etwas Verletzbares
und natürlich auch zeitlich Begrenztes
an mir.

VIVIAN

Vivian wachte von einer Hand auf, die sie an der Schulter berührte und vorsichtig wach rüttelte.

»V. V, wach auf.«

Sie öffnete die Augen und sah einen besorgten Matteo. Seine braunen Locken fielen ihm ins Gesicht, als er sich über sie beugte. Vivian geriet in Panik, setzte sich ruckartig auf und knallte mit dem Kopf gegen seinen.

»Scheiße«, sagte sie, während ihre Hände nach oben flatterten. Die eine legte sie auf ihren Kopf und die andere fand Matteos lädierten Schädel. »Entschuldigung.«

Dann merkte sie, wo sie war. Im Krankenhaus, auf einer Schicht. Sie war auf dem Weg vom Krankenhaus zurück zur Einsatzzentrale eingeschlafen. Mist.

»Tut mir leid, Matteo. Ich schwöre, das kommt nie wieder vor.« Vivian griff nach ihrem Kaffee, der inzwischen kalt war und bitter schmeckte, doch er würde helfen und sie noch ein bisschen wacher machen. Es war eine lange Nacht gewesen, erst das Wandbild mit Beck und danach waren sie noch eine ganze Weile draußen geblieben, nur um so lange wie möglich mit Cassie zusammen zu sein.

Jetzt war es gerade erst 16.30 Uhr und sie schlief mitten in ihrer Schicht einfach ein.

»Kein Problem, V. Aber ist alles in Ordnung mit dir? Erst sagst du eine Schicht ab und dann schläfst du ein, kaum dass du dich nicht mehr bewegst.« Matteo klang nicht sauer, sondern eher besorgt. So als wenn ihre Schichtabsage und das Einschlafen keine Auswirkungen für ihn hätten – was natürlich nicht stimmte. »Du siehst kaputt aus. Total erledigt. Blass und traurig. Wie ein Vamp–«

»Wenn mich noch ein Mensch mit einem Vampir vergleicht, dann schrei ich«, warnte ihn Vivian und Matteo klappte erschrocken den Mund zu.

Er stellte den Krankenwagen ab und Vivian wartete nicht eine Sekunde, ehe sie die Tür öffnete und raussprang. Wenn sie eines beherrschte, dann wie man rennt. Außerdem hatte sie wirklich keine gute Entschuldigung, um Matteo zu erklären, wie erschöpft sie war. Und ihr Kopf war viel zu müde, um sich schnell irgendwas auszudenken.

Ach ja, weißt du, meine beste Freundin, die in der Schule das Opfer einer Schießerei wurde – Cassie, erinnerst du dich? –, also, die ist als Geist zurückgekehrt und wir arbeiten jetzt an einem Racheplan, um ihr zu einem gerechten Abschluss zu verhelfen, damit sie weiterziehen kann, nur dass der Plan im Grunde Vandalismus ist und eine öffentliche Kompromittierung der milliardenschweren Firma, die alles in der Stadt beherrscht.

Vivian konnte gerade noch abbremsen, um nicht voll in Matteo hineinzulaufen. Er war auf der anderen Seite um den Wagen herumgegangen und traf am Heck auf sie. Dort legte er ihr eine Hand auf die Schulter und wartete darauf, dass sie ihm in die Augen sah.

»Hey, V. Ich bin's. Ich hab nicht vor, dich fertigzumachen. Aber hör zu: Ich bin da, wenn du irgendwas brauchst … Ich weiß, wie du leidest. Ich vermisse sie auch.«

Matteo war immer ein guter Freund gewesen.

Was es umso schwerer machte, ihn anzulügen.

»Ich schlaf nur grad schlecht«, bot sie stattdessen als Erklärung an. Eine Lüge durch Weglassen. Sie wurde langsam gut darin. »Aber es geht mir gut.« Große Lüge. »Hab nur Albträume und man hat mir versichert, dass sie mit der Zeit nachlassen.« So viele Lügen.

Matteo und Vivian waren auf viele Weisen zusammen aufgewachsen. Ihre Mütter waren Freundinnen – beide alleinerziehend und sie halfen sich gegenseitig aus, schickten Matteo und Vivian hin und her an dem Reihenhausblock entlang, in dem sie wohnten. Sie hatten als Kinder zusammen Geburtstag gefeiert, waren zusammen zur Schule gefahren und teilten sich sogar die Großmütter. Und beide wollten sie Ärzte werden.

Sie hatten so viel gemeinsam. Bis jetzt. Denn Matteo plante noch immer in sechs Wochen aufs College zu gehen, Vivian aber nicht.

Und auch weil Matteos Mom bei Bell Firearms arbeitete, wusste Vivian nicht, wie sie mit ihm über das Ganze sprechen sollte. Er war nicht in der Klasse gewesen, als es passierte. Und er konnte noch so oft sagen, dass er verstand, er verstand gar nichts. Niemand verstand es.

Es war nicht so, dass Vivian keinen Versuch unternommen hätte. Sie war wegen der Abschlussprüfungen zurückgekehrt. Für sie und die andern, die in der Klasse gewesen waren, war ein Samstag im Mai als Prüfungstermin angesetzt worden. Für insgesamt sechs Leute. Sie hatten die Erlaubnis bekommen, den Rest des Schuljahrs zu Hause zu lernen, nur für die Prüfungen mussten sie in der Schule erscheinen.

In dem Moment, als sich Vivian an ihren Platz setzte, hatten ihre Hände angefangen zu zittern. Sie konnte nicht aufhören zur Tür zu sehen und drauf zu warten, dass das

Chaos begann. Ihr Gehirn wusste genau, dass logischerweise keine Gefahr drohte, doch ihr Körper nicht.

Vivian geriet in Panik und ging.

Und es half ihr auch nicht, dass Direktor Ewing Kontakt zu ihr aufnahm und meinte, sie würden sie trotzdem durchwinken. Dass sie mit allen andern den Abschluss bekäme und auch den Auftritt als Jahrgangsbeste für die Abschlussrede, auf den sie so zielbewusst hingearbeitet hatte.

Es half nicht, weil Vivian nicht mehr wusste, wie sie es in einem Klassenzimmer aushalten sollte. Weil ihr das Vertrauen fehlte, nicht wieder in Panik zu geraten. Sie war nicht mehr dieselbe wie vorher. Die, die alles mit Ehrgeiz versucht hatte. Die zu Hause ihr Zimmer mit Urkunden, Trophäen und Leichtathletik-Medaillen schmückte, als ob sie das Wichtigste wären. Deren Träume zum Greifen nah gewesen waren – all die harte Arbeit und Planung, die sie und ihre Mom in die Zukunft investiert hatten. Die zwei beste Freundinnen hatte, auf die sie sich verlassen konnte.

Die Dinge, die Vivian mal alles bedeutet hatten, waren auf einmal nichts mehr wert.

Nachdem sich Vivian von Matteo verabschiedet hatte, zog sie ihr Handy aus der Tasche – Beck hatte eine Flut von Nachrichten geschickt.

Check den Account.

Schau dir die Klicks an.

Vivian loggte sich in den Social-Media-Account ein, den sie für die Wandbilder eingerichtet hatte.

Ihre Finger erstarrten über dem Display. Es funktionierte.

»Cassandra« hatte Hunderte Kommentare. Der Post war von einer Organisation geteilt worden, die sich für Waffenkontrollen einsetzte, von einem Podcast zum

Thema Gewalt gegen Frauen, von einer Kongressabgeordneten.

Sie konnte zuschauen, wie die Zahlen immer weiter anstiegen.

Zum ersten Mal seit einer ganzen Weile spürte Vivian diesen leichten Kitzel der Erwartung. Den Kitzel, den sie immer empfunden hatte, wenn etwas gelang, was sie sich vorgenommen hatte. Das Gefühl, die Hindernisse zu überwinden. Das Rennen zu gewinnen.

Es war ein Gefühl, als wenn sie die Welt in Brand setzen, sie entfachen würde mitsamt all dem Schmerz, den sie in ihrem Innern weggeschlossen hatte. Es war das Einzige, was sie noch prägte. Das Einzige, das sie jetzt zu sich selbst zurückführte, nachdem sie so lange in der Falle gesessen hatte. Endlich spürte Vivian einen Anflug von Bestätigung. Gegenüber dem Teil von ihr, der neu und fremd war, dem Teil, den sie nicht hatte annehmen oder verstehen können, weshalb er sie für die vielen langen Monate an Ort und Stelle erstarren ließ.

Vivian hatte geglaubt, es sei Trauer – dieses Gefühl, das sie die ganze Zeit über verzehrt hatte.

Doch sie hatte sich geirrt.

Es war Wut.

BECK

Beck hatte drei Zuhause in der Stadt Bell.

Das Farmhaus ihres Grandpas.

Die Scheune, in der er seine Reparaturwerkstatt betrieb.

Und den Laden für Künstlerbedarf in der Main Street im Zentrum.

Beck hatte schon Sachen mitgehen lassen, als sie den Laden noch nicht kannte. Eine Farbtube aus dem Kunstraum in der Schule. Einen Pinsel aus dem Lehrerpult. Aber irgendwann wurde sie erwischt und Grandpa nahm sie mit in den Laden. Von da an fanden sich auf ihren Wunschzetteln zum Geburtstag nur noch Leinwände, Aquarellfarben oder Ölkreiden.

Beck war nie religiös gewesen und auch wenn ihr Grandpa jeden Sonntag in die Kirche ging, tat er das, wie er sagte, nur weil es Becks Grandma wichtig gewesen war und er sich ihr auf diese Weise näher fühlte. Beck verstand das, denn durch das Malen fühlte sie sich auch ihrer verstorbenen Mutter näher.

Der Laden für Künstlerbedarf kam von allem, was Beck kannte, einer Kirche am nächsten – er war für sie ein Zufluchtsort. Sie konnte dort Stunden verbringen, Pinsel ausprobieren und neue Farben testen. Beck pflegte einen freundschaftlichen Kontakt mit Ruth, der Besitzerin, und nannte sie, seit sie dreizehn war, beim Vornamen. Beck kam allgemein mit Erwachsenen besser zurecht als mit Jugendlichen in ihrem Alter. Ihre Therapeutin hatte gemeint, dass das bei jungen Menschen, die unter Vernachlässigung oder Traumata leiden, häufig der Fall sei. *Deine Gehirnwindungen mussten so gepolt werden wie bei einer Erwachsenen*, hatte sie ihr erklärt. *Du bist zu einer Fürsorgerin geworden.*

Keiner sehr guten, hatte Beck damals gedacht.

Beck parkte Betty in einer Seitenstraße, wo der Wagen von der Ladenfront aus nicht sichtbar war. Sie waren gerade bei der Schule vorbeigefahren, um ein paar Fotos vom Wandbild zu machen, und Vivian war beschäftigt wie eh und je, diesmal um das nächste Kunstwerk in den sozialen Medien zu posten.

»Wie läuft es damit?«, fragte Beck und beugte sich zu ihr hinüber. »Wow. Krass.«

Vivian hatte den ersten Post aufgerufen und schaute, wie er sich entwickelte. Es gab tausend Kommentare und über fünftausend Likes.

»Läuft … richtig gut«, antwortete Vivian. »Zuerst kamen die Kommentare alle von Leuten aus Bell. Vielen Schulfreunden. Aber der Post verbreitet sich. Die Waffenkontroll-Gruppen, die ich getaggt hab, haben ihn auch geteilt.«

»Dann … funktioniert es also.«

»Glaub schon?« Vivian zuckte die Schultern. »Die Leute reden über Cassie. Über Bell. Hör mal das hier.« Vivian zog die Kopfhörer aus ihrem Handy und drückte auf »Play«.

»… Serie von Waffengewalt, konzentriert sich auf die Stadt Bell und die Schießerei in einer Schule, die es dort dieses Jahr gab. Wie so viele Schießereien und Amokläufe in der Öffentlichkeit wurde auch diese Tat angetrieben von einer gewalttätigen Beziehung. Das ist eine Facette der Gewalt, die wir nicht genug im Blick haben.«

Vivian drückte auf »Pause«.

»Was ist das?«, fragte Beck.

»Ein Podcast. Nennt sich *We Can Be Heroes* und handelt von Gewalt gegen Frauen. Hör dir mal diese Beschreibung an. ›*Jede Woche interviewe ich Opfer von Gewalt, sexuellen Belästigungen und Übergriffen. Unsere Gäste können anonym bleiben, wenn sie das wollen. Und sie sind auch eingeladen, Namen zu nennen, wenn sie das wollen. So diskret, wie sie möchten. Dies ist eine Sendung, der in der Anfangsphase noch Verleumdungsverfahren angedroht wurden, die die* Times *aber letzte Woche als eine »Revolution gegen geschlechtsspezifische Gewalt« pries, als unser Podcast fünfundzwanzigtausend Downloads pro Folge erreichte.*‹«

»Und sie redet von Bell?«

»Sie ist *in* Bell. Sie hat den Sheriff wegen Cassie interviewt.«

»Und?«

»Er ist ein Arschloch. Das wussten wir ja schon. Aber dieser Podcast hat eine riesige Zuhörerschaft. Letztes Jahr ist durch die Sendung der CEO einer Bank verhaftet worden, der seine Assistentin belästigt hat. Und das nur durch ein Interview, das die Frau gemacht hat. Die ist buchstäblich unterwegs, diese Typen zur Strecke zu bringen. Und sie hat *unsern Wandbild-Post* mit ihren Followern geteilt.«

»Fühlt sich komisch an, jemanden auf unserer Seite zu haben«, sagte Beck.

»Ja, stimmt.«

»Okay. Ich geh jetzt rein. Ist heiß heute, deshalb lass ich den Motor laufen, wegen der Lüftung.« Beck fügte den anderen Grund, weshalb sie den Motor laufen ließ, nicht hinzu: falls sie schnell wegmussten. Beck glaubte zwar nicht, dass die Polizei schon beunruhigt war. Aber das würde bald losgehen. Und dann würden sie vor allem die ins Visier nehmen, die jede Menge Farbdosen kaufte.

»Mm-hmm«, murmelte Vivian auf dem Beifahrersitz. Sie hatte ein Notizbuch vor sich und schrieb wie wild. »Nach dem, was du für das erste Wandbild und danach für das Labyrinth an Farbe gebraucht hast, müssen wir für das nächste ... mindestens zwölf Dosen rechnen.«

»Okay. Hast du die Liste mit den Farben?«

Vivian blätterte in ihrem Notizbuch, zog ein Post-it heraus und reichte ihn Beck.

Fünf Farben und ihre Seriennummern standen auf dem Blatt sowie die Reihe und das Regal.

»Mensch, Vivian. Das ist doch kein Schulprojekt«, meinte Beck, klang aber weder bissig noch spöttisch. Insgeheim fühlte sie sich wohler, wenn noch ein bisschen was von der alten Vivian durchschimmerte. Der Version, die erregt und getrieben war und ständig ein Projekt, einen Plan oder sonst irgendwas Nerviges am Laufen hatte. Dann war Cassie gestorben und diese Version von Vivian verschwand, Beck konnte nicht mal mehr in ihrer Nähe sein. Es war, als wenn sie die Vivian, die verschlossen, müde und ziellos war, überhaupt nicht kannte. Aber heute sah Beck wieder die alte Vivian aufblitzen. Nur dass sie jetzt fast ausschließlich von Wut angetrieben wurde.

Willkommen im Club, dachte Beck.

Die Wut war für Beck immer da gewesen, so wie Wasser, das über sie hinwegrauschte, wieder und wieder, sie auswusch und ständig zu etwas Neuem schuf.

Das war neu für Vivian, von Wut geprägt zu werden. Es war einfach, alles von dieser Wut steuern zu lassen.

»Bist du okay?«, fragte Beck an die offene Fahrertür gelehnt und beobachtete Vivian, die wie besessen in ihr Handy tippte, um das *Ariadne*-Wandbild auf ihrem Account zu posten.

»Super«, antwortete Vivian, ohne hochzusehen.

Beck verdrehte die Augen und schlug die Wagentür zu. Langsam ging die Sonne unter – bis Beck zurückkam, würde Cassie sicher schon wieder da sein.

Sie hetzte in den Laden und winkte Ruth hinter dem Verkaufstisch zu.

»Beck, Süße, kann ich dir helfen, etwas zu finden?«

Ruth war in den 1960ern ein echter Hippie gewesen und man konnte sehen, dass sie selbst heute noch etwas Wildes an sich hatte. Sie ließ ihre grauen Haare wachsen und trug sie lang und offen über die Schultern. Ständig fuhr sie sich mit den Händen durch die Strähnen und hinterließ ein bisschen Farbe. Oft malte sie hinterm Tresen, während sie auf Kundschaft wartete. Als sie Beck begrüßte, schaute sie nicht mal von ihrer Leinwand hoch.

»Nein«, rief Beck und verschwand in einer Regalreihe. »Danke, Ruth.«

»Brauchst du neue Farbe, Süße? Sprayst du jetzt doch die große Scheunenwand von deinem Grandpa?«

»Ja, endlich«, antwortete Beck und ihr Herz schlug immer schneller.

Ruth hatte längst mitbekommen, dass sie mehr Dosen kaufte als sonst.

»Oh Beck, vergiss nicht, die neuen Pinsel dahinten auszuprobieren, die gerade reingekommen sind.«

»Danke, hab sie gefunden«, antwortete Beck. »Sehen schön aus. Aber ich bin pleite, Ruth. Krieg erst am Donnerstag wieder Geld. Dann hol ich sie mir.«

Sie versuchte sich Zeit zu nehmen und herumzustöbern wie immer. Einfach nur reinspringen und nach fünf Minuten wieder raus würde noch auffälliger wirken. Endlich ging sie zu den Spraydosen, checkte Vivians Liste und zog die richtigen aus dem Regal.

Das war okay. Beck malte und sprayte ständig. Farbdosen kaufen war also nichts sonderlich Auffälliges.

Als Beck zwischen den Regalen hervorkam, läutete die Glocke über dem Eingang. Sie hatte gerade zur Kasse gewollt und blieb abrupt stehen.

Genau da stand ein Beamter der Polizei von Bell und sprach mit Ruth.

»… Wandbilder aufgetaucht. Dachte erst, das wär Zufall, eine einmalige Geschichte. Aber jetzt haben wir wieder eins gefunden. Hat irgendwer plötzlich Massen an Farbe bei Ihnen gekauft? Ist eine kleine Stadt. Und Sie sind der einzige Laden für Künstlerbedarf.«

Ruth schaute nicht zu Beck hinüber. Doch sie musste gesehen haben, dass Beck dort stand, die Arme voller Dosen.

»Ich hab nichts Ungewöhnliches bemerkt«, antwortete Ruth.

Beck zog sich in die Regalreihe zurück. Eilig stellte sie die Dosen ab und trat dann wieder nach vorn.

»Tschüss, Ruth«, rief sie wie immer und versuchte, nicht überstürzt loszurennen, auch wenn sie den deutlichen Drang verspürte.

»Beck, mein Schatz. Deine Bestellung ist gekommen«, sagte Ruth. »Wenn du schnell ums Haus gehst, trage ich dir den Karton, der im Büro steht, an die Hintertür.«

»Meine Bestellung?«, fragte Beck.

»Geh einfach nach hinten. Ich bin gleich da.«

Beck verstand nicht, lief aber trotzdem um das Gebäude und wartete. Draußen an der Mauer entdeckte sie die Sicherheitskamera.

Kurz darauf stieß Ruth die Hintertür auf, die auf eine Gasse führte. Ruth reichte Beck einen Karton.

»Mach ihnen die Hölle heiß, Süße«, sagte sie bloß und ließ die Tür wieder zufallen.

Beck öffnete den Karton. Alle Farbdosen, die sie im Arm gehalten hatte, waren drin, plus ein paar extra. Ruth hatte auch noch einen Satz von den schicken neuen Pinseln mit reingelegt. So hatte Beck sämtliche Dosen, die sie brauchte, und ohne einen Kreditkartenbeleg, der sie mit dem Kauf in Verbindung brachte.

Beck würde Ruth das Geld zurückzahlen. Und sie würde auch noch als Dankeschön für die Unterstützung etwas Persönliches für sie malen.

Als Beck wieder um den Laden herumkam, stand der Polizist immer noch davor.

Sie ging weiter und zwang sich, nicht zu rennen, bis sie im Bus saß.

»Hi«, sagte Cassie von ihrem inzwischen gewohnten Platz auf der mittleren Bank aus.

Sie lag quer über die Bank gestreckt da. Beck konnte heute sämtliche Haarwellen von Cassie einzeln erkennen, wenn auch die dünnen Enden unsichtbar wurden, bevor sie den Boden des Wagens erreichten.

Was sicher besser war, nachdem der Boden mit T-Shirts, leeren Farbdosen und Müll volllag.

»Alles gut gegangen?«, fragte Vivian und sah besorgt in Becks Gesicht. »Du hast dich doch nicht etwa verdächtig verhalten? Ich wusste, *ich* hätte gehen sollen.«

»Alles gut«, sagte Beck, stellte den Karton zwischen den Sitzen ab und fuhr los. »Kein großes Ding.«

Cassie richtete sich ein bisschen auf.

»Bist du sicher, dass alles gut ist?«, fragte sie, beugte sich vor und betrachtete Becks Profil.

»Ja, wieso?«, blaffte Beck.

»Weil du aussiehst, als hättest du einen Geist gesehen«, antwortete Cassie und behielt einen Moment lang den ernsten Ausdruck in ihrem Gesicht.

Dann prustete Vivian auf dem Beifahrersitz los und die beiden andern mussten auch lachen.

Als Beck zu ihrem Großvater zog, war sie acht gewesen und besessen vom Tod – zum Entsetzen ihrer Lehrerin und der Eltern der wenigen Kinder, mit denen sie Freundschaften geschlossen hatte und die sie genauso schnell losgeworden war. Die Einzigen, die sich nicht an ihren morbiden Gedanken über die Vergänglichkeit störten, waren Cassie und Grandpa gewesen.

Beck hatte Antworten gesucht, aber es gab keine. Deshalb griff sie nach jeder Idee von einem Leben danach, die sie finden konnte, und durchforstete Religionen aus allen Zeiten bis in die Gegenwart, um die Dinge besser zu begreifen. Aber irgendwie verstand Grandpa, wonach Beck suchte. Sie wollte wissen, *wo* ihre Mutter war, wenn nicht bei ihr.

In der ersten Zeit, als sie bei ihm wohnte, hatte Beck nie die Werkstatt verlassen, in der er arbeitete. Ihr gefiel es, die ganze Zeit dort zu sein, wo er war. Sie reichte ihm Werkzeug an, um das er bat, und er forderte sie auf, die richtigen Bezeichnungen zu wiederholen. Und sie saß an seiner Werkbank und zeichnete tote Dinge.

Wenn Beck in der Schule tote Dinge zeichnete, wurde Grandpa sofort benachrichtigt. Aber wenn sie die Dinge zu Hause zeichnete, verlangte er nie, dass sie aufhörte.

»Der Himmel ist kein Ort für Perfektion, Beck«, sagte Grandpa eines Tages, ohne unter der Motorhaube des Autos, an dem er arbeitete, vorzusehen.

Beck erinnerte sich an die weichen blonden Haare ihrer Mutter. Ihre Haut war so blass gewesen, dass sie fast durchsichtig wirkte, und Beck hatte den Armvenen mit dem Finger auf und ab folgen können. Blauen Straßenkarten, die Beck keine Angst machten, weil sie bedeuteten, dass ihre Mom lebte. Ihre Mutter war nicht perfekt gewesen, aber sie war ein Mensch und sie hatte versucht es zu sein. Sie hatte versucht mit dem Trinken aufzuhören.

Doch Beck wusste nicht, ob das für den Himmel reichte.

»Und *wieso* ist der Himmel kein Ort für Perfektheit?«, hatte Grandpa an dem Tag gefragt.

Beck zuckte die Schultern. »Weiß nicht.«

Die Motorhaube krachte zu und Grandpa sah Beck an. »Weil niemand perfekt ist, Beck. Niemand. Und wenn der Himmel ein Ort für Perfekte wäre, dann müsste er gähnend leer sein. Wenn du je einen Menschen triffst, der so tut, als wär er perfekt – ich glaube, dann bist du dem größten Sünder unter uns allen begegnet.«

Er schlurfte zu der Werkbank hinüber und betrachtete Becks Zeichnung, einen Vogel, der auf dem Rücken lag, die Augen offen, mit leerem Blick. Grandpa kommentierte das Bild nicht.

»Der Himmel ist nicht für die Perfekten, sondern für die Reumütigen. Er ist für die, die sagen: ›Ich bin nicht immer gut, aber ich versuche es. Meine Fehler tun mir leid. Ich bereu sie.‹«

Und damit war alles gesagt. Das Zauberwort, das die achtjährige Beck hatte hören müssen.

Versuchen.

Denn Beck wusste, dass ihre Mom es so sehr versucht hatte, wie ein Mensch nur konnte.

Danach löste sich Becks Besessenheit vom Tod langsam auf. Sie fand eine beste Freundin. Sogar zwei, wenn man Vivian mitzählte. Ein stabiles Zuhause. Sicherheit. Aber jeden Abend, bevor sie zu Bett ging, flüsterte Beck ganz heftig: »Ich bereu sie. Ich bereu sie«, auch als sie schon längst nicht mehr an den Himmel und alles andere glaubte.

Als Beck von ihrer Tour zu Ruths Laden zurückkam, stellte sie die neuen Pinsel und die ganzen Dosen mit der kostbaren Farbe, die sie brauchte, um weiter Wandbilder für Cassie zu sprühen, vor sich auf. All die Sachen waren ihr auf Vertrauensbasis überlassen worden. Von jemandem, der ihr ein bisschen Güte entgegenbrachte, als sie es am meisten brauchte. Und die Erinnerung an jenen Tag in der Scheune mit Grandpa und an die Worte damals kehrte zurück.

Ich bereu sie. Ich bereu sie.

Beck wollte nur, dass das Universum es wusste.

Das hier war ihr Versuch.

WE CAN BE HEROES

STAFFEL 2: FOLGE 15

»DER STELLVERTRETER«

MERIT LOGAN: Bevor wir zu den Fragen kommen, noch ein paar aktuelle Informationen. Vor ein paar Stunden wurde in der Stadt Bell ein zweites Wandbild von Cassie Queen entdeckt, diesmal an der Seite der Highschool-Aula. Wieder stellt es eine griechische Sage dar – Ariadne und den Minotaurus, gefangen im Labyrinth.

Interessant an diesen Wandbildern ist, abgesehen von der Art und Weise, wie sie über Nacht auf geheimnisvolle Weise in der kleinen Stadt auftauchen, auch der Social-Media-Account, der Fotos der Bilder postet, und zwar jedes Mal im Namen von Cassie Queen. Hört euch mal den Text zum zweiten Wandbild an:

»Cassie war auch in einem Labyrinth gefangen. Und Nico Bell war drinnen und hat sie gestalkt. Cassie hatte Angst. Sie wusste, dass Nico gefährlich war. Aber das System war nicht dazu geschaffen, Cassie Sicherheit zu geben. Es war dazu geschaffen, Nico vor einer Anklage zu schützen – Gott behüte, dass wir Vergewaltiger für ihre Taten verantwortlich machen. Wer wusste noch, dass Cassie in Gefahr war? Was glaubt ihr? @BellPolice und @BellFirearms? #CassieWussteEs #AlleWusstenEs.«

Einen Link dazu findet ihr in den Shownotes zu dieser Folge. Sheriff Thomas kann heute nicht noch mal teilnehmen, deshalb haben wir einen seiner Vertreter, Officer Daniel Everett, gebeten mit uns über diese merkwürdige Form von – wie nennt man das am besten? – Bürgerwehr-

Kunst? – zu sprechen, die in der letzten Woche in Bell aufgetaucht ist.

MERIT: Officer Everett, ich bin froh, dass Sie es heute einrichten konnten.
EVERETT: Nun, Sheriff Thomas bat mich Ihren Anruf zu übernehmen und die … Missverständnisse auszuräumen, die sich, wie es scheint, beim letzten Mal zwischen Ihnen ergeben haben. Wir schätzen Transparenz sehr in Bell und wollen die Dinge gern richtigstellen.
MERIT: Das begrüße ich. Dann lassen Sie uns am besten gleich einsteigen. Bell ist in dieser Woche zum Schauplatz eines kontrovers diskutierten Vandalismus geworden. Was können Sie uns zu den Wandbildern sagen?
EVERETT: Nicht allzu viel über das hinaus, was bis jetzt in der *Bell Review* berichtet wurde. Die Ermittlung läuft. Aber ich kann Ihnen sagen, dass wir eine Gruppe von Jugendlichen hier aus der Stadt hinter der Sache vermuten.
MERIT: Wie kommen Sie darauf?
EVERETT: Wenn man die Social-Media-Posts betrachtet, dann geht es da um eine ganz spezifische, gezielte Botschaft. Die Posts schließen Tags für öffentliche Orte ein, wo Teens abhängen, wie zum Beispiel das Loft, ein Café in der Stadt, oder die Highschool selbst. Es scheint, diese Leute wollen, dass ihre Botschaft die Teens ganz direkt erreicht, dazu kommt die Verbreitung über einige der großen Organisationen, die sich für Waffenkontrollen einsetzen. Und die Sprache ist in einer Form gehalten, die jugendlich wirkt.
MERIT: Was lässt Sie vermuten, dass die Wandmaler

oder -malerinnen die gleichen sind wie die Leute, die die Bilder in den sozialen Netzwerken posten? Ist es nicht auch möglich, dass jemand sprayt und jemand ganz anderes die Fotos macht und sie online stellt?

EVERETT: Also, wir haben – einen Moment bitte.

[Unbestimmte Scharrgeräusche]

EVERETT: Sorry, kein Kommentar.

MERIT: Können Sie bestätigen, dass Sie zu diesem Zeitpunkt bereits Verdächtige haben?

EVERETT: ... kein Kommentar.

MERIT: Wissen Sie was? Lassen Sie uns das Thema wechseln. Officer Everett, ich habe hier eine Kopie von Cassie Queens Antrag auf ein Kontaktverbot, der am 13. März dieses Jahres gestellt wurde.

EVERETT: Ich glaube, Sheriff Thomas hat den Antrag aufgenommen.

MERIT: Das stimmt. Ist es üblich für einen Sheriff, dass er persönlich Papiere wie dieses ausfüllt? Anträge auf ein Kontaktverbot?

EVERETT: Ich weiß nicht, ob es üblich ist, aber ich weiß, dass es ihm wichtig war, noch am gleichen Tag zu Cassie Queen ins Krankenhaus zu fahren.

MERIT: Wie es scheint, hat er das auch getan. Ich habe noch eine Frage zu dem Antragsformular. Es gibt hier ein Kästchen, das angekreuzt werden muss, um zu überprüfen, ob wirklich alle Waffen aus dem Haus des Vergewaltigers entfernt wurden.

EVERETT: Ein Richter muss das festlegen, das Formular ist nur ein Antrag. Der Richter muss entscheiden, ob es genügend Anzeichen einer Bedrohung gibt, um aufgrund eines Kontaktverbotsantrags vorübergehend auch Waffen einzuziehen – zumindest bis eine formale

Anhörung stattfindet. Ein Richter kann nur nach einem endgültigen Entscheid für ein Kontaktverbot anordnen, dass alle Waffen auf Dauer eingezogen werden.

MERIT: Aber das Kästchen war auf Cassies Antrag nicht einmal angekreuzt. Wissen Sie, warum das nicht beantragt wurde?

EVERETT: Nein, keine Ahnung. Wie ich schon sagte, es waren nicht meine Papiere.

MERIT: Ich habe mal nachgeforscht und die letzten fünfzig Anträge auf ein Kontaktverbot in diesem County durchgesehen. Neunzehn der Anträge kamen aus Bell. Wollen Sie mal schätzen, wie viele dieser Anträge auf ein befristetes Kontaktverbot – es geht hier wieder um die Zeit, die es braucht, einen Termin für eine formale Anhörung festzusetzen und ein dauerhaftes Kontaktverbot rechtlich abzusichern –, also noch einmal: Wollen Sie mal schätzen, bei wie vielen von den fünfzig Anträgen das Kästchen angekreuzt wurde?

EVERETT: Ich weiß es wirklich nicht.

MERIT: Bei allen. Allen fünfzig. Einschließlich der neunzehn aus Bell. Nur bei dem Antrag von Cassie nicht.

EVERETT: Nun, da müssen Sie den Sheriff wegen des Antrags fragen.

MERIT: Das hatte ich vor. Aber er hat unser Gespräch in letzter Minute abgesagt. Ich frage mich bloß, wieso Cassies Antrag gegen Nico Bell anders behandelt wurde als alle sonstigen Fälle. Der Sheriff ist selbst ins Krankenhaus gefahren. Hat selbst den Antrag ausgefüllt. Und nicht das Kästchen angekreuzt.

EVERETT: Und *ich* kann Ihnen dazu nichts sagen.

MERIT: Officer Everett, Sie haben gesagt, dass Sie mit mir telefonieren, weil Sie Transparenz schätzen. Gibt es überhaupt irgendwas, das Sie mir zu diesem Fall sagen können?

EVERETT: Nein. Aber ich würde gern etwas zu den Vandalen sagen, wenn das für Sie in Ordnung ist.

MERIT: Das heißt, meine Fragen können Sie nicht beantworten, aber gleichzeitig wollen Sie meine Plattform nutzen, um eine Botschaft zu verbreiten?

EVERETT: Ms Logan, ich weiß nicht, wo Sie –

MERIT: Aufgewachsen bin ich tatsächlich in –

EVERETT: – aber wir nehmen Zerstörung von Eigentum extrem ernst in –

MERIT: – im Gegensatz zu der Gewalt, die Cassie Queen –

EVERETT: – und Sie sollen wissen, dass wir die Nachforschungen erst beenden werden, wenn wir jemanden gefunden haben, den wir –

MERIT: – die Cassie Queen durch ihren Freund, Nico Bell erfahren hat. Die haben Sie nicht *extrem ernst* genommen, oder? Wen machen wir *dafür* verantwortlich?

EVERETT: Mir gefällt nicht, was Sie da unterstellen, Ms Logan.

MERIT: Ich unterstelle gar nichts, Officer Everett. Ich sage es geradeheraus. Sie haben Cassie Queen durchs Netz fallen lassen und ich versuche herauszufinden, wie das geschehen konnte. Jetzt setzen Sie Ihre ganzen Anstrengungen daran, ein paar Teenies aufzuspüren, die nur Cassies Andenken wahren wollen.

EVERETT: Aus meiner Sicht wollen sie bloß eine Spaltung der Gesellschaft erzeugen. Das sind Kriminelle.

MERIT: War Nico ein Krimineller?

EVERETT: Nicht bevor er abdrückte.

MERIT: Glauben Sie nicht, dass etwas hätte geschehen können, bevor –

EVERETT: Ms Logan, wir können *jetzt sofort* ein paar Kriminelle stoppen, wenn Sie mich reden lassen. Das Letzte, was diese Stadt braucht, ist weiteres Chaos, weitere Spaltung –

MERIT: Ich denke, das Wort, das Sie suchen, ist Gerechtigkeit, Officer Everett.

EVERETT: Und ich denke, das Gespräch ist hiermit beendet, Ms Logan.

VIVIAN

Vivian hatte Landkarten schon immer geliebt. Zu ihrem vierten Geburtstag hatte sie sich einen Globus gewünscht, den sie drehte, um ihn irgendwann mit dem Finger zu stoppen. Und dann schauten sie und ihre Mom den Ort, wo der Finger gelandet war, im Lexikon nach. Sie stellten sich vor irgendwann dorthin zu reisen. Als Vivian beschloss Ärztin zu werden, hatte sie eine Weltkarte bekommen, die sie an ihrer Wand aufhängte. Sie recherchierte Organisationen, die Ärzte in alle Welt schickten. Um wirklich Gutes zu tun. Um das Leben der Menschen zu verändern.

Vivian wollte so eine Zukunft und von dem Moment an, als sie sich dafür entschied, gab es nichts anderes mehr für sie. Sie markierte die Gegenden, in denen sie eines Tages arbeiten wollte, mit Stecknadeln. Nach Cassies Tod hängte sie die Karte ab und ließ die Wand frei – leer. Sie hatte nichts, was sie stattdessen dort aufhängen wollte.

Bis jetzt.

Jetzt hängte Vivian eine neue Karte auf. Eine von Bell. Karten der Stadt gab es eigentlich nicht zu kaufen, deshalb hatte sie Beck gebeten eine für sie zu zeichnen, um ihren Racheplan nachhalten zu können, all die Orte zu sehen, wo sie die Wandbilder platzieren wollten. Das war ihre neue Obsession.

Es gab eine gewundene graue Linie, die seitlich aus dem Blatt hinauslief – die Route 90. Und ein kleines Viereck, wo die Plakatwand stand. Vivian kritzelte ein kleines Herz darunter und schrieb die Anzahl der Likes dazu, die das Wandbild inzwischen online hatte: 8998.

Fast neuntausend Menschen, mehr als alle Einwohner von Bell zusammen, lasen Cassies Namen. Erfuhren ihre Geschichte. Stimmten zu, dass noch mehr getan werden musste.

Und dann fügte Vivian das zweite Wandbild ein. Ein Kreuz markierte den Ort, diesmal an der Westseite der Highschool, wo ein roter Kasten die Aula anzeigte. Beck erzählte, das Wandbild sei entdeckt worden. Es war gut, dass Vivian gleich nach ihrer Schicht vorbeigefahren war, um bei Tageslicht ein gutes Foto von dem Bild zu machen.

Die Highschool war leer gewesen, nicht nur wegen der Sommerferien, sondern bereits seit den Schüssen. Die restlichen Schülerinnen und Schüler waren auf die Mittel- und Grundschulen in Bell verteilt worden, damit sie nicht so schnell wieder dem Trauma begegneten, wenn sie über die Schulflure liefen. Es erstaunte Vivian wirklich, wie weit die Erwachsenen bereit waren, sich der Existenz dieses Traumas zu beugen. Es hinreichend anzuerkennen, um das vierte Quartal des Schuljahrs neu zu organisieren, aber eben doch nicht weit genug, um sich für eine Veränderung einzusetzen. Nicht weit genug, um die Arschlöcher, die hatten geschehen lassen, was Cassie passiert war, verantwortlich zu machen.

Das war der Gedanke, der Vivian diesmal antrieb. Ihre Finger zitterten vor Wut. Sie postete das Wandbild der Ariadne auf ihrem Account. Ariadne gefangen in ihrem Labyrinth, mit einem Monster auf den Fersen. Sie taggte die gleichen Organisationen, die sich für Waffenkontrollen einsetzten, die Kongressabgeordnete, die ihren letzten

Post geteilt hatte, und den Podcast, von dem sie jetzt jede Sendung verfolgte.

Vivian machte ihre Hausaufgaben.

Zuerst fand sie alle anderen Kongressmitglieder heraus, die sich für vernünftige Waffengesetze einsetzten, sammelte deren Social-Media-Accounts und ergänzte sie bei ihren Wandbilder-Posts.

Als Nächstes stürzte sie sich in das Gesetz zur Gewalt gegen Frauen – das im nächsten Jahr neu gefasst werden sollte. Es war Zeit, das Schlupfloch zu stopfen, das es Vergewaltigungsopfern erschwerte Schutz zu bekommen, wenn sie nicht mit dem Vergewaltiger verheiratet waren. Und das es fast unmöglich machte, die Vergewaltiger daran zu hindern, sich eine Waffe zu beschaffen.

Bell wollte keine Verantwortung für Cassie übernehmen.

Bell, *die Stadt.*

Bell, *die Familie.*

Bell, *die Waffenschmiede.*

So war diese Bürde immer weiter nach unten gesackt, bis sie bei Beck und Vivian landete, um es zu richten. Einen neuen Ausgleich zu finden, in einer Welt ohne Cassie.

Vivian war nie für Rache gewesen, aber Menschen können sich ändern. Es wäre so einfach, dachte sie jetzt, sich von Rache auffressen zu lassen. Sie die Bereiche in ihrem Leben ausfüllen zu lassen, die von Trauer, Angst und Verlust entleert waren.

Es klopfte leise an ihrer Zimmertür und Vivian klappte ihren Laptop zu. Sie griff zu der Karte hoch, um sie abzunehmen, entschloss sich dann aber, sie hängen zu lassen. Es war ja bloß eine Karte von Bell. Nichts Verdächtiges.

Bell war ihre Heimat.

»Komm rein«, sagte Vivian und ihre Mutter drückte die Tür auf. Alexandra, ihre Mutter, war jung. Sie hatte Vivian bekommen, als sie gerade die Highschool verließ, und hatte Viv alleine großgezogen, während sie gleichzeitig ihre Schwesternausbildung machte. Es hatte an ihr gelegen, dass Vivian sich besonders für Medizin interessierte. Ihre Mutter brachte Geschichten aus der Notaufnahme mit – natürlich nur die guten. Wie sie ein Kind wiederbelebten, das fast ertrunken wäre. Wie sie den Herzinfarkt eines Großvaters erkannten und ihn rechtzeitig in die Notfallchirurgie brachten. Sie hatte Vivian beigebracht, dass Medizin wie ein Wunder für die war, deren Leben sie rettete. Und Vivian hatte sich in die Vorstellung verliebt. Vivian, die mehr Bezug zu Fakten hatte als zu Geschichten, wusste, dass ihr größter Wunsch war, so zu werden wie ihre Mutter. Pragmatisch und eigenständig.

Aber Vivian wusste auch von den Grenzen der Medizin. Manche Menschen konnten nicht von der Zerstörung, die sie erlebt hatten, gerettet werden. Zerstörung wie eine Kugel im Kopf, während man in der Englischstunde saß.

»Ich fahr jetzt zur Arbeit«, sagte ihre Mom in der Tür und holte Vivian aus dem Klassenzimmer an jenem Tag vor fünf Monaten wieder zurück. »Im Kühlschrank steht ein Eintopf fürs Abendessen. Alles in Ordnung mit dir, Schatz?«

»Mir geht's super«, antwortete Vivian. Als sie ihrer Mom erzählt hatte, dass sie nicht aufs College wollte, hatte Alexandra sie nicht im Geringsten bedrängt. Aber Vivian wusste, dass sie nicht einverstanden war. Sie hatte nur angenommen, dass ihre Tochter Zeit brauchte.

Ein Teil von Vivian hoffte, dass diese Annahme stimmte.

Ein anderer Teil war bereit alles zu riskieren. Ihre ganze Zukunft. All die Jahre des Planens, Lernens und *Träumens*. Nur um zu erleben, wie jemand bezahlte für das, was Cassie passiert war.

Und dieser Teil von ihr redete gerade am lautesten.

»Vivian«, sagte ihre Mom. »Die Queens haben wieder angerufen.«

Vivian drehte sich auf ihrem Stuhl um. Sie schlang die Arme um ihre Knie.

»Sie brauchen jetzt wirklich eine Antwort von dir«, fuhr ihre Mom fort. »Sie wollen diese Woche ihre Klage einreichen. Hast du noch mal drüber nachgedacht?«

Die Queens. Cassies Eltern. Eine Woche nach der Beerdigung hatten sie die Stadt verlassen. Sich nicht mal drum gekümmert, das Haus zu verkaufen – hatten es einfach leer stehen lassen und waren bei Cassies Großeltern eingezogen, die am anderen Ende des Bundesstaats wohnten. So weit weg, wie sie nur konnten, und so schnell wie möglich. Doch das hieß nicht, dass sie mit Bell abgeschlossen hatten.

Sie verklagten die Firma.

Und sie hatten Vivian gefragt, ob sie mitklagen wollte. Wegen der Verletzungen. Wegen der Rechnungen für die medizinische Versorgung, die ihre Mutter nie würde bezahlen können. Wegen des Traumas, das sie erlitten hatte.

Vivian war zuerst unsicher gewesen. Das Geld war ihr egal und sie hatte sich genau auf diesen Punkt fixiert – darauf, dass andere denken könnten, sie sei nur hinter dem Geld her. Aber hier ging es nicht ums Bezahlen, sondern um Verantwortung.

In dieser Stadt war der Besitz einer Waffe das einzige Statussymbol, das zählte. Stadtstolz. Bell Firearms hatte die Waffe entwickelt, die Cassie tötete, sie produziert und dann hatte sie Mr Bell höchstpersönlich an einem Ort deponiert, der für einen gefährlichen Menschen zugänglich war.

»Sag den Queens, dass ich dabei bin. Lass uns die Scheißkerle drankriegen.«

CASSIE

Tagsüber
lenk ich mich ab,
indem ich mit meinen Erinnerungen spiele.

Ich erinnere mich, wie Vivian stets in Bewegung war.
Um fit zu sein für mein Laufen, *sagte sie immer,*
aber ich glaube, sie konnte
einfach nicht still sitzen.

Sie lief schon vor Schulbeginn
und auch abends – Sprintstrecke,
um die Muskeln warm zu halten,
wie sie immer meinte.

Wir trafen uns bei Becks Haus,
setzten uns auf die alte, abblätternde
Rundumveranda von ihrem Großvater
und jubelten Vivian zu, wie sie
den Feldweg rauf- und runterspurtete,
noch mal und
noch mal und
noch mal.

Wir sahen ihr zu,
tranken Limonade
aus billigem Brausepulver

und manchmal mit einem Schluck
Wodka von Becks Großvater.

Von dem Drink
und dazu der Sommerhitze
wurde uns zwar immer schlecht,
doch wir tranken ihn trotzdem.

Ich versuchte Vivian
motivierende Sachen zuzurufen:
Du läufst super!
Hast es echt drauf!

Aber Beck war Beck:
Beweg dich, du Bitch!
HEB DEINE BEINE!
Zeig mal ein bisschen Power!

Einmal, als Vivian gerade an der Veranda vorbeijagte
und ihr der Schweiß vom Gesicht lief,
dass sie aussah wie Athene inmitten der Schlacht,
rief Beck, die schon zwei Drinks weghatte:
Echt geil, Viv! Kick it like Beckham!
Geiler Arsch!

Dann schob sie zwei Finger
zwischen die Lippen
und schickte Viv
einen langen Pfiff hinterher.

Als Viv das nächste Mal
um die Ecke kam,

hatte sie den Gartenschlauch an,
volles Rohr,
und jagte uns damit von der Veranda.

Tagsüber kann ich nichts anderes tun,
als mich erinnern.
Aber gewöhnlich reichen mir
die Erinnerungen.

WANDBILD 3

TITEL: MEDUSA

ORT: DER WASSERTURM

BECK

Beck Jones hatte nicht immer Höhenangst gehabt.

Sie hatte so viele Nächte draußen auf der Feuerleiter ihres Wohnblocks verbracht. Wolldecke dabei und dann die Sterne betrachtet, ohne sich je um die Tiefe unter ihren Füßen zu sorgen. Sie hatte nur noch dort draußen sein wollen, falls es eine klare, wolkenlose Nacht gab, die ihr den Blick auf die Sterne ermöglichte.

Das änderte sich, als sie sieben wurde.

Sie war seit einer Stunde draußen und plötzlich schlug das Fenster zu. Sie versuchte alles, aber die kleine Beck kriegte das festsitzende Fenster nicht wieder hoch. Sie war auf der Feuerleiter gefangen. Zuerst hämmerte sie gegen die Scheibe, aber ihre Eltern lagen wie bewusstlos in einem anderen Zimmer. Sie hatten getrunken. Sie tranken immer. Deshalb beschloss Beck nach unten zu klettern. Sie war vorsichtig, ein Schritt nach dem andern und beide Hände fest um die Sprosse geklammert. Doch als sie über das Zwischenstück lief, um zur nächsten Leiter zu kommen, brach auf einmal das Geländer weg.

Beck stürzte.

Es war Zufall, dass unten der Mann vorbeilief. Und er hätte leicht auf seine Füße schauen und sich nur um seine Dinge kümmern können. Aber der Himmel war besonders klar in dieser Nacht und der Dreiundzwanzigjährige blickte nach oben und betrachtete die Sterne, genau wie Beck. Deshalb sah er sie stürzen.

Und irgendwie fing er sie auf.

So schaffte es Beck auf den Radar des Jugendamts. Und sie gelangte dort nie wieder raus, bis sie auf Grandpas Farm kam. Und sie setzte sich auch nie wieder auf eine Feuerleiter, hatte noch nicht mal mehr aus den Fenstern des Wohnblocks schauen können.

Und nun, ein Jahrzehnt später, kletterte sie zum zweiten Mal in zwei Wochen. Diesmal auf den Wasserturm von Bell.

»Das ist ein Fehler«, sagte Beck und verschob ihren Rucksack, um nach Vivian zu schauen, die hinter ihr herkletterte.

»Alles gut«, rief Vivian. »Guck nicht nach *unten.*«

Beck kletterte weiter und versuchte gegen die Panik anzukämpfen, die sie bekam, als sie den Boden so weit, weit unter sich sah. Das hier war höher als die Plakatwand. Es war auch höher als der zweite Stock, aus dem sie als Kind gestürzt war. Wie hatte Vivian es bloß geschafft, sie davon zu überzeugen, dass der Wasserturm eine gute Idee sei?

Für Cassie, hatte Vivian gemeint, als sie den Ort auf ihrer Liste auswählte.

Und offenbar hatte *für Cassie* gereicht, um Beck zu überzeugen.

Als sie oben ankamen, rutschte Beck rückwärts an die Außenwand des Wasserbehälters und presste ihren Rücken dagegen. Vivian legte sofort los, zog die erste Spraydose heraus und schlug das Skizzenbuch auf.

»Ich glaub, das hier mag ich von allen Motiven bisher am liebsten«, sagte Vivian.

»Ist der einfachste Entwurf«, erklärte ihr Beck. Es musste schnell und einfach sein. Ein Bild, das sie in einer

Stunde oder weniger schaffen konnte. Beck wollte keine Minute länger als nötig auf diesem bescheuerten Turm bleiben. Ganz zu schweigen davon, dass diese Stelle bisher die bei Weitem riskanteste war. Sie konnten ganz Bell überblicken und alle in Bell konnten *sie* sehen. Beck und Vivian mussten sich also wirklich beeilen.

»Setzt du dich hinter mich? Bitte?«, bat Beck. Vivian nickte und schob sich zwischen sie und das Geländer.

Beck drehte sich zur Wand, zog die Maske zurecht und fing an zu sprayen. Das Bild war zwar einfach, aber hier oben auf dem Turm würde es großartig wirken.

Heute Nacht ging es um die griechische Sagengestalt Medusa.

Cassie sagte, dass die Geschichte der Medusa missverstanden wurde. Medusa war eindeutig das Opfer, wurde aber wieder und wieder wie ein Monster behandelt. Verdammt wegen ihrer Schönheit. Verdammt wegen der eigenen Vergewaltigung. Verflucht mit Schlangenhaaren und einem starrenden Blick, der Männer zu Stein verwandelt.

Aber Cassie sagte, es war kein Fluch, nicht wirklich. Es war eine Waffe. Die Schlangen verbargen ihre Schönheit. Niemand würde je wieder hinter ihr her sein. Und der Blick, der Männer zu Stein verwandelte?

»Tja«, sagte Cassie. »Welches Mädchen könnte diese Fähigkeit nicht dann und wann brauchen?«

Beck zeichnete die Umrisse von Medusas Kopf. Sie gab ihr starke schwarze und leere Augen. Sie wirkten gruselig auf der Wand des Wasserturms. Als ob sie die ganze Stadt zu Stein erstarren lassen wolle.

Und dann die Haare. Die Schlangen.

»Coelinblau«, las Vivian auf der Farbdose, bevor sie sie

Beck reichte. »Gott, weißt du noch, was für ein Desaster die Nacht damals war?«

»Als ob ich das je vergessen könnte.«

Es war letztes Jahr gewesen und sie feierten den Beginn des Sommers mit einem Roadtrip. Sie hatten sogar ein paar Orte entfernt ein B&B gebucht.

Cassie hatte Vivian und Beck allein gelassen, um irgendwas in einer Drogerie zu holen, und sie hatten die ganze Zeit, die Cass weg war, gestritten. Das Zimmer war nicht zum Aushalten gewesen. Es war, als ob sich der Designer nicht für ein bestimmtes Blumenmuster hätte entscheiden können und irgendwann dachte: *Scheiß drauf, dann nehmen wir eben alle.* Und so war es. Blumen, wo man nur hinschaute, aber in rivalisierenden Mustern und Farben. Nach zehn Minuten bekam Beck Kopfschmerzen.

Deshalb war sie besonders genervt, als Vivian damit anfing, dass Beck im nächsten Jahr unbedingt aus Bell wegmüsse.

»Ich. Gehe. Auf. Kein. College«, presste Beck auf der Tagesdecke liegend hervor, die mit Veilchen und Lilien bestickt war. »Ich hab Grandpas Werkstatt. Ich übernehme sie. Ich bin bereit.«

»Ich hab nicht College gemeint«, sagte Vivian. »Du machst gern Kunst. Du hast gesagt, du willst Tattoo-Künstlerin werden. Das kannst du überall werden.«

»Wenn ich das überall werden kann, dann kann ich es auch in Bell«, hatte Beck geantwortet.

Vivian hätte wahrscheinlich die ganze Nacht mit ihr gestritten. Zum einen, weil sie überhaupt gern mit Beck stritt. Und zum andern, weil es merkwürdig wichtig für Vivian war, dass Beck drüber nachdachte, nicht in Bell zu bleiben.

Als Cassie mit einem Haarfärbemittel in leuchtendem Blau ins Zimmer zurückkam, war Beck aufgesprungen und hatte sich die Packung geschnappt. Eine äußerst willkommene Ablenkung für alle. Also fingen sie mit der Blondierung an. Und dann brach die Hölle los.

Cassie sagte, das Zeug brenne auf ihrer Haut, und sie geriet in Panik. Sie lachte, rannte im Badezimmer rum und brüllte. So als wenn sie sich nicht entscheiden könne, ob die Situation eher lustig oder schmerzhaft sei. Beck musste sie unter die Dusche zerren, um die Farbe herauszuwaschen, aber dabei stießen sie gegen das blaue Färbemittel.

Es spritzte in alle Ecken.

Blaue Farbe bedeckte die pfirsichrosa Badezimmermatte.

Blaue Farbe überzog die burgunderfarbene Zinnien-Tapete.

Blaue Farbe besudelte die lilafarbene Seifenschale in Chrysanthemen-Design.

Sie wurden aus dem B&B geworfen und mussten noch am selben Abend die ganze Strecke nach Bell zurückfahren. Sie besorgten ein neues Färbemittel für die arme Cass, deren Haare erst halb fertig waren und einen scheußlichen Gelborange-Ton angenommen hatten. Sie liefen zum See, weil das *ihr* Ort war, setzten sich in Bettys Scheinwerferstrahlen und färbten Cassies Haare endgültig blau.

Schließlich sprangen sie in den See, um das Mittel auszuspülen.

Danach legten sie ihre fleckigen Sachen auf das Dach vom VW-Bus. Beck verteilte ein paar der verwaisten Kleidungsstücke, die den Bus nie zu verlassen schienen – ihr altes Fußballshirt an Cassie, Shorts und ein Thermoshirt für Vivian und ein altes Flanellhemd mit einer Leggings für sich.

Cassie hatte Becks Kunstmappe rausgezogen und bestand darauf, dass Beck ihnen unechte Tattoos machen sollte, um die *Nacht der Rebellion zu vervollständigen.*

Beck erinnerte sich noch an den Blick, als sie Vivian schließlich das Prachtstück anschauen ließ – ein feurig roter Fuchs auf dem Oberschenkel, umgeben von Sträuchern und Dornen.

»Der Fuchs ist wunderschön«, sagte Vivian, als sie den Schenkel betrachtete. »Mensch, Beck, du könntest das echt gut. Wenn du das machen würdest.«

»Danke«, antwortete Beck überrascht von der sanften Ernsthaftigkeit in Vivians Stimme, weit entfernt von ihrer sonst oft so rechthaberischen Art.

Cassie hatte sich Sonnenblumen gewünscht. Und dazu diesen lateinischen Spruch aus dem letzten Monolog, den sie erst hundertmal bei ihnen eingeübt hatte, ehe sie damit zum Vorsprechen ging. *Collige Virgo Rosas.*

»Was bedeutet der?«, fragte Vivian Cassie in dieser Nacht und nahm einen Schluck aus der Flasche Zimtlikör, die Beck herumgereicht hatte, während sie malte.

»Pflücke, Mädchen, die Rosen. Bedeutet so viel wie: Pflück die Rosen, solange du noch kannst. So was wie *Carpe diem*. Nutze den Tag. Oder, du weißt schon: YOLO. Man lebt nur einmal.«

Vivian hustete und plapperte, fing an zu lachen und war betrunkener, als Beck bis zu diesem Moment gemerkt hatte.

»*YOLO*«, stieß Vivian zwischen zwei Kicheranfällen hervor und bald konnten sie sich alle drei nicht mehr halten. Und nachdem sie sich irgendwann wieder beruhigt hatten, musste nur einer das Wort noch mal flüstern und schon ging das Kichern von Neuem los.

Lachend schliefen sie unter dem Scheinwerferlicht des Busses ein. Am Morgen mussten sie Cassies Eltern anrufen, um sie zu bitten den Motor zu starten und ihnen frische Kleidung zu bringen. Die Sachen mit den Flecken von dem Haarfärbemittel waren über Nacht vom Busdach geweht und lagen wahrscheinlich tief unten im Schlamm des Bell-Sees begraben.

»Vielleicht war ja die Nacht damals gar nicht so ein Desaster«, sagte Vivian und drehte sich auf der schmalen Brüstung des Wasserturms zu Beck um.

»Vielleicht war sie irgendwie sogar perfekt«, antwortete Beck und lächelte bei der Erinnerung.

»Ja, wahrscheinlich war sie das.« Vivian rutschte näher und reichte Beck die letzte Farbdose.

Medusa war so gut wie fertig.

Beck hatte die Schlangen blau gemalt – für Cassie, zu Ehren der Nacht. Sie hatten nie rausgefunden, wieso sie sich plötzlich die Haare blau färben wollte.

Aber Beck ahnte es jetzt. Es hatte jede Menge Anzeichen gegeben, dass etwas nicht stimmte. Nur dass eben niemand darauf geachtet hatte.

Plötzlich hörten sie ein Hupen und Vivian schaute über das Geländer.

»Scheiße, wir müssen weg hier«, sagte sie. »Schnapp dir die Tasche. Räum nicht groß auf.«

Es war Cassie, die hupte, und als Beck aufschaute, sah und hörte sie es. Blaulicht und eine Sirene. Auf dem alten Highway. Aber genau in ihre Richtung.

Sie würden erwischt werden.

»Scheiße«, sagte Beck und stieg hinter Vivian her auf die Leiter. Sie schnappte noch schnell ihren Rucksack und ließ die Farbdosen da.

Sie brauchten zwei Minuten, um runterzuklettern. Die Sirene klang mit jeder Sprosse lauter – näher. Beck spürte ihr Herz die ganze Zeit in der Kehle und war sich sicher, sie würden gleich abrutschen.

»Wir müssen los«, sagte Cassie, als sie die Türen vom Bus aufrissen.

Und schon schlugen die Türen wieder zu und sperrten das Sirenengeheul des Polizeiwagens aus. Beck fuhr die Zufahrtsstraße zum Wasserturm zurück und bog am Ende in Richtung Bell ab.

»Beeil dich«, sagte Vivian. »Wir brauchen ein bisschen Abstand. Der Bus fällt sonst auf.«

»Ich weiß, ich weiß«, brummte Beck und fuhr schneller.

Eine Minute später bogen sie in die Main Street ein.

Immer noch hörten sie die Sirene, aber jetzt von weit weg. Wahrscheinlich erreichte der Polizeiwagen gerade den Wasserturm.

Beck schlängelte sich durch die Straßen und nahm den größtmöglichen Umweg zu Vivians Haus.

»Vielleicht sollten wir eine Pause machen«, sagte Vivian beim Aussteigen. »Das war echt knapp. Wenn Cassie es nicht geschafft hätte zu hupen, hätten sie uns geschnappt.«

»Okay, ja«, antwortete Beck. »Wir machen einen Plan für irgendwann nächste Woche.«

»Fuck, ich hab kein Foto vom Wandbild gemacht«, sagte Vivian.

»Dann lass uns hoffen, dass die Zeitung eines bringt, denn ich steige auf gar keinen Fall noch mal auf diesen Scheißturm.«

Als sie die Leiter so schnell wie nur möglich runtergehetzt war, mit der Sirene im Ohr, die immer lauter wurde, hatte Beck plötzlich wieder die gleiche Schwerelosigkeit gespürt wie damals als Kind. Beck hatte sich zwar voll und ganz ihrer absurden Mission verschrieben, aber der Wasserturm war ab sofort und auf alle Zeiten für sie tabu.

»Ich finde das raus«, sagte Vivian. »Nacht, Cass. Ich hab dich lieb.«

Sie schlug die Tür zu und ließ Beck mit ihren Geistern zurück – und ihrem Geist.

»Wieso hast du die Haare eigentlich wieder zurückgefärbt?«, fragte Beck auf dem Weg nach Hause und versuchte so locker und beiläufig wie möglich zu klingen. »Die blauen Haare mein ich. Standen dir echt gut.«

Cassie lag wieder auf der mittleren Bank. *Man muss sich ja nicht mehr anschnallen, wenn man schon tot ist*, hatte sie irgendwann zu Vivian gesagt, die darauf die Augen verdrehte.

»Das fanden aber nicht alle«, antwortete Cassie leise. Als sie sich auf dem Sitz zurechtschob, konnte Beck die schwache Blaufärbung von der Nacht damals erkennen. Cassie hatte auf dem Sitz geschlafen und die frisch gefärbten Haare hatten den Stoffbezug der Bank coelinblau getönt.

Es war nicht fair, dass Cassies Name für immer mit der Art, wie sie starb, verbunden sein würde, anstatt mit ihrem Lachen, ihren Gedichten, ihrer Stimme. Beck wollte sich an Cassie so erinnern, wie sie damals gewesen war, in jener Nacht letzten Sommer. Mit den blauen Haaren und die Beine von gemalten Blumen bedeckt und als sie so sehr lachte, dass ihr die Tränen übers Gesicht gelaufen waren.

Das war es, woran Beck gedacht hatte, als sie in dieser Nacht auf dem Wasserturm stand und das Wandbild sprayte. Cassie als Medusa – nicht verflucht, sondern geschützt von der steinernen Kraft ihres Blicks und den wilden Kreaturen in ihrem Haar. Doch sie fragte sich, ob selbst das Cassie wirklich geschützt hätte. Beck wusste, dass es keinen richtigen Weg gab, in dieser Welt als Mädchen zu leben, aber sie hatte sich oft gefragt, ob es nicht wenigstens einen richtigen Weg gab, als Mädchen zu *überleben*. Es war einmal eine Zeit, da war Medusa ganz und gar keine Gorgonin gewesen, sondern gottesfürchtig und schön. *Verletzlich*, überlegte Beck. *Und sie waren hinter ihr her.*

Dann wurde Medusa etwas anderes. Etwas Rachevolles und Furchterregendes. Sie war jetzt nicht mehr verletzlich. Vielmehr war sie etwas, das Männer und Götter noch weniger tolerierten. Sie war stark. Und sie waren immer noch hinter ihr her.

CASSIE

Wir machten einen Roadtrip,
brachen auf am ersten Sommertag
nach dem Ende der Elften.
Wir fuhren nur
ein paar Orte weiter,
aber so fern von zu Hause
waren wir vorher allein
nie gewesen.
Wir waren jetzt offiziell *Zwölftklässlerinnen,*
was fast erwachsen klang.
Es fühlte sich an wie Freiheit.

Ich erinnere mich, wie ich unterwegs
die Scheiben von Betty runterkurbelte
und die Sommerhitze spürte,
den Hauch einer Brise,
und wünschte, es blieb so für immer,
es wär unser Sommer, wünschte,
wir müssten nie mehr zurück.

Beck zog uns in eine schäbige Bar
und schob falsche Ausweise
in die Gesäßtaschen unserer Jeans.
Kleine Geschenke für euch, *sagte sie.*

Der Barkeeper war nicht dumm,
aber es war ihm egal,
also schenkte er alles ein,
was es gab.

Wir setzten uns auf die Terrasse,
von wo man den Fluss sah.
Wir taten betrunkener,
als wir in Wirklichkeit waren,
denn wenn du betrunken bist,
kannst du alles aussprechen
und später behaupten,
dass es der Alkohol war,
der dir die Worte
in den Mund gelegt hat.

Wie Vivian, die sich entschuldigte,
dass sie gemein und zickig sei,
und uns erzählte
ständig *in Angst zu leben,*
etwas Falsches zu antworten,
zurückzubleiben,
in Bell festzusitzen,
so wie ihre Mom, die,
aus Vivians Sicht,
alles aufgegeben hatte,
um ihre Tochter großzuziehen.

Oder wie Beck, die uns erzählte,
dass sie sich vielleicht statt in einen Jungen
eher in ein Mädchen verlieben würde.
Irgendwann mal.

Und wie sie in ihr Bier lachte
und es verschüttete,
als ich sie heftig
in den Arm nahm.
Ich warf ihr die Arme um den Hals,
was ich echt gern tue,
weil ich die Einzige bin,
von der sich Beck drücken lässt,
abgesehen von ihrem Grandpa.
Aber der ist nicht anschmiegsam,
ich jedoch schon.
Ich habe Umarmungen übrig
und alle gehören Beck.

Sie fragten nach Nico
und das Lachen erstarb auf meinen Lippen.
Ich wusste nicht, wie ich es ihnen sagen sollte,
dass sich nach fast acht Monaten mit ihm
alles so falsch anfühlte.

Ich sagte nicht,
dass mir das Ganze zu schnell ging,
schneller, als ich erwartet hatte,
er aber meinte, er liebe mich.
Und war das nicht, was ich wollte?
Geliebt zu werden von Nico Bell?

Und als Nico anrief,
stand die Sonne gerade tief über dem Fluss
und tauchte alles in ein Goldrot.
Und ich schrieb ihm, dass ich
mit meinen Freundinnen unterwegs sei.

Doch er rief noch ein zweites Mal an
und ein drittes, ein viertes,
ein fünftes Mal –
meldete sich,
überprüfte mich.
Und ich stellte das Handy auf stumm,
und als er massenhaft Nachrichten schrieb,
schaltete ich es komplett aus.

In der Nacht färbten wir meine Haare
in einen wunderbaren Blauton.
Ich nahm absichtlich die leuchtendste
Farbe, die sie in der Drogerie hatten,
um mich daran zu erinnern,
dass ich noch ich war.
Um so zu tun,
als hätt ich noch alles unter Kontrolle.

VIVIAN

Vivian saß auf der Bank vor der Feuerwache und starrte zum Wasserturm.

Sie hatte ein Foto von dem dritten Wandbild, der Medusa, geklaut aus der Online-Ausgabe der *Bell Review*. Vivian war heilfroh, dass sie es gebracht hatten, sodass sie nicht noch mal hochklettern musste, um selbst eins zu machen.

»Cassandra« war inzwischen zehntausendmal geteilt und doppelt so oft gelikt worden. Und »Ariadne« lag nicht allzu weit dahinter. Ein Promi hatte zu den Wandbildern verlinkt und so eine größere Öffentlichkeit angezogen und neue Kommentare ausgelöst. Es waren jetzt wirklich viele, die sie unterstützten. Die Leute verstärkten ihren Ruf nach einer Waffengesetzreform.

Aber die Wandbilder und die Aufmerksamkeit, die die Bilder erzeugten, machten auch viele Menschen wütend.

Vivian musste unbedingt das nächste posten, doch sie war nervös. Es war genau das, was sie gewollt hatte – Cassies Geschichte verbreiten. Menschen dazu bringen, über Bell und seine Waffen zu diskutieren. Aber es war eine Sache, sich so etwas vorzustellen, und etwas völlig anderes, wenn es auf einmal Wirklichkeit wurde.

Ihr Finger schwebte immer noch über dem Button, als Matteo aus der Feuerwache trat.

»Hi, V.« Er setzte sich neben sie und Vivian schaltete das Handy aus, bevor er den Post sehen konnte.

Matteo nickte in Richtung des Wasserturms. »Ist schön, nicht?«

»Ja«, antwortete Vivian leise.

»Mir gefallen die Schlangen als Haar.« Er redete weiter, streckte seine langen Beine und fuhr sich lässig durch die wuscheligen Locken auf seinem Kopf. »Weißt du, was irre ist?«, fragte er.

»Hm«, antwortete Vivian, den Blick fest auf ihre Schuhe gerichtet und nirgendwo anders hin.

»Das Wandbild am Wasserturm kommt mir so bekannt vor«, fuhr er fort, die Stimme weiterhin weich und lässig. Aber genau das machte Vivian stutzig.

Er *versuchte* ruhig zu klingen.

»Ah, jetzt weiß ich es wieder«, sagte er und schnippte mit den Fingern. »Das Bild erinnert mich an unser erstes Theaterstück letztes Jahr in der Schule. Weißt du noch? Cassie hatte uns *alle* für das Stück eingespannt. Du zum Beispiel hast ihr mit den Kostümen helfen müssen – diesen langen, weißen griechischen Roben, erinnerst du dich? Und als Bühnenbild hatten wir dieses Cleopatra-Porträt, das nur aus schwarzen Linien bestand. Ihre großen Augen starrten ins Publikum. Das ist es, woran mich die Medusa da oben erinnert.«

Da schaute Vivian auf und sah ihn mit zusammengekniffenen Augen an.

Beck hatte das Bühnenbild für das Stück gemalt.

»Scheiße«, sagte Vivian und drehte sich zu ihm um. »Scheiße. Matteo. Du *weißt* es.«

»Ich hatte den Verdacht«, antwortete er und schaute zurück. »*Jetzt* weiß ich es.«

Vivian verdeckte ihr Gesicht mit den Händen. »Mist.«

»Vivian«, sagte Matteo und griff nach ihren Fingern.

Er musste erst einen nach dem andern von ihrem Gesicht klauben, bevor sie ihn ansah.

»Ich sage es niemandem, V.«

»Das weiß ich.« Sie wusste es wirklich. Sie vertraute Matteo. Und Matteo war auch mit Cassie befreundet gewesen. »Aber wenn *du* es durch das Stück rausgefunden hast, erinnern sich vielleicht andere auch dran.«

»Oh«, sagte Matteo. »Ich bin gar nicht durch das Stück draufgekommen.«

»Sondern?«

»Durch deine Haare«, antwortete Matteo. Er streckte die Hand aus, fuhr ihr durch die langen dunklen Strähnen und hielt sie in den von Bewegungssensoren gesteuerten Scheinwerfer an der Seitenwand der Feuerwache in ihrem Rücken. Der Scheinwerfer schaltete sich durch die Bewegung flackernd an.

Die untere Hälfte der Strähne war voller blauer Farbe. Coelinblau. Genau wie Medusas Strähnen.

»Das kann von allem Möglichen stammen«, protestierte Vivian.

»Ich weiß. Deshalb hab ich gesagt, ich hatte den *Verdacht*«, antwortete er mit einem frechen Grinsen und Vivian schmierte ihm eine.

»Matteo«, sagte sie. »Mann, das ist echt ernst.«

»Ja, V. Es ist todernst. Aber es gibt niemanden sonst, der so viel für das Andenken an Cassie riskieren würde. Das konntet nur ihr zwei sein.« Ein Moment des Schweigens machte sich zwischen ihnen breit. »Sie werden euch schnappen.«

»Ich kann aber nicht aufhören, Matteo. Wir *müssen* sie zur Verantwortung ziehen.«

»Wen?«

»Steven Bell und alle, die für ihn arbeiten.« Vivian spürte ihren Fehler in dem Moment, als ihr der Satz über die Lippen kam. »Warte, Matteo, ich –«

»Schon gut, V. Ich verstehe.« Doch er stand von der Bank auf und begann hin und her zu laufen.

Matteos Mom arbeitete bei Bell.

»Tut mir leid«, sagte Vivian. »Ich wollte nicht –«

»Hast du aber, Vivian. Dann steh auch dazu. Du meinst alle. Du bist wütend auf die ganze Firma, die ganze Stadt …«

Vivian schwieg. Es stimmte ja.

»Mir geht es genauso.«

Sie sah zu Matteo hoch. »Was?«

»Wie viele plant ihr noch?«, fragte er und nickte in Richtung des Wasserturms.

»Drei«, antwortete sie.

»Du riskierst das Ganze dafür, Vivian. Was ist mit dem Studium?«

»Ich geh da nicht hin, Matteo. Ich – ich geh nicht.«

»Mann, Vivian. Du lässt dir von diesen Leuten alles wegnehmen, was dir wichtig war?«

»Nicht *alles*. Aber im Moment, jetzt gerade. Matteo, ich kann nicht über das hier hinaus planen. Das hier ist, was ich brauche.«

Er lief weiter hin und her und obwohl Vivian Matteo von klein auf kannte, wusste sie nicht, was er jetzt von ihr dachte. Matteo kniete sich vor ihr nieder. »Hör zu, das ist der Deal, V. Ich werde euch helfen.«

»Matteo –«

»Sie werden euch erwischen. Vor allem, wenn du weiter auf dem Account postest.«

»Ich strecke die Posts«, antwortete Vivian.

»Das reicht nicht und du weißt das auch ganz genau.«

»Ich tu, was ich kann.«

»Du brauchst Hilfe«, sagte Matteo und legte ihr eine Hand auf den Arm. »Lass mich dir helfen.«

Vivian schaute zu ihm hoch. »Niemals. Die können uns verhaften. Ich will dich da nicht mit reinziehen.«

»V, du hast gar keine andere Chance«, machte Matteo ihr klar. »Außerdem *will* ich es tun. Für Cassie. Mir war sie auch wichtig, das weißt du.«

Vivian hatte sich das schon gefragt. Sie hatte mitgekriegt, wie Matteo Cass manchmal in der Schulkantine über den Tisch hinweg ansah. In den Wochen, ehe sie starb, hatte Vivian die zwei an Cassies Spind zusammen lachen sehen. Vivian hatte gespürt, wie sie sich immer weiter anfreundeten, doch jetzt begriff sie, dass es wahrscheinlich mehr gewesen war.

»Du musst das nicht alles allein machen. Ich weiß, was auf dem Spiel steht. Und es ist das Risiko wert. Aber wenn du es weiter allein versuchst, machst du irgendwann einen Fehler und sie erwischen dich.«

Er hatte recht.

Und sie war jetzt schon erschöpft, obwohl sie noch eine ganze Strecke vor sich hatten.

»Okay. Also gut. Du kannst helfen«, sagte Vivian.

»Cool. Und jetzt gib mir dein Handy.«

»Wieso?«

»V. Gib's mir einfach.«

Vivian schaltete es frei und reichte es ihm. Er ging auf ihre Fotos, wählte ein paar mit dem Medusa-Wandbild aus und schickte sie an sich selbst.

»Ihr sprayt, du machst die Fotos. Du sagst mir, was ich schreiben soll, aber die Posts übernehme ich.«

»Aber wirst *du* dann nicht erwischt?«

»Ich poste in der Bücherei in Tannersville«, antwortete Matteo. »Ich mach es von einem öffentlichen PC. Ich geh kurz rein und sofort wieder raus.«

Vivian musste zugeben, dass sein Plan besser war. Wenn sie die Arbeit aufteilten und von der Bücherei aus posteten … war die Chance womöglich geringer, die Posts zu Vivian und Beck zurückzuverfolgen.

Sie nickte. »Ja, okay. Danke, Matteo.«

»Und ich will beim nächsten Wandbild helfen.«

»Nein, das willst du nicht.«

»Doch.«

»Nicht, wenn du weißt, wo wir's planen«, sagte Vivian mit einem Lachen.

»Probier's«, forderte er sie heraus.

Vivian antwortete nicht. Sie wedelte nur mit der Hand in der Luft, damit der Scheinwerfer wieder anging. Er strahlte die leere weiße Mauer in ihrem Rücken an.

Die Mauer, die genau gegenüber der Polizeiwache auf der anderen Straßenseite lag.

»Scheiße«, sagte Matteo.

WE CAN BE HEROES
STAFFEL 2: FOLGE 16
»DIE ELTERN«

MERIT LOGAN: Cassie Queen wurde 2004 in Bell geboren. Sie war für ihr freundliches Lächeln, ihr ansteckendes Lachen und für ihr außergewöhnliches Gesangstalent bekannt. Cassie hatte eine sehr schöne Stimme und trat schon seit ihrem fünften Lebensjahr bei örtlichen Talentshows und in Theaterstücken auf. Einer ihrer Auftritte aus der Zeit, als sie fünfzehn war, wurde ein großer Erfolg und im Januar dieses Jahres bekam Cassie die Zusage, an der renommierten Theaterschule der Yale University zu studieren, sowie Zusagen weiterer namhafter Unis. Heute spreche ich mit Cassies Eltern, Patrick und Anna Queen.

MERIT: Haben Sie vielen Dank, dass Sie bereit sind mit mir zu sprechen, Mr und Mrs Queen.

PATRICK: Danke für Ihre Einladung, Ms Logan.

MERIT: Bevor wir über Ihre Klage vor Gericht sprechen, würde ich mich freuen, wenn Sie ein bisschen von Cassie erzählen.

ANNA: Ja, natürlich. Cassie war eines dieser Kinder, die ständig irgendwas retten. Weißt du noch, Pat?

[Leises Lachen]

PATRICK: Ja, klar. Sie hatte ein Aquarium in ihrem Zimmer, in dem dauernd irgendein Wesen hockte, das sie um jeden Preis retten wollte –

ANNA: – sie konnte natürlich nicht alle retten.

PATRICK: Aber sie hat es versucht.

ANNA: Und mit den Menschen war es genauso. Sie hatte Tausende Freunde. Freundinnen. Alle liebten sie. Ich glaube, weil sie selbst so viel Liebe gegeben hat.

MERIT: Sie scheint etwas ganz Besonderes gewesen zu sein.

ANNA: Das war sie. Aber sie war auch verletzlich.

MERIT: Inwiefern?

ANNA: Cassie war nicht naiv. Aber sie glaubte an das Gute im Menschen. An die Idee, Menschen retten zu können.

MERIT: Denken Sie da an Nico?

PATRICK: Nicht als Allererstes. Er war ein lieber Junge. Ein guter Schüler. Und wir kannten natürlich seine Familie. Wir haben nicht gesehen, was da lief, bis Cassie schon zu tief drinsteckte, und dann ... dann wussten wir nicht, wie wir sie dort wieder rausholen sollten.

[Langes Schweigen]

MERIT: Wollen wir dann vielleicht über Ihre Klage vor Gericht sprechen?

ANNA: Wir klagen in einem Zivilprozess gegen Steven Bell. Und wir klagen auch gegen die Firma Bell Firearms, dass sie die staatlichen Waffengesetze verletzt.

MERIT: Lassen Sie uns da einsteigen. Was heißt das?

PATRICK: Das heißt, dass die Firma ihr Gewehr auf unverantwortliche Weise beworben hat. Sie haben es als *Waffe erster Wahl* hingestellt. Sie haben seine Tödlichkeit herausgestellt und sie haben die Werbung mit der Aussage verknüpft, zu Bell dazuzugehören. So auf die Art, dass man erst wirklich ein Bürger von Bell ist, wenn man eine ihrer Schusswaffen besitzt. Dass man sonst kein echter Mann ist. Diese Verknüpfung war im besten Fall toxisch. Und im schlimmsten Fall ...

MERIT: Tödlich.

ANNA: Genau.

MERIT: Erzählen Sie von der Klage gegen Steven Bell.

ANNA: Da geht es um den Vorwurf der Fahrlässigkeit. Er hat seine Waffen an einem Ort aufbewahrt, der für Nico zugänglich war.

MERIT: Aber das Kontaktverbot, das Cassie durchsetzen wollte ... ich schau gerade nach ... hat nicht verlangt, dass die Waffen aus dem Haus entfernt werden sollten.

ANNA: Das hätte gar keine Rolle spielen dürfen. Steven Bell war verpflichtet seine Waffen vor dem Zugriff Minderjähriger zu schützen. Diese Pflicht hat er nicht erfüllt.

MERIT: ... Glauben Sie, dass Sie den Prozess gewinnen werden? Auch andere Menschen haben schon versucht Waffenfirmen zu verklagen. Gewöhnlich gehen solche Prozesse nicht zugunsten der Klagenden aus.

ANNA: Wir ... wir wissen es nicht. Aber wir tun das nicht für uns.

PATRICK: Oder für Cassie, ehrlich gesagt.

ANNA: Wir tun es für die nächste Familie. Die nächste, deren Kind eines Tages zur Schule geht und nicht mehr heimkommt. Es geht nicht um uns. Es geht um Haftung, Verantwortlichkeit.

MERIT: Danke, dass Sie mit uns darüber sprechen. Ich weiß, es ist schwer. Aber ich habe überlegt, ob wir nicht vielleicht, bevor unsere Sendung endet, auch noch über die Wandbilder in Bell sprechen könnten.

ANNA: Nun, darüber wissen wir nicht viel.

PATRICK: Nur –

MERIT: Nur?

ANNA: Dass es jemand sein muss, der Cassie geliebt hat.

Jemand, der mit uns einer Meinung ist. Dass es bei dem Ganzen hier nicht um Rache gegen die Firma Bell Firearms geht. Es geht darum, Verantwortung zu übernehmen.

MERIT: Sie glauben, die Wandbilder und Ihre Klage wollen das Gleiche?

PATRICK: Ich glaube, wir alle wollen das Gleiche.

MERIT: Und was ist das?

ANNA: Wir wollen, dass unsere Töchter geschützt sind vor jedem, der ihnen etwas antun will. Und wir wollen, dass all unsere Kinder am Nachmittag heil und gesund aus der Schule zurückkommen. Das scheint uns keine ungeheuerliche und unerfüllbare Forderung, aber … aber viele Leute sind mit dem, was wir tun, nicht einverstanden.

MERIT: Woher wissen Sie das?

PATRICK: Nun, seit wir die Klage eingereicht haben, bekommen wir täglich Morddrohungen.

MERIT: Sie gehen gegen eine mächtige Familie an. Und gegen eine mächtige Lobby.

PATRICK: Aber auch Cassie hatte Rechte. Und wir denken, dass es die Sache wert ist, dafür zu kämpfen. *Unsere* Trauer wird nie aufhören. Aber vielleicht … vielleicht können wir es einer anderen Familie ersparen, durch die gleiche Hölle zu gehen.

BECK

Beck lag auf der Montageliege und bewegte sich unter Lola Talbots uraltem Schrägheck-Modell, um den Ursprung des komischen Geräuschs zu finden, das der Wagen angeblich machte.

Plötzlich war da ein Druck auf dem Ende des Bretts und Grandpa zog sie mit dem Fuß unter dem Wagen hervor. Er hielt ein Blatt Papier in der einen Hand und die *Bell Review* in der andern. Beck brauchte einen Moment, bis sie das Blatt als die Karte von Bell erkannte, auf der sie die Orte für alle geplanten Wandbilder markiert hatte.

Oh Scheiße, dachte sie.

Grandpa schwieg. Beck konnte sich nur ausmalen, was er womöglich dachte. Vielleicht hatte er geglaubt, dass es bei dem einen Wandbild bliebe. Und nach dem zweiten an der Schule das Gleiche gehofft.

Aber jetzt hatten sie drei gesprüht und er hielt die Karte in der Hand, auf der sie klar und deutlich drei weitere Orte markiert hatten.

»Grandpa, ich kann –«

»Du musst nichts erklären, Beck«, sagte er. »Ich sehe es alles schwarz auf weiß vor mir.«

Er schwieg wieder und studierte die Karte.

»Die Mauer an der Feuerwache ist riskant«, sagte er und zog an seinem Schnauzer, während er überlegte. »Doch ich denke, Vivian wird wissen, ob ihr das schafft, schließlich arbeitet sie dort. Doch das Bild danach, Wandbild Nummer 5 – das geht auf gar keinen Fall. Da erwischen sie euch.«

»Aber …« Beck schaute verwirrt auf. Grandpa sah sie über den breiten schwarzen Brillenrand an, die Lippen gespitzt und den grauen Schnauzer zusammengezogen. Er wartete, dass sie weitersprach.

Er half ihnen.

»Aber der Bahnhof ist seit Jahren dicht«, antwortete Beck stattdessen. »Das ist der abgelegenste Ort von allen, die wir geplant haben. Wir haben schon überlegt, ob er vielleicht *zu* abgelegen ist.«

Grandpa schlurfte zu seinem Arbeitstisch hinüber und zog die Sauerstoffflasche hinter sich her. Er legte die Karte ab und daneben die Zeitung, dann setzte er sich auf die Bank. Das Bild hatte es wieder auf die Titelseite geschafft – ihr Wasserturm-Wandbild. Medusa und ihre Schlangen blickten mit leeren, geschwärzten Augen über Bell.

Beck checkte ihr Handy, ging auf das Profil von Cassandra, das Vivian angelegt hatte, und klickte durch. Dasselbe Foto wie in der Zeitung. Vivian hatte alles im Griff.

Auch dieser Post ging so richtig ab. Er wurde auf anderen Plattformen geteilt. Wo es beim letzten Mal Hunderte Kommentare gewesen waren, gab es jetzt Tausende. Und über fünfzigtausend Likes.

Beck wechselte zum Profil von Bell Firearms und natürlich fand das Bild auch da seine Aufmerksamkeit. Es gab Hunderte Kommentare unter ihrem letzten Post und der Streit in den Kommentaren war genau das, was Beck erwartet hatte. Viele Leute sprachen über Waffengewalt, über Bell und Cassie. Aber genauso viele hielten dagegen.

So oder so gab es jede Menge Aufmerksamkeit, was fantastisch war für die Botschaft, die sie zu verbreiten versuchten. Aber gefährlich für ihre Anonymität.

»Ihr spielt mit dem Feuer, Beck. Die Leute reden über das Ganze. Zählen eins und eins zusammen. Sie sagen jetzt schon, dass es ein paar Jugendliche sind. Irgendwann kommen sie euch auf die Spur.«

»Wer sagt das?«, fragte Beck.

»In der Stadt wird geredet. Im Eisenwarenladen. Im Supermarkt. War neulich auch das einzige Thema im Loft, als ich mir da einen Kaffee geholt hab.«

»Du hängst in deinem Zustand im Loft rum?«

»Hey, ich werde ja vielleicht sterben«, sagte Grandpa. »Aber noch bin ich nicht tot. Ich informiere mich – wie hat Cassie immer gesagt? Ich informiere mich über die *Trends*.«

Er hatte recht. Cassie hatte das wirklich immer gesagt.

»Aber es ist echt wichtig, Grandpa.« Beck setzte sich neben ihn auf die Bank und ihre Hände fuhren über die Karte, die vor ihr lag. Cassie war immer noch im Bus. Sie konnten jetzt nicht aufhören.

Er seufzte. »Das hab ich schon vermutet. Weshalb ich an die Alte Mühle denke statt dem Bahnhof. Die steht auch leer und ist auch abgelegen. Aber sie schaut auf das Land der Warren Farm … du weißt schon, auf die –«

»– die Felder, die sie fürs Sonnenblumenfest nutzen.«

Grandpa lächelte und zwinkerte ihr zu. »Genau.«

Beck schlang den Arm um seinen Körper und drückte ihn. »Danke, dass du die Lage gecheckt hast.«

»Sei vorsichtig, Beck. Wirklich vorsichtig. Du bist jetzt erwachsen und es sind Erwachsenenentscheidungen, die du triffst.«

»Du meinst, es ist das Risiko nicht wert?«

»Das kann ich nicht entscheiden. Ich bin stolz auf dich, dass du für Cassie kämpfst. Das zählt, Beck. Es zählt viel. Aber gib nicht deine ganze Zukunft auf für den Kampf gegen die Vergangenheit, okay? Manchmal musst auch du auf dich aufpassen.«

»Ich weiß«, sagte Beck und küsste ihn auf die Wange. »Ich seh mich vor.«

Es klopfte an der Scheunentür.

Grandpa stand auf und reichte Beck die Zeitung und die Karte, doch wer immer geklopft hatte, wartete nicht ab, dass er hereingelassen wurde.

»Guten Morgen, Mr Jones. Ich hoffe, Sie haben eine Minute für mich.«

Es war Steven Bell.

Beck stand auf der anderen Seite von Lolas Wagen und setzte sich zurück auf die Bank. Von der Scheunentür aus konnte Bell sie nicht sehen. Deshalb glitt sie unter den breiten Arbeitstisch, faltete die Karte zusammen und steckte sie in die Gesäßtasche ihrer Jeans.

Scheiße, was wollte Steven Bell hier?

»Eine Minute? Okay, die hab ich«, antwortete Grandpa und trat vor.

Mr Bell streckte die Hand aus, aber Grandpa ging an ihm vorbei, zurück zu Lolas Wagen und klappte die Motorhaube auf.

»Eine *kurze* Minute«, machte Grandpa klar und sah zu ihm hoch.

Grandpa hatte nie Sympathie für die Bells gehabt.

»Ich bin wegen Ihrer Enkelin hier«, sagte Bell.

Grandpa stand da und wischte sich das Öl von den Händen.

»Was wollen Sie, Steve?«, fragte er.

»Es gibt ein Kunst-Förderprogramm in New York. Für begabte Jugendliche. Ich kenn ein paar Leute aus der Zulassungsjury und na ja, ich könnte da anrufen. Schauen, ob wir Tribeca da unterbringen.«

»Sie heißt Beck«, korrigierte ihn Grandpa. »Und nein, danke.«

»Sie wollen nicht mal vorher mit ihr drüber reden?«, fragte Bell.

»Wenn Beck ein schickes Kunst-Förderprogramm wollte, hätte sie sich dafür beworben«, antwortete er. »Sie braucht Ihre Hilfe nicht. Und die Jones bitten andere nicht um Gefallen.«

Steven Bell war attraktiv und hatte die gleichen goldblonden Haare wie Nico. Er war sportlich und groß und trug gewöhnlich immer ein Lächeln im Gesicht. Ein Lächeln, das aber nicht bis zu den Augen reichte.

»Das ist kein großer Gefallen«, sagte Steven Bell. »Nur ein kleiner Anruf. Ich mache ständig solche Anrufe. Beim Kollegium für Kunstförderung. Beim Sheriff …«

Steven Bell ließ den Satz nachhallen. Ließ die Worte in der Luft hängen. Der Sheriff. Die Kunst.

Er wusste Bescheid. Oder ahnte es zumindest.

Das hier war kein Angebot zu helfen, sondern eine Drohung.

»Wie auch immer. Cassandra hat uns immer erzählt, wie begabt –«

»Wagen Sie es nicht, über Cassie zu sprechen«, sagte Grandpa mit gesenkter Stimme. »Und ich habe Nein gesagt. Verschwinden Sie aus meiner Werkstatt, Steve. Ich habe zu tun.«

Steven Bell wich zurück, die Hände erhoben.

»Ich versuche ja nur zu helfen. Wir kennen uns eine Ewigkeit, Sie und ich.«

»Nur weil ich für Sie mal gearbeitet habe, heißt das nicht, dass ich Ihnen gehöre, Steve. Das ist Ihnen immer schwergefallen zu begreifen, seit Sie die Firma übernommen haben. Deshalb habe ich damals gekündigt.«

Das hatte Beck nicht gewusst.

»Sie sind ein erfahrener Ingenieur, Mr Jones. Sie sollten nicht so eine Werkstattklitsche betreiben. Sie sollten weiter bei Bell arbeiten, das nächste große Ding entwerfen. Eine Ihrer Entwicklungen gehört immer noch zu unseren Topsellern.«

»Und ich muss damit leben.«

»Nicht mehr lange, wie ich höre«, antwortete Steven Bell. »Unsere Firma bietet eine hervorragende Gesundheitsversorgung. Sie sollten zurückkommen. Es uns überlassen, für Ihre Gesundheit zu sorgen.«

»Ich denke, das reicht«, sagte Grandpa und führte Steven Bell aus der Werkstatt. »Steve, es ist wie immer das gleiche Problem mit Ihnen. Sie kriegen, was Sie wollen, und es ist Ihnen egal, wem Sie auf Ihrem Weg dahin wehtun.«

»Das nennt man einen erfolgreichen Geschäftsmann«, antwortete Steven Bell.

»Das nennt man Arschloch«, entgegnete Grandpa und schlug ihm die Tür vor der Nase zu.

Für einen Moment war es still in der Scheune, dann kroch Beck unter der Werkbank hervor, die Karte immer noch fest umkrallt in den Händen.

»Er weiß es«, sagte sie.

»Er *vermutet* es«, korrigierte Grandpa. »Wenn er es wüsste, wäre der Sheriff gekommen, nicht er.«

Beck war zum ersten Mal nervös, seit sie mit dem Ganzen angefangen hatten. Nicht wegen sich, sondern wegen Grandpa. Wegen seiner Autowerkstatt. Seiner labilen Gesundheit. Und wegen Vivian, die immer noch eine echte Chance hatte, hier rauszukommen. Ihre Träume zu erfüllen, auch wenn sie glaubte sie aufgegeben zu haben.

Beck wollte das nicht alles kaputt machen.

»Was ist mit dem andern, das er gesagt hat? Der besseren Gesundheitsversorgung.«

»Beck, mein Schatz. Sie könnten mich in die Präsidentensuite im Walter-Reed-Krankenhaus verlegen – mir eine bessere Krankenpflege geben als je ein Mensch in diesem Land bekommt –, es wäre dem Krebs in meinem Körper egal. Und selbst wenn nicht, wären die paar Extramonate den Preis nicht wert. Ich habe mich vor Jahrzehnten von Bell frei gemacht, und das aus gutem Grund. Steve Bell kümmert es einen Scheißdreck, wer durch seine Waffen verletzt wird.«

»Vielleicht sollten wir lieber aufhören«, sagte Beck, auch wenn sie die Worte schmerzten. Auch wenn sie an Cassie denken musste. Vielleicht würden sie ja einen anderen Weg finden, um ihr den Abschluss zu verschaffen, den sie brauchte.

Unerledigte Dinge.

Vielleicht hatte Beck mit ihrem ersten Gedanken ja doch recht gehabt und sie hätten einfach die Firmenzentrale abfackeln sollen.

Grandpa legte ihr eine Hand auf die Schulter.

»Er versucht, dich *loszuwerden*, Schatz. Schickes Kunst-Förderprogramm in New York? Bell sieht sich mit unerwartetem Druck auf seine Firma konfrontiert. Und *du* bist es, die diesen Druck auslöst.«

Grandpa lächelte und zog ihr die Zeitung aus der Hand.

»Medusa«, sagte er und betrachtete das Foto. »Ist ein tolles Kunstwerk. Und es funktioniert.«

Es funktioniert. Beck wiederholte die Worte in ihrem Kopf. *Die Firma steht unter Druck.*

Einhunderttausend Likes. Debatten über Waffenkontrollen brachen in den Kommentaren los.

Und Cassies Name wurde wieder und wieder genannt, von Freunden, von Fremden.

Beschworen im Namen einer Veränderung.

Beck zog ihre Karte hervor und betrachtete den Ort für ihr nächstes Wandbild, der mit einem X und dem Namen einer Frau aus der griechischen Sagenwelt markiert war, die Beck dort zu sprayen plante.

Diese Frau war Cassies Wahl gewesen.

Andromeda, hatte sie erklärt, *wurde einem Monster geopfert, um ihre Stadt zu schützen.*

CASSIE

Die Geschichte, die ich ihnen erzähle,
die ganze Geschichte,
von Anfang an,
könnte die Länge eines griechischen Epos haben
mit dem Titel:
»Dinge, die ich vor Vivian und Beck verschwieg.«

So viele Geheimnisse. Lügen. Halbwahrheiten.
Es passierte schnell – ich steckte
Hals über Kopf mittendrin,
kam nicht mehr raus, so sehr ich auch strampelte.
Ich konnte niemanden um Hilfe bitten,
nicht einmal sie.

Ich beobachte den Schmerz in ihren Augen,
als nun die Wahrheit herauskommt,
und es ist ein dumpfer, pochender Schmerz,
es meinen Freundinnen zu erzählen, selbst jetzt noch,
selbst noch im Tod.

Ich erzählte ihnen nichts,
als ich anfing mit ihm zu schlafen,
ich wusste nicht wie.
Es passierte, bevor ich dazu bereit war,
bevor ich richtig verstand,
was er tat.

Ich schämte mich, drüber zu reden.
Sie hätten wahrscheinlich gesagt,
dass er *sich zu schämen hätte.*
Aber ich erzählte es nicht,
deshalb konnten sie es nicht sagen.

Ich erzählte ihnen nicht,
dass der Ausflug, den wir zusammen machten,
direkt nach dem ersten Mal war,
als er sagte, er trüge ein Kondom,
obwohl das nicht stimmte.
Und ich ging in den Drogeriemarkt,
um einen Schwangerschaftstest zu besorgen,
kriegte aber die Panik und kaufte
stattdessen ein blaues Haarfärbemittel.
Ich erzählte ihnen nicht,
wie sehr ich eine Woche danach
vor Erleichterung heulte,
als ich meine Tage bekam.

Ich erzählte ihnen nicht
von seiner Reaktion, als wir zurückkamen.
Als er die blauen Haare sah
und seine Hand hineinfuhr.
Um damit zu spielen, dachte ich,
weil sie so herrlich
im Sonnenlicht leuchteten.

Aber dann riss diese Hand an den Haaren,
zwirbelte an meinem Kopf rum
und er sagte, wie ich es wagen könne,
ihn zwei Tage lang zu ignorieren

und dann zurückzukommen
mit diesen Haaren.

Ich erzählte ihnen nicht,
dass ich weinte, als er mich losließ,
und ihm versprach sie zurückzufärben
oder dass, als ich den Flur
entlangsah, Mr Bell dastand
und uns beobachtete.

Ich erzählte ihnen nicht,
wie ich mit Tränen im Gesicht
darauf wartete, er würde Nico anschreien,
ihm sagen, dass das nicht ging,
und mich schleunigst nach Hause fuhr.
Doch er sagte bloß,
dass das Essen fertig sei.

Ich erzählte Vivian und Beck damals nichts.
Aber jetzt erzähle ich ihnen das Ganze.
Ich lasse es ihre Funken sprühende Wut schüren,
ihre Entschlossenheit,
jemanden dafür bezahlen zu lassen.
Bell *bezahlen zu lassen.*
Bezahlen zu lassen fürs Wegschauen.

VIVIAN

Cassie hatte die tragischen Heldinnen immer verehrt.

Julia.

Antigone.

Eponine.

Gwen Stacy.

Deshalb hatte es Vivian nicht überrascht, dass Cassie in dem Sommer, als sie zwölf waren, plötzlich wie besessen gewesen war von der Ballade »Die Lady von Shalott« des englischen Dichters Alfred Tennyson.

»Sie steigt also ins Boot und stirbt?«, fragte Beck, als Cassie die Ballade zu Ende vorgelesen hatte. In ihrem ganzen Gesicht sah man die Verwirrung, von den Bögen ihrer orangeroten Augenbrauen bis zu den Runzeln auf ihrer Nase, die ihre Hundertschaften von hellbraunen Sommersprossen verzerrten.

»Das ist Romantik«, beharrte Cassie.

Vivian begriff es nicht und zum ersten Mal stimmte ihr Beck zu.

»Aber warum sterben diese Frauen immer am Ende?«, fragte Beck noch mal nach, während sie Cass schon half, das Ruderboot von Grandpas Laster herunterzuziehen. Sie winkten ihm zum Abschied, als er schließlich davonfuhr, dann trugen sie das Boot gemeinsam zum Ufer des Sees.

Aber es war egal, ob Beck nicht verstand, wieso Cassie es wollte. Denn wenn Cassie – die theatralische, voll in ihren Emotionen aufgehende, vor Gefühlen geradezu platzende Cassie – wollte, dass sie ihre Lieblingsballade nachspielten, dann war Beck einfach bereit.

Beck tat alles, was Cassie verlangte.

»Sie werden dafür bestraft, dass sie stark sind. Das nennt man *Symbolismus*«, erklärte Cassie.

»Das nennt man morbide«, konterte Beck. Ständig lösten sich ihre Locken aus dem Haarknoten und fielen ihr ins Gesicht. Und gerade als sie sie wieder nach hinten streichen wollte, kippte das Boot mit dem Ende voraus gegen Vivians Schienbein.

»Scheiße, tut mir leid«, sagte Beck.

»Das sagt man nicht«, wies Vivian sie zurecht, während sie Beck wütend anstarrte und sich dann nach unten beugte, um sich die Stelle zu reiben.

Beck verdrehte die Augen.

»Ja, Frau Oberlehrerin«, brachte sie gedehnt heraus.

Vivian hätte am liebsten weiter gestritten, ließ es aber gut sein. Es war Sommer. Die Hitze wurde feucht und stickig, so wie sie es liebte – das perfekte Seewetter. Und genau da waren sie, am See. Was Vivian anging, war alles gut. Verletztes Schienbein und alberne Freundinnen hin oder her.

Im Gegenzug zu Becks glühender Loyalität setzte Cassie sich voll und ganz für sie ein. Sie war es, die immer darauf beharrte, dass Beck auch eine weiche Seite hatte. Vivian sah diese weiche Seite mehr wie den Bauch einer Katze. Katzen reckten ihn einem vielleicht mal entgegen und wirkten dann für einen Moment sanft und verlockend, aber Streicheln bitte auf eigenes Risiko. Ihre Krallen waren scharf und immer bereit. Cassie forcierte das Thema jedoch. Sie sagte, es tue Beck gut, starke Gefühle zu haben. Und dass, wenn Vivian und sie sie nicht aus ihrem Loch ziehen würden, Beck wie eine Muschel, eingeschlossen in ihrer Schale, einen Meter tief im Schlick verborgen liegen bliebe und Perlen hervorbrächte, die die Welt nie zu sehen bekäme. Cassie sah es als ihre höchstpersönliche Aufgabe an, Beck aus dem Dunkel zu graben, und band Vivian ständig in ihre entsprechenden Ambitionen ein.

Und so kam es, dass sie jetzt alle drei am See waren und eine Szene aus dem Gedicht nachspielten – unter Cassies behutsamer Regie.

Was schon mal mit der Debatte begann, wer die Rolle der Lady von Shalott bekommen sollte.

»Die muss natürlich Beck spielen«, beharrte Cassie. »Sie hat die roten Haare.«

»Was hat das denn damit zu tun?«, fragte Beck.

»Praktisch alle tragischen Heldinnen sind rothaarig«, erklärte die zwölfjährige Cassie mit einem Seufzen und verdrehte die Augen, als ob das nun wirklich zum Allgemeinwissen gehöre. »Guck mich nicht so an. *Ich* hab die Frauen nicht beschrieben.«

»Nein, aber du bist von ihnen besessen«, stöhnte Vivian. Die Hitze machte ihr langsam zu schaffen. Es war noch ein Grüppchen anderer Kinder am Seeufer, die sich von einem Seil ins Wasser schwangen und dabei Saltos machten.

Vivian wollte auch ins Wasser springen.

»Wenn ich in das Boot steige, lasst ihr mich dann in Ruhe?«, fragte Beck.

»Ehrlich gesagt, wahrscheinlich nicht«, antwortete Cassie mit einem Schulterzucken.

Beck kletterte in das Ruderboot und legte sich hin, die

wirren roten Locken weit um sich herumgebreitet. Cassie nickte, zufrieden mit ihrer Vorstellung eines friedlichen Ablebens, das Beck darstellte.

Aber für Vivian lag überhaupt nichts Friedliches in der Darstellung vor ihren Augen. Beck war ein Racheengel und ihre Haare waren ein Feuerring, der sie umgab. Beck hatte etwas Wildes und Furchterregendes an sich, das Vivian nie ganz verstehen würde, auf das sie aber doch immer ein bisschen neidisch blieb.

Vivian wünschte sich einfach mal loslassen zu können – sich von dem Druck zu befreien, den sie sich selbst machte, und von der Angst.

Cassie und Vivian machten sich an die Arbeit, befestigten überall Blumen um Beck herum und rahmten ihren Körper mit Blüten ein, die sie gerade aus dem sumpfigen Boden am Seeufer gerissen hatten.

Vivian beugte sich dicht über Beck und fasste auf die andere Seite des Boots. Als ihr der Zopf über die Schulter nach vorn fiel, kitzelte er Becks Wange und sie musste lachen. Der sanfte Atem streifte Vivian am Hals, die sich sofort zurückzog, von Becks unerwarteter Nähe total überfordert. Beck hatte Vivian immer so sehr auf Distanz gehalten, dass sie es gar nicht mehr anders kannte, weshalb sie durch die plötzliche Nähe auf einmal einen Schmerz in der Brust spürte, geradezu wie vor Sehnsucht.

War es das, was es für Cassie bedeutete, Beck nahe zu sein? Immer diese Sanftheit zu sehen?

Aber Beck musste es auch gespürt haben, denn sie ruckte unter ihr. Und ließ die Blumen durch die Luft fliegen.

»Nein, ich kann das nicht«, sagte sie, stieg aus dem Ruderboot und stieß die sorgsam arrangierten Blüten mit ihrer Bewegung von sich.

Fünf Minuten später, nach einer kurzen, aber wilden Auseinandersetzung zwischen Vivian und Beck, in der Vivian Beck als hoffnungslosen Fall titulierte und Beck Vivian als völlig unmöglich, wurde Cassie zur Lady, die im Boot lag, und Vivian und Beck übernahmen die schreckliche Rolle, so zu tun, als würden sie um Cassie trauern.

»Es sollte Beck sein, die hier drinliegt«, schimpfte Cassie aus dem Boot.

»Psst«, sagte Beck. »Du bist tot, hast du das schon vergessen?«

»Ihr zwei seid echt schreckliche Schauspielerinnen«, widersprach Cassie und öffnete vorwurfsvoll ein Auge.

Vivian griff nach den heruntergefallenen Blumen und fing von vorne an.

»Bereit?«, fragte sie, als alles einigermaßen an seinem Platz lag.

Mit einem Stoß schickten sie Cassie hinaus aufs Wasser.

Sie standen auf dem Steg und nahmen ihren Streit wieder auf.

Sie merkten überhaupt nicht, dass mitten auf dem See Cassies Boot voll Wasser lief.

Vivian bekam es erst mit, als sie ein Klatschen hörte.

Jemand war in den See gesprungen und schwamm dorthin, wo gerade eben noch Cassies Ruderboot gewesen war.

»Cassie!«, schrie Vivian und rannte ans Ende des Stegs.

Sie wäre auch ins Wasser gesprungen, doch der Schwimmer hatte Cassie inzwischen gefunden. Der Junge, der wegen ihr losgeschwommen war.

Er half Cassie auf den Steg und hielt seine Hand an ihrer Taille, während sie die Leiter hochstieg.

Nico Bell.

Am nächsten Tag bezeichnete ihn die Zeitung als Helden.

Es war so merkwürdig für Vivian sich vorzustellen, wie sehr dieser eine Sommernachmittag damals das Leben von ihnen allen geprägt hatte. Dass Beck und Vivian ohne ihren Streit vielleicht den Riss in der Bootswand gesehen und Cassie nicht auf den See geschickt hätten. Dass sie, wenn sie nicht abgelenkt gewesen wären, vielleicht mitbekommen hätten, wie das Boot volllief. Dass eine von ihnen rausgeschwommen wäre, um Cassie zu helfen. Dass Cassie sich in dem Sommer, als sie zwölf waren, nicht total in Nico Bell verknallt hätte.

Und dass sie sich dann mit sechzehn vielleicht nicht so schnell in ihn verliebt hätte. Vielleicht hätte sie sich dann überhaupt nicht in ihn verliebt. In Nico, den Goldschatz von einem Sohn, der in dem Glauben aufgewachsen war, dass die Welt ihm gehörte. Dass Cassie ihm gehörte.

Als die Welt sie ihm nicht freiwillig bescherte, nahm er sie sich trotzdem.

Selbst nachdem er sie erschossen hatte, ging es in den Schlagzeilen noch um ihn.

Bell-Erbe erschießt Ex-Freundin und sich selbst in moderner Romeo-und-Julia-*Tragödie.*

Und es war nicht nur diese Schlagzeile. Viele klangen genauso, sodass Vivian ihr Handy aus lassen musste, weil sie bald jede Eilmeldung krank machte, selbst wenn es darin überhaupt nicht um die Erschießung ging.

Die Zeitungen schrieben über Nicos Schwimmrekord – eine ging sogar so weit, den Artikel aus der Lokalzeitung über den Tag am See, als sie zwölf waren, auszugraben. Sie lamentierten darüber, was sich wohl in vier kurzen Jahren verändert hatte, um Nico vom Helden zum Killer zu machen. Vivian kannte die Antwort. Gar nichts hatte sich verändert. Nico war der Gleiche geblieben, der er seit jeher war – auf der Suche nach Schlagzeilen, auf der Suche nach Aufmerksamkeit, auf der Suche nach was auch immer er wollte und glaubte sich nehmen zu dürfen.

Die Zeitungen konzentrierten sich nie auf Cass. Sie war nie die Heldin ihrer Geschichten, weder die tragische noch sonst eine. Sie war immer nur das Mädchen, das erschossen worden war.

Und das war es, was Vivian ändern musste.

Cassies Geschichte verdiente es, erzählt zu werden. Und Vivian und Beck waren die Einzigen, die sie erzählen konnten. Die Einzigen, die Cass bitten konnten ihnen jetzt die ganze Geschichte zu erzählen.

BECK

Es dauerte fünfundvierzig Minuten von Bell in die Großstadt.

Beck war seit der Schießerei, als Vivian im Krankenhaus lag – in der Klinik der Uni, die sie damals gerade für das Vorbereitungsprogramm zu ihrem Medizinstudium angenommen hatte –, nicht mehr dort gewesen. Diesmal war Beck zu einem Gespräch in der Stadt. Einem Gespräch, von dem sie keiner Seele – tot oder lebendig – irgendetwas erzählt hatte.

Sie parkte Betty in einer Seitenstraße und schnappte sich die Mappe mit all ihren Zeichnungen.

Der Tattoo-Laden war in der ganzen Stadt sehr bekannt. Alle paar Jahre nahmen sie einen Azubi. Und sie suchten gerade jemanden.

Das Gespräch war schnell vorbei, doch sie baten Beck ein paar ihrer Arbeiten dazulassen. Beck hoffte, das hieß, die Leute mochten sie. Sie war sich nicht sicher, ob sie den Job auch nehmen würde, wenn sich der Laden für sie entschied. Das Pendeln würde eine Menge Zeit kosten, selbst wenn sie nur ein paar Tage die Woche arbeitete. Und sie wusste auch nicht, ob sie Grandpa würde allein lassen können oder ob sie sich jemanden leisten konnten, der für ihn da war, wenn sie zur Arbeit fuhr.

Es gab so viel, was sie nicht genau wusste.

Doch die Wandbilder hatten Beck wieder gezeigt, wie sehr sie es liebte, Kunst zu machen. Kunst, die in der realen Welt stattfand, wo alle sie sahen und drauf reagierten. Sich vielleicht sogar entschlossen, sie auf ihrer Haut zu tragen.

Schon lange begeisterte sie sich für Tattoos. Ihre Mom hatte mehrere gehabt, an den Armen, auf den Rippen und an ihren Beinen. Beck war als Kind mit dem Finger die Linien entlanggefahren. Ihre Mutter trug sogar eines für sie. Ein Sternbild an ihrem Handgelenk. *Weil du immer zu den Sternen hochschaust*, hatte ihre Mom gesagt.

Beck wollte weiter zu ihnen hochschauen. Nach vorn schauen. Es war das, worauf ihre Freundinnen immer aus gewesen waren. Gewesen *waren*, bis März, als Cassie starb und Vivian aufhörte sich nach vorn zu bewegen. Beck überlegte: Wenn Vivian sah, dass *Beck* nach vorn schaute, dann würde sie vielleicht auch selbst wieder anfangen nach vorn zu schauen. Sich weiterbewegen, weiterträumen.

Vielleicht könnten sie es zusammen tun.

Auf dem Weg zurück zu ihrem Bus erinnerte sie sich plötzlich an das letzte Mal, als sie in der Stadt gewesen war. Sobald sie wusste, wo sie Vivian hingebracht hatten, war Beck losgefahren. Sobald sie begriff, dass Cassie nicht im Krankenhaus lag.

Nicht auch noch Vivian, ging es ihr wie ein Refrain wieder und wieder durch den Kopf, als sie an dem Tag unterwegs war, unterlegt bloß von dem Geräusch der Reifen auf dem Highway.

Beck war den ganzen Tag an Vivians Seite geblieben und weigerte sich, auch nur kurz einmal rauszugehen, um irgendwas zu essen oder aufs Klo zu gehen. Sie blieb bei ihr.

Später hatte sie so getan, als wäre sie auf dem Sessel in der Ecke eingeschlafen, und hoffte, dass es niemand merken würde, wenn die Besuchszeit vorbei war und sie einfach dablieb.

Und als die Schwester kam, um die letzten Besucher rauszuwerfen, hatte Vivians Mom die Frau zum Schweigen gebracht.

»Sie gehört zur Familie«, hatte sie gesagt und auf Beck gedeutet.

Die Schwester ließ es durchgehen.

Als am nächsten Tag Grandpa erschien, um frische Anziehsachen zu bringen, zog sich Beck schnell im Bad um und eilte zurück.

Die anderen Dinge, um die sie Grandpa gebeten hatte, legte sie aus: eine Bürste und Haargummis.

Vivian war stets sehr eigen gewesen, was ihre Haare betraf. Oder ihre Cardigans. Und sogar bei den Notizen in der Klasse – in sorgfältiger, sauberer Handschrift. Beck hatte das immer für Zeitverschwendung gehalten, sich auf all diese Details zu konzentrieren.

Doch sie wusste, dass Vivian solche Dinge wichtig waren.

Als sie klein waren, hatte es lange gedauert, bis Vivian mit Beck warm wurde.

Den Satz bitte sofort wieder streichen – denn Vivian war nie so ganz mit ihr warm geworden. In der dritten Klasse, als *eine beste Freundin haben* so viel hieß wie *und sonst keine andern*, hatte Vivian geglaubt, Beck würde ihr Cassie wegnehmen.

Doch irgendwann hatten sie gelernt, einander zu tolerieren – für Cass. Und manchmal, musste Beck zugeben, hasste sie gar nicht mal alles, was Vivian tat.

Und das *Allererste*, was sie an Vivian mochte, waren ihre Haare, die sie in der vierten Klasse zu Zöpfen geflochten trug. Etwas an der Liebe und Sorgfalt, die Vivians Mutter in das Flechten gelegt hatte, traf Beck mit voller Wucht. Sie hielt es für Neid auf die Berührung durch eine Mutter. Doch es war mehr als das. Es war die Art, wie Vivian sich bewegte und sprach. Wie sicher sie damals schon war, was und wer sie sein wollte. Beck fühlte sich im Vergleich dazu völlig ziellos. Sie war zufrieden gewesen mit einem Zuhause. Einem Bett. Sicherheit. Vivian mit ihren straffen, perfekt geflochtenen Zöpfen und riesigen Träumen war die gewesen, die Beck beibrachte *mehr* zu wollen.

Beck hatte sich noch am selben Abend das Zöpfeflechten selbst beigebracht, sich im Internet Videos angeschaut und ihre Hände hinter dem Kopf in unmögliche Winkel verdreht. Die Haare aufgelöst und es wieder und wieder neu versucht, bis sie es endlich schaffte. Und als sie am nächsten Morgen mit ihren Zöpfen zur Schule ging, war es, um Vivians Aufmerksamkeit zu bekommen. Damals war es nur ein Stechen im Bauch gewesen, das forderte: *Sieh* mich, *hör* mich, *sprich* mit mir. Sie glaubte, dass sie *wie* Vivian sein wolle, damals, als sie nicht wusste, was das Gefühl bedeutete. Nicht wusste, wie man zwischen verschiedenen Arten von Wollen unterscheidet.

Sie begriff erst Jahre später, dass Vivian ihr erster großer Schwarm war, und sie würde es Vivian nie sagen, nicht jetzt. Denn Vivian war *auch* ihre erste Erzfeindin gewesen und selbst jetzt noch war ihre Freundschaft äußerst zerbrechlich.

Aber deswegen verstand Beck die Haare so zu flechten, wie Vivian es liebte.

Und so tat sie es an jenem Tag im Krankenhaus. Als sie nicht wusste, ob Vivian überleben würde.

Als Vivian so völlig verändert aussah, mit all den Schläuchen und einer Maschine, die für sie atmete. *In ein künstliches Koma versetzt*, flüsterte der Arzt Vivians Mutter unter der Tür zu. *Hat sehr viel Blut verloren ... kennen das Ausmaß der Schädigung nicht.*

Beck hörte nicht mehr hin, flocht weiter.

Als sie fertig war, sah Vivian wieder ein bisschen mehr aus, wie Beck sie kannte. Wie eine erschreckende Version ihrer selbst, eine, von der Beck wusste, dass sie sie noch jahrelang vor sich sehen würde, wenn sie die Augen schloss. Aber mit den Zöpfen wirkte sie trotzdem wie Vivian.

In der zweiten Nacht wachte Beck plötzlich von kreischenden Alarmsignalen auf. Die Monitore spielten verrückt. Ärzte und Schwestern stürmten herein und Vivian wurde zu einer weiteren Notoperation an ihrem Bein gebracht.

Danach klang das gedämpfte Flüstern unter der Tür anders. *Müssen vielleicht amputieren*, sagte der Arzt.

Das Wort reichte, um Beck den Rest der Nacht wach zu halten. Nicht weil sie Angst hatte, Vivian könnte ihr Bein verlieren. Sondern weil es vielleicht bedeutete, dass nicht mehr ihr Leben in Gefahr war, wenn die Ärzte nur diskutierten, ob und wie sie ihr Bein retten konnten. Beck hatte bloß einen klaren Wunsch, eine Bitte, die in Dauerschleife in ihrem Kopf lief, seit sie das Krankenhaus betreten hatte: *Bitte nehmt mir nicht auch noch sie.* Es gab noch zwei Operationen in der Woche, um Vivians Bein zu retten, und jede erfüllte Beck mit mehr Hoffnung.

Für Cassie gab es keine Operationen.

WANDBILD 4

TITEL: ANDROMEDA

ORT: DIE FEUERWACHE

VIVIAN

Weil die Klage jetzt öffentlich war, wurde das Gefühl der Angreifbarkeit, das Vivian überall in Bell spürte, nicht gerade kleiner.

Es schien, als ob der Einsatz für das, was sie erreichen wollten, plötzlich fast unerträglich hoch sei. Erwischt werden, wie sie Wandbilder sprayten und ein Verfahren riskieren? Mit den Wandbildern aufhören und womöglich Cassie auf ewig in der Falle sitzen lassen? Nicht dass Vivian etwas dagegen gehabt hätte, wenn Cassie für immer bei ihnen bliebe. Aber was für ein Dasein wäre das?

Es gab keine einfachen Antworten und so standen sie also da, unterwegs, um neue Farben für das nächste Wandbild zu kaufen.

»Fällt das nur mir auf oder macht Bell tatsächlich mehr Werbung, seit die Klage eingereicht wurde?«, fragte Beck vom Fahrersitz.

Diese Fahrt ins Zentrum von Bell war anders als sonst.

Vivian fühlte sich beim Aussteigen aus dem VW-Bus, als wären alle Augen auf sie gerichtet. Es war Mittag, schön hell und warm, und trotzdem spürte Vivian einen Schauder, als ein Mann Blickkontakt mit ihr aufnahm und die Augen dabei zusammenzog. *Das ist nur in deinem Kopf*, sagte sie sich. *Niemand weiß, wer du bist.*

Aber die Zeichen waren echt.

Bell Firearms warb förmlich an jeder Ecke. Sie hatten Plakate an Unternehmen der Gegend verteilt – Unternehmen, deren Inhaber gewissen *Vandalen* klarmachen wollten, dass sie bei Aktionen auf dem Geschäftsgelände mit Erschießung zu rechnen hätten. Vivian fragte sich, wann diese Leute die rote Linie überschritten hatten zu glauben, dass jedes Grundstück mehr wert sei als das Leben eines Menschen. Die Plakate hingen in fast jedem Schaufenster: »Dieses Geschäft ist durch den Zweiten Zusatzartikel zur Verfassung der Vereinigten Staaten geschützt.« Und trugen unten in der Ecke das Logo der Firma Bell Firearms.

»Funfact: Wusstest du, dass es in dieser Stadt fünf Waffenläden gibt, aber keine Bücherei?«, fragte Beck.

»Was soll daran lustig sein?«, sagte Vivian und fiel in Becks Schritt ein.

Jede Oberfläche, auf der nicht für Bell Firearms geworben wurde, war mit Plakaten für das Sonnenblumenfest vollgeklebt. Das Fest war früher für Cassie das Größte gewesen, doch jetzt machte der Anblick Vivian einfach nur wütend. Die Stadt verwendete die Plakate wie Pflaster gegen eine Schusswunde. Als ob alles wie gewohnt weitergehen könne, selbst nach dem, was Cass passiert war.

Vivian schaute beim Gehen nach unten, um jeden Blickkontakt mit anderen Menschen zu meiden. Und damit sie nicht diese schwarz-weißen Plakate sehen musste. Oder die, die Freude und Sonnenschein versprachen.

Aber die Welt war nicht nur Sonnenschein.

Vivian wusste das besser als jeder andere Mensch.

Und zu sehen, dass die Stadt heftiger auf die Klageeinreichung in Cassies Namen reagierte als sie je auf ihren Tod reagiert hatte? Diese Erkenntnis machte Vivian noch viel, viel klarer, dass Beck und sie das Richtige taten.

Vivian hatte den Podcast über Waffengewalt verfolgt, der sich jetzt voll und ganz auf Bell konzentrierte. Es ging darin um die Geschichte der Stadt, um das, was Cassie passiert war, und zuletzt auch um die Klage. Vivian hatte während des ganzen Interviews mit Cassies Eltern nur geweint.

Doch ein winziges Bruchstück des Gesprächs aus der ersten Folge ging Vivian einfach nicht mehr aus dem Kopf. Es war die Stelle, als der Sheriff von Bell meinte: »Jeden Tag werden Mädchen getötet«, und wie er es sagte, so als wäre das gar nichts. Als ob Cassies Verlust normal sei. Erwartbar. Hinnehmbar. Der Preis, den man bereit sei zu zahlen, damit alle ihre Waffen behalten konnten.

Aber Vivian konnte sich damit nicht abfinden. Genauso wenig, wie es jede der vielen anderen Mädchen gekonnt hatte, die ermordet wurden.

Vivians Blick landete plötzlich auf einem Plakat, das sich von den übrigen unterschied. Der Text lautete: Sie haben keine Schusswaffe von Bell? Dann wird es aber Zeit, Ihren Männlichkeitsnachweis abzugeben.

Und das Bild zeigte einen Bart, eine Bierdose und eine Pistole.

»Das ist widerlich«, sagte Beck, als Vivian auf das Plakat deutete. »Hier laufen Kinder rum und lesen diese Scheiße.«

»Glaubst du, das ist es, was Nico zu Hause jeden Tag gehört hat? ›Sei ein Mann. Eine Waffe löst all deine Probleme.‹«

»So was in der Art.«

Sie waren an dem Laden für Künstlerbedarf angekommen und Vivian streckte die Hand nach der Tür aus.

»Nein, nicht vorne rein«, sagte Beck, packte Vivians Arm und zog sie um das Gebäude herum.

»Was soll das, Beck?«, fragte Vivian.

Beck öffnete die Hintertür des Ladens und gab Vivian ein Zeichen, ihr zu folgen.

Hinten in dem Geschäft befand sich ein Lagerraum, der von der Decke bis zum Boden mit Künstlerbedarf vollstand.

»Wow«, sagte Vivian. »Ist das hier so was wie dein Mutterschiff?«

»Halt die Klappe«, antwortete Beck und schob Vivian eine Kiste in die Hände. »Hilf mal.«

»Okay, aber wollen wir jetzt unbedingt auch noch Diebstahl auf der Liste unserer Verbrechen stehen haben?«

»Wir stehlen nicht. Ich kenn die Besitzerin. Wir haben eine ... eine Vereinbarung.«

»Scheiße, Beck, sie weiß Bescheid?«, fragte Vivian.

»Die Frau ist cool«, antwortete Beck. »Sie hat es kapiert. Ich zahl ihr alles zurück.«

Beck legte noch Farbdosen in die Kiste, die Vivian hielt, und warf auch eine neue Schachtel mit Schutzmasken rein.

»Also gut, dann sollte ich dir vielleicht sagen –«

Beck hielt ihr den Mund zu und schnitt ihr das Wort ab.

»Psst«, flüsterte Beck. »Ist gerade jemand im Laden.«

Die beiden schlichen zu dem Durchgang, der in den Hauptraum führte. Vivian sah die Besitzerin, eine ältere Frau, die mit einem Farbpinsel zwischen den Lippen an der Kasse saß.

Vivian musste bei dem Anblick schmunzeln.

Es war wie ein Blick in Becks Zukunft.

Doch dann sah sie die Männer. Sie waren groß, muskulös, trugen Bärte.

Und sie waren bewaffnet.

Einer trug ein Gewehr auf den Rücken geschnallt.

Der andere hatte eine Pistole sichtbar an der Hüfte hängen.

Vivian spürte es wie eine Welle – erst Brechreiz, dann Schauder, sodass sie die Arme um ihren Körper schlang. Sie musste einen Schritt zurückweichen, stieß gegen die Wand und glitt dran hinab, was ein dumpfes Aufschlaggeräusch erzeugte.

»Scheiße«, flüsterte Beck und zog sich von der Tür zurück. »Vivian. Sei. Still.«

»Ist das alles, was Sie heute brauchen, meine Herren?«, fragte Ruth. »Nur die rote Farbe?«

»Das ist alles«, antwortete einer von ihnen. »Wir haben ein kleines Kunstprojekt zu erledigen.«

Der zweite Mann lachte auf dem Weg aus dem Laden.

Im Hinterraum, wo sie nun weder die Männer noch ihre Waffen mehr sehen konnte, hatte sich Vivians Herzschlag allmählich wieder beruhigt. Sie fühlte auch nicht mehr die kalten Schauder am ganzen Körper. Langsam stand sie auf und kehrte zu Beck zurück.

Sie ahnten, wofür die rote Farbe war.

»Beck«, fing Vivian an, aber Beck winkte ab.

»Alles okay«, sagte sie. »Die hatten nie vor, die Bilder da oben zu lassen. Lass sie sie ruhig zerstören. Dadurch zeigen sie sich nur als noch größere Arschlöcher.«

Beck hinterließ einen Umschlag mit Geld auf einem der Regale, um das, was sie mitnahmen, zu begleichen, dann schlichen die zwei wieder raus auf die Gasse. Die Kiste war zwar zugeklappt, aber sie hatten trotzdem ein komisches Gefühl, am helllichten Tag einfach so rumzulaufen, mit sämtlichen Beweisen für das, was sie getan hatten, in ihren Armen.

Zurück im VW-Bus drehte sich Beck zu Vivian um.

»Du wolltest mir etwas sagen. Hinten im Laden.«

Vivian zögerte.

»Jetzt red schon.«

»Ich wollte dir sagen, dass Matteo Bescheid weiß.«

Sie warteten bis zum Einbruch der Dunkelheit, um zur Feuerwache zu fahren. Der Ort war riskant. Aber die große weiße Wand war genau gegenüber der Polizeiwache auf der anderen Straßenseite und Vivian konnte sich nicht von der Vorstellung lösen, wie der Mann, der gesagt hatte: »Jeden Tag werden Mädchen getötet«, direkt auf das Wandbild mit Cassie vor seinem Bürofenster starrte.

Doch gerade als sie ankamen, griff Beck plötzlich nach ihrem Baseballschläger.

»Beck«, sagte Vivian. »Beck, nein.«

»Ich red bloß mit ihm«, antwortete Beck und öffnete die Fahrertür.

»Sei ein bisschen feinfühlig«, rief Cass von hinten. »Er ist ein Guter.«

Vivian lief hinter Beck her und holte sie im Gemeinschaftsraum der Feuerwache ein. Matteo saß auf der Couch und Beck baute sich vor ihm auf, den Schläger lässig über der Schulter.

Matteo hob kapitulierend die Hände.

»Wie hast du's rausgefunden?«, fragte Beck.

»Ich bin ein sehr aufmerksamer Mensch«, antwortete Matteo.

Beck umfasste den Schläger noch enger.

»Vivian hatte Farbe im Haar. Und ich kenn deine Kunst, Beck. Wie eine ganze Reihe anderer Leute auch. Ihr müsst vorsichtig sein.«

»Ach was«, sagte Beck und verdrehte die Augen. »Wir *sind* vorsichtig. Weshalb die Tatsache, dass du Bescheid weißt, ein großes Problem ist.«

Beck senkte den Schläger.

»Hab ich den Test bestanden?«

»Weiß ich noch nicht. Du stehst unter Bewährung.«

»Schön«, sagte Matteo, erhob sich von der Couch, lief um sie rum und hielt dabei Abstand.

Zu Matteos Ehrenrettung: Die meisten Leute hatten anfangs ziemlich Schiss vor Beck.

Auch Vivian war es damals nicht anders gegangen.

»Komm schon, schaut euch das an«, sagte Matteo mit Erregung in der Stimme.

»Das ist keine Party, Matteo, wir begehen eine Straftat«, schimpfte Vivian, folgte ihm aber trotzdem.

»Wieso kann es nicht beides sein?« Er drehte sich zu ihnen um, als er das sagte, und zog die Augenbrauen hoch. »Beides ist gut. Außerdem macht Rebellieren Spaß. Und du«, Matteo sah Vivian an. »Du bist schon seit *Langem* fällig.«

Er führte sie aus der Feuerwache und rüber zu der Mauer, die sie in dieser Nacht sprayen wollten. Beck hatte diesmal Andromeda vor, die von ihrem Vater und ihrer Stadt an einen Felsen gekettet zurückgelassen wurde, um auf ein Monster zu warten, das sie verschlingen würde.

Dieses Wandbild war eine der weniger subtilen Botschaften.

Draußen stellte sich Matteo neben die Mauer, hob die Hände über den Kopf und wedelte.

»Scheiße«, sagte Beck und drückte die Nasenwurzel mit ihren Fingern zusammen.

»Matteo«, rief Vivian und hob die Arme, um seine zu fangen. *Tanzte* er etwa?

Wieso hatte sie nicht gewusst, dass Matteo ein so schlechter Tänzer war?

»Matteo!« Vivian musste hochspringen, um an seine Arme zu kommen. »Es reicht. Das hier ist ernst.«

»Klar ist es ernst«, antwortete Matteo. Er erwischte ihre Hände und wedelte auch sie herum. »Vivian, was geht jetzt gerade nicht an?«

Da kapierte sie.

Der Bewegungsmelder schaltete den Scheinwerfer nicht an.

»Wie hast du …?«

Aber Matteo fasste in seine Tasche und zog eine Handvoll Batterien hervor. »Ich steck sie später wieder rein. Und ich hab Joe gesagt, ich putz für ihn den Löschwagen, wenn es eine ruhige Nacht wird, deshalb hat er ihn draußen gelassen.«

Vivian und Beck schauten sich nach dem Löschwagen um, der etwa drei Meter entfernt stand und einen Großteil der Mauer verdeckte, auf die sie ihr Wandbild sprayen wollten.

»Okay«, sagte Beck. »Du hast den Test bestanden.«

Vivian ging zu dem VW-Bus zurück und griff nach der Kiste mit den Sprayutensilien, die sie vorhin geholt hatten.

»Hab euch doch gesagt, er ist ein Guter«, meinte Cassie. »Und stell noch den Song an, bevor du zurückgehst. Ich glaube, es ist Nummer sieben.«

»Du *glaubst*, es ist Nummer sieben? Du hast uns in den letzten Wochen gezwungen, den Song mindestens hundertmal zu hören. Er ist Nummer sieben.«

Vivian warf ihr Handy auf die mittlere Bank.

»Und stell ihn gefälligst selbst an, Cass. Deine Geisterkräfte sind ja stärker denn je.«

Doch als Cassie auf Play drückte, kam keine Musik. Es lief der letzte Podcast. Er war erst vor ein paar Stunden online gegangen und Vivian hatte vorgehabt ihn während der Arbeit in dieser Nacht anzuhören. Es tröstete sie. Der Podcast. Die Vorstellung, dass sie nicht allein waren in diesem Kampf für Cassie.

»*... gerade erfahren, dass Steven Bell heute als Antwort auf die Wandbilder ein Statement veröffentlicht hat, in dem er die Gesetzwidrigkeit herausstellt*«, sagte die Moderatorin Merit Logan. »*Wisst ihr, dass er mehr Zeit damit verbracht hat, Sachbeschädigung zu verurteilen, als Waffengewalt? Es ist nicht schwer zu erraten, wo in Bell die Prioritäten liegen. So ist es in dieser Stadt immer schon gewesen. Immer. Zuerst kommt die Waffenfabrik, alles andere danach. Aber heute gibt Bell dieses Statement heraus und sagt es von Neuem, noch lauter, und er setzt sogar eine Belohnung aus.*«

Vivian starrte durch den Bus und sah Cassie entsetzt an, als die Worte bei ihnen einschlugen.

Eine Belohnung.

»*Das stimmt wirklich. Steven Bell setzt eine Belohnung von zehntausend Dollar für jede Information aus, die zur Ergreifung der so leidenschaftlichen Künstler oder Künstlerinnen von Bell führt.*«

CASSIE

Letztes Jahr im August,
ehe die Schule wieder begann,
klauten wir Rum aus dem Schrank
von Becks Grandpa
und stiegen hinauf auf den Hügel
zur Farm von den Warrens,
um von dort zum Sonnenblumenfest zu kommen,
das die Stadt jährlich feiert.

Es kostet Eintritt, doch wenn du dich
in so einem Feld zurechtfindest,
kannst du dich umsonst reinschleichen.
Und wir kannten die Hügel
mit ihren Sonnenblumenfeldern
besser als jeder andere Mensch
nach einer Kindheit aus Sommern,
die wir in diesen Feldern verbrachten.

Doch als wir den Feldrand erreichten,
entdeckte ich seine Familie sofort.
Die Bells.
Sie wirkten wie aus dem Bilderbuch:
Mutter, Vater und der prächtige Goldjunge.
Mr Bell war Ehrengast,
so wie jedes Jahr,
und eröffnete das Fest.

Ich zog mich zwischen die Stängel zurück.
Kommt, wir verlaufen uns lieber
hier drinnen.

Es muss sie verwirrt haben.
Das ganze Jahr über war dieses Fest
für mich stets das Allerwichtigste.
Aber irgendwie verstanden sie,
vielleicht durch das Drängen in meiner Stimme
oder durch mein Verstummen
und wie ich mich den Sommer über
immer weiter zurückgezogen hatte.

Sie verstanden, dass ich
nur *sie brauchte.*
Wir tranken weiter und rannten,
als wenn wir wieder Kinder wären,
so wild und frei.

Wir waren mal wilde Wesen gewesen,
ungebunden und unbelastet
von all den seltsamen
harten Dingen, die kommen,
wenn du als Mädchen heranwächst
in einer von Männern errichteten Welt.

An jenem Abend rannten wir
wieder wie wilde Wesen,
bis wir zusammensackten,
atemlos und betrunken,
zerkratzt von den rauen Blättern
und nach Erde riechend und Rum.

Wir lagen auf dem warmen Boden,
die Sonnenblumen wie Türme
hoch über uns aufragend,
und versteckten uns
vor dem Rest der Welt.

Es war ihr Sternbild
da oben über unseren Köpfen
in jener Nacht.
Andromeda.
Andromeda, deren Stadt –
deren eigener Vater –
sie an einen Felsen am Meer kettete
und als Opfer für ein Monster zurückließ.

Als mir Vivian die Flasche reichte
und lallend sagte:
Würd ja gern wissen, was du grad denkst,
deutete ich auf die Sterne über uns.

Hör auf, so klug daherzureden,
wenn wir betrunken sind,
schimpfte Beck.
Das nervt.

Ich erzählte ihnen trotzdem die Geschichte.
Andromeda wurde für Keto,
das Seemonster, zurückgelassen.
Sie wurde geopfert, um die Stadt zu retten,
aber im letzten Moment kam Perseus
auf Pegasus angeritten, rettete Andromeda
und heiratete sie.

Lass mich raten, *sagte Vivian.*
Du bist Andromeda
und Nico ist dein tapferer Halbgott,
der kommt, um dich zu retten.

Vivian und Beck kriegten sich
nicht mehr ein vor Lachen und Schluckaufs.
Ich erzählte die Geschichte nie zu Ende,
erzählte ihnen nie,
dass Perseus Andromeda
erst dann rettete,
als ihr Vater in die Hochzeit einwilligte.
Derselbe Vater,
der sie angekettet hatte
und zurückließ, um zu sterben.

Man könnte sagen, der König tat es
zum Wohle der vielen –
um sein Königreich vor dem Ruin zu retten.
Aber ich würde sagen, er tat es, um
seinen Thron zu retten. Und auch, dass
böse Männer Dinge lieben können.

Wenn er alle geopfert hätte,
wer hätte ihn dann noch anhimmeln können?
Und was bedeutete schon das Leben eines Mädchens,
argumentierte der König.

Wenn der Held stirbt, nennt man das
eine griechische Tragödie,
doch wenn die Heldin stirbt,
eine Romanze.

Heute will ich Geschichten,
in denen Mädchen die Heldinnen sind
und unser Schicksal weder
in den Sternen geschrieben steht
noch in der Hand eines Mannes liegt,
sondern die ganz allein uns gehören.

Was ich Beck und V auch nie erzählt habe:
Wenn ich Andromeda wäre
und unsere Stadt mich
auf den Felsen zurücklassen würde
als Tausch für ihr
eigenes Wohl, dann wäre
Nico ganz sicher nicht Perseus,
egal ob er für die Rolle passte.

Er wäre das Monster.

VIVIAN

Vivian ließ sich selbst in die Werkstatt ein, in der Beck noch spät arbeitete. Sie holte tief Luft und stellte fest, wie sehr sie den Geruch der alten Scheune liebte. Doch nach einem Jahrzehnt der gemeinsamen Wege in Bell – auf denen sie sich zwar jedes Mal stritten, aber trotzdem noch immer zusammen bewegten – war der Geruch einfach etwas völlig Vertrautes. Ein weiteres *Beck*-Ding.

»Beck?«, rief sie.

Die Werkstatt wirkte verlassen.

»Ja?«, kam eine gedämpfte Stimme unter dem VW-Bus hervor.

Der Bus war aufgebockt und die Scheiben alle runtergekurbelt. Vivian musste gar nicht erst reinschauen, um zu wissen, dass Cassie da war – ihr blauer Schimmer erhellte das Innere.

Cassies Lieblingssong drang aus Becks Handy, das auf der Werkbank lag. Vivian sah auf das Display und musste lächeln. Beck hatte den Song für Cassie auf Repeat gestellt.

Was für ein Softie.

Vivian ging um Betty herum und sank auf die Knie, damit sie druntergucken konnte.

Beck lag auf einem dieser Rolldinger, die man benutzte, um unter die Wagen zu kommen. Schraubenschlüssel zwischen den Zähnen und die Hände in die Unterseite des Busses getaucht, der über ihr stand.

»Gib ihn mir, bevor du dir die Backenzähne kaputt

machst«, sagte Vivian, streckte die Hand aus und zog an dem Schraubenschlüssel.

»Danke«, sagte Beck.

»Ist sie okay?«, fragte Vivian.

»Sie hat ihren Song.«

»Ich meinte Betty.«

»Betty geht's gut. Bloß Ölwechsel.« Gerade als sie es sagte, löste sich etwas und das Öl rann aus dem Bus. Beck fluchte, griff nach dem kleinen roten Eimer, den sie neben sich gestellt hatte, und hielt ihn hoch, um die Flüssigkeit aufzufangen.

Doch das Öl hatte sie bereits komplett vollgespritzt.

Beck ließ den Eimer stehen, um die Reste aufzufangen, und rollte sich unter dem Wagen hervor. Vivian reichte ihr ein Handtuch.

»Hey, danke«, sagte Beck. Sie wischte sich die Hände ab und Vivian nahm das Handtuch, um ihr die Ölspritzer von der Wange zu putzen.

»Du siehst echt übel aus«, sagte sie.

»Und was gibt's sonst Neues?«, fragte Beck. Dann zuckte sie mit dem Kopf und deutete auf die andere Seite der Werkstatt. Es war dunkel und als sie in den weniger genutzten Bereich der alten Scheune kamen, hörten sie ein Rascheln in den Dachsparren über ihnen.

»Keine Sorge, sind bloß Tauben«, sagte Beck. »Glaub ich.«

Vivian zog die Augenbrauen zusammen. »Was ist mit der Geheimnistuerei?«

»Vielleicht mach ich mir zu viele Sorgen, aber hab mal heut Nacht ein Auge auf Cassie. Sie wirkt, keine Ahnung, irgendwie anders. *Traurig* blau. Nicht leuchtend blau.«

»Ja, okay, ich pass auf sie auf.«

Die Mädchen gingen zum Bus zurück und Vivian streckte den Kopf durch das Fenster auf der Beifahrerseite.

»Hi, Cassie«, rief sie ins Innere. Sie sah nur Cassies Hinterkopf, die langen dunklen Locken waren heute ganz undurchsichtig, jede Strähne wand sich einzeln den Rücken hinab. Vivian hatte das Gefühl, wenn sie die Hand ausstrecken würde, könnte sie sie fast anfassen.

Sie probierte es nicht.

Beck kam dazu und beugte sich durch das Fahrerseitenfenster. »Hey, Cass? Sollen wir mal versuchen einen neuen Song zu hören?«

»Nein danke«, antwortete Cassie, ohne sich zu ihnen umzudrehen.

»Magst du uns sagen, was dir so Kummer macht?«, fragte Vivian.

Cassie drehte sich endlich um und setzte sich auf. Sie wirkte … anders.

Einerseits sah sie viel leibhaftiger aus. Viel weniger durchsichtig als beim ersten Mal, als sie zu ihnen zurückgekommen war. Vivian konnte die Kieferpartie erkennen, das Rosa der Wangen. Und dann entdeckte sie es.

Einen Schatten an Cassies Schläfe.

Cassie musste es bemerkt haben, denn sofort flog ihre Hand nach oben an den Kopf.

»Ich kann's jetzt nicht spüren«, sagte Cassie. »Es tut auch nicht weh, aber … ich bin mir bewusst, dass es da ist.«

Es war das Einschussloch.

»Können wir uns bitte auf irgendwas anderes konzentrieren?«, sagte Cassie.

»Ehrlich gesagt muss ich euch beide um einen Gefallen bitten. Können wir eine Weile etwas abtauchen?«, fragte Beck. »Mein Grandpa macht sich Sorgen wegen der Belohnung. Er hat uns gebeten langsamer zu machen. Einen Gang runterzuschalten, nur für kurze Zeit und ich … ich will ihm einfach gerade jetzt keinen Stress machen. Können wir eine Weile aufhören? Schauen, ob sich alles wieder beruhigt?«

»Klar«, sagte Cassie.

»Einverstanden«, sagte Vivian.

»Danke«, sagte Beck. Sie machte den Bus weiter fertig und senkte ihn dann wieder ab. Danach fuhr sie ihn zurück an den inzwischen schon gewohnten Platz direkt neben dem Sonnenblumenfeld.

Vivian wusste, dass sie ihn wegen Cassie dort parkte.

Doch als Beck ein paar Minuten später in die Werkstatt zurückkam, war sie ganz blass.

»Beck?«, sagte Vivian und sprang von dem Schemel, auf dem sie gesessen hatte.

»V, check mal dein Handy.«

Vivian schaltete es an. Sie hatte drei Anrufe verpasst und ein Dutzend Nachrichten, alle von ihrer Mutter.

Die Nachrichten enthielten einen Link zu der Webseite der Lokalzeitung.

Und dort stand in großen, fetten Buchstaben:

Vivian Hughes: Mitspielerin im großen Gerichtsstreit. Aber lügt sie, dass sie dabei war, als es passierte?

»Scheiße, was ist das denn?«, fragte Vivian und setzte sich wieder hin.

»Ist meine Schuld«, stieß Beck krächzend hervor und Vivian schaute hoch.

»Was?«

»Sie schreiben, du wärst an dem Morgen der Schüsse gar nicht in der Schule gewesen, sondern hättest irgendwas mit deiner Kreditkarte gekauft. Nur dass das nicht du warst«, sagte Beck. »Ich war's. Ich hatte zu Hause mein Portemonnaie vergessen. Wir kamen zur Schule, aber ich hatte Hunger und Cassie wollte ein Sandwich zum Frühstück, erinnerst du dich? Ich hab gesagt, ich besorg was und komm dann eben zu spät. Ich weiß das noch, weil du die Augen verdreht und mir viel Spaß beim Nachsitzen gewünscht hast. Doch als ich ins Loft kam, hatte ich mein Portemonnaie nicht dabei und deins lag bei mir im Wagen, also hab ich mit deiner Karte bezahlt. Und danach hab ich sie auch noch in dem Laden für Künstlerbedarf benutzt. Ich bin nur rumgelaufen, hab Farben gesucht, während Cass – Vivian, es tut mir so leid.«

»Beck, wieso entschuldigst du dich? *Du* hast doch diese Scheiße nicht in die Zeitung gesetzt. Die versuchen doch nur meine Klage zu untergraben.« Vivian sah, wie sich Verwirrung auf Becks Gesicht breitmachte.

»Du bist nicht sauer auf mich?«, fragte Beck. »Aber ich hab deine Karte geklaut. Ich bin aus der Schule raus. Ich wollt dir ja auch alles zurückzahlen, doch dann hab ich's total vergessen, als ich in die Schule zurückkam und die ganzen Krankenwagen und Polizeiautos –«

»Und seitdem warst du vollkommen durcheinander und hast dir Vorwürfe gemacht, dass du nicht da warst, als es passiert ist.«

Beck antwortete nicht. Vor Scham senkte sie den Blick zu Boden.

Vivian wusste, dass Beck sich Vorwürfe machte.

Sie wusste es, weil Vivian sich auch Vorwürfe machte.

Und das war falsch, weil keine von ihnen Cassie ermordet hatte.

»Du musst damit aufhören«, sagte Vivian. »Wenn du da gewesen wärst, hätte das auch nichts geändert.«

»Vielleicht doch«, antwortete Beck. »Und du verstehst es nicht, Nico –«

»Nein, es hätte nichts geändert. Außer dass er dich vielleicht auch getötet hätte. Es war keine Zeit, Beck. Es gab keine Vorwarnung. Er stand einfach *da*. Und dann war sie tot.«

»Aber Nico –«

»Nein, Beck. Ich bin froh, dass du an dem Tag unterwegs warst, um Frühstück für uns zu holen. Ich bin froh, dass du in dem Kunstladen rumgestöbert hast, statt bei uns im Klassenzimmer zu sein. Denn das ist vielleicht der einzige Grund, weshalb du jetzt mit mir hier bist.«

»Aber du bist so wütend«, sagte Beck.

»Ich bin wütend auf die«, antwortete Vivian und hielt ihr Handy hoch, auf dem der neue Artikel zu sehen war. »Das da ist Bullshit.«

»Wir können es widerlegen«, sagte Beck. »Mit Überwachungsvideos.«

Vivian seufzte und tippte auf den Platz neben sich. Beck setzte sich.

»Das geht nicht«, sagte Vivian. »Wir müssen sie ihre Lügen verbreiten lassen. Im Prozess wird schließlich alles herauskommen. Aber der Laden hat auch hinten im Hof eine Sicherheitskamera. Eine, die uns gespeichert hat, als wir uns reingeschlichen haben, um den Farbnachschub abzuholen. Wir können nicht … wir können doch nicht riskieren, dass jemand die Videos anguckt.«

»Scheiße, ja, du hast recht.«

»Deshalb ignorieren wir es«, fuhr Vivian fort. »Pass auf, es ist spät, meine Mom kommt in ein paar Stunden von ihrer Schicht und ist total besorgt. Ich sollte jetzt besser nach Hause gehen.«

»Ich fahr dich.«

Sie gingen zusammen nach draußen und Beck schloss die Werkstatt ab. Aber Vivian zog sie am Ärmel, damit sie sich umdrehte. Dann zeigte sie auf den Bus, der immer noch am Feldrand parkte.

Cassie war nicht mehr drin.

Sie stand daneben und starrte auf das Sonnenblumenfeld, als wenn sie gleich reinlaufen wollte.

Sie drehte sich um, als die zwei auf den Bus zukamen.

»Ich hab was Neues gelernt«, sagte sie mit einem Lächeln.

»Ach ja?«, fragte Vivian. »Ist das alles?«

»Nein«, antwortete Cassie. »Mir ist auch ganz kalt.«

BECK

Als es in dem Feld komplett dunkel war und die Sonnenblumen nur noch von der schmalen Sichel des Mondes beschienen wurden, kehrte Cassie in den VW-Bus zurück. Sie glühte jetzt wieder und Beck erschien ihr Leuchten in dieser Nacht noch viel heller. Diese schwache Blaufärbung wie ein Hof rings um sie rum. Aber sie wusste nicht, was das alles bedeutete. Dass Cassie stärker wurde. Heller. Dass sie den Bus verließ.

Dass sie mit diesem Ausdruck in ihrem Gesicht auf das Feld starrte. Diesem Ausdruck von Verlangen.

Beck fuhr Vivian nach Hause und zum ersten Mal seit einem Monat war der Bus nicht von Cassies Musik oder dem endlosen Geschnatter der Mädchen erfüllt. Als Cassie zurückkam, hatten sie genau da weitergemacht, wo sie aufgehört hatten. Und erst in dieser Nacht war ihnen die Seltsamkeit des Ganzen richtig bewusst geworden. Vielleicht lag es an dem Artikel in der Zeitung. Vielleicht lag es an Steven Bell, der in Grandpas Werkstatt aufgekreuzt war. Oder an dem Podcast, den sie beim Sprayen gehört hatten und in dem es um ihre Wandbilder ging, um die Bewegung, die sie angestoßen hatten.

Es war … jede Menge Druck.

Und jetzt war auch noch eine Belohnung ausgesetzt für den, der sie erwischte.

Und da saßen sie, immer noch voller Wut.

Und hier war Cassie, immer noch tot.

Es war nicht fair.

»Schau mal«, sagte Vivian und zeigte auf die Highschool, an der sie gerade vorbeifuhren. Die Mauer der Aula, auf die sie Ariadne und ihr Labyrinth gesprayt hatten, war mit Klecksen roter Farbe übersät.

»Macht nichts«, sagte Beck und weigerte sich hinzuschauen.

Doch dann hielten sie vor Vivians Zuhause und alle Luft strömte aus Becks Lunge, als sie sah, was passiert war.

»So eine Scheiße«, sagte Vivian.

»Diese Dreckschweine«, sagte Cassie.

Vivians Haustür war mit großen roten Lettern besprayt.

LÜGNERIN

Vivian starrte nur, den Kiefer angespannt, und rührte sich nicht. Beck sah die Tränen in Vivians Augen, aber nicht eine rann über die Wange.

Gut so, V, dachte Beck. *Lass nicht zu, dass sie dich zum Weinen bringen. Gönn ihnen nicht diesen Sieg.*

»Tja, ich denke, wir sind nicht mehr die einzigen Künstler in der Stadt«, sagte Vivian und ihr Lachen klang messerscharf.

»Sie sind einfach Arschlöcher«, antwortete Beck. »Es war gut, dass du die Klage eingereicht hast.«

»Ich weiß«, sagte Vivian.

Dann räusperte sie sich.

»Ich bin froh, dass deine Eltern nicht mehr in der Stadt wohnen und das hier erleben müssen, Cass. Es wird ungemütlich, jetzt, wo wir die Firma ins Auge gefasst haben.«

»Die können damit umgehen«, sagte Cassie. »Die sind stark. Ich wünschte nur, dass ich –«

Cassie unterbrach sich abrupt, aber Beck wusste, was sie meinte. *Ich wünschte nur, dass ich sie treffen könnte.*

Ihre Eltern und Schwestern wohnten jetzt viele Stunden entfernt. Beck hatte überlegt, eines Nachts mit dem Bus hinzufahren, um festzustellen, ob auch sie Cassie sehen konnten. Einmal hatte sie sogar Cassie gefragt, aber die hatte kurz und entschlossen Nein gesagt. *Was, wenn sie mich* nicht *sehen können?*, hatte sie argumentiert. *Sie würden die Hölle durchmachen für nichts. Und ich bin ja bald tot. Ich will sie nicht noch einmal total fertigmachen.*

»Ich bin kaputt«, sagte Vivian. »Hau mich nur noch hin. Die Tür mach ich morgen sauber.«

Ohne ein weiteres Wort verließ sie den Bus. Als sie die Haustür erreichte, schob sie sich vorsichtig an der noch feuchten, tropfenden Farbe vorbei. Vorsichtig, dass sie nicht auch noch reintrat und diese Abscheulichkeit mit ins Haus trug.

»Es geht ihr nicht gut«, sagte Cassie von der Rückbank, auf der sie lag, und starrte an den Dachhimmel, starrte dorthin, als wenn sie hindurchsehen könnte.

Und wieder verstand Beck den Geist Cassie nicht richtig. Vielleicht konnte sie ja wirklich hindurchsehen.

»Das weiß ich«, sagte Beck scharf. Es war eine angespannte Nacht gewesen, auch schon vor der Sache mit der Farbe auf Vivians Haustür.

Auch Cassie wirkte anders in dieser Nacht, nachdem sie sie draußen bei den Sonnenblumen gefunden hatten. Sie wirkte ... irgendwie weit entfernt. Distanziert. Unverbunden.

Und das jagte Beck einen Höllenschrecken ein.

Cassie setzte sich auf und sah, wie Beck sie im Rückspiegel anschaute.

»Dann hilf ihr«, sagte Cassie. »Vivian braucht dich.«

Aber Vivian wollte nicht *Beck* und das wusste Beck.

»Weißt du, ich hab mir überlegt, dass du in Wahrheit gar nicht so ein freundlicher Geist bist. Cassie, der Dauergeist. Cassie, der Geist, der bloß immer den gleichen Song spielt. Cassie, der herrische Geist, der alles bestimmt.«

»Du weißt genau, dass ich recht hab.« Cassie zuckte die Schultern und legte sich wieder auf die Rückbank. »Aber du kannst natürlich tun, was du willst. Was weiß ich denn? Ich bin ja total tot.«

Toll. Jetzt war Cassie auch noch sauer auf sie.

Beck stieg aus dem Bus, von allem genervt. Vor allem von sich. Es war nicht ihre Schuld, dass die Zeitung die Geschichte veröffentlicht hatte. Die Leute hätten es schließlich besser wissen müssen. Sie mussten doch wissen, dass das eine Lüge war. Aber anscheinend nicht, nach dem Beweis zu urteilen, der auf Vivians Haustür gesprayt stand.

Beck blieb vor der offenen Scheibe noch einmal stehen, warf ihr Handy auf den Sitz und nutzte die Musik-App als Friedensangebot.

»Danke«, kam Cassies Stimme herübergeweht.

Cassie hatte gesagt, dass sie ihre Familie nicht in die Situation bringen wollte, ihre Tochter noch einmal zu verlieren, aber was hieß das für Beck und Vivian? Beck spürte bereits die Distanz, die Cassie zwischen ihnen aufbaute, und es schien, als ob sie es mit Absicht tat, um ihnen Raum zu geben, bevor sie endgültig tot war. Sie sahen sie jetzt so deutlich und der Schatten an Cassies Kopf war dunkler geworden. Cassie konnte mit Leichtigkeit Gegenstände bewegen. Neulich hatte sie Vivian sogar einen Socken an den Kopf geworfen.

Aber Cassie war immer noch da. Und Beck fürchtete sich vor dem Moment, in dem sie sie ganz verloren.

Vor Vivians Haustür blieb Beck stehen, um nach dem Schlüssel zu suchen, von dem Cassie behauptet hatte, er liege in einer Topfpflanze. Als sie die Tür schließlich öffnete, streiften ihre Finger die Farbe und wurden nass. Sie mussten die elenden Bastarde um ein Haar verpasst haben.

Als sie drinnen war, ging sie die Treppe nach oben und klopfte leise an Vivians Tür.

Von drinnen kam erst ein Rascheln, dann hörte sie Vivian fluchen und schließlich öffnete sie – nur einen schmalen Spalt.

»Was?«, fragte Vivian. »Geht's Cassie gut?«

»Also, ich weiß nicht, was heute mit ihr los ist, aber sie ist da. Schön geisterhaft. Und spukt wie der Teufel in meinem Bus.«

Vivian lächelte, doch nur schwach.

»Kann ich reinkommen?«, fragte Beck und drückte gegen die Tür. Vivian schien die Frage eine Sekunde lang ernsthaft abzuwägen.

»Okay«, sagte sie schließlich und schwang die Tür auf.

Beck starrte ins Zimmer.

Vivians Wand, die, die sie jahrelang mit Preisen, Urkunden und Leichtathletik-Trophäen bestückt hatte, war frei geräumt und schon halb nackt. Auf dem Boden stand ein Müllsack, halb voll.

Vivian warf alles weg.

»Vivian«, fing Beck an, aber Vivian hob die Hand.

»Ich will es nicht hören«, sagte sie. »Du kannst mir entweder helfen oder gehen.«

Sie wandte sich unbarmherzig wieder der Wand zu, riss die letzten Überreste ihres alten Ichs herunter und legte sie zu dem Abfall.

Beck sank neben dem Müllbeutel auf die Knie.

»Vivian, was ist das?« Sie zog einen Brief heraus, der an Vivian gerichtet war. »Der ist von deiner Schule.«

»Ist doch egal«, sagte Vivian, atemlos auf dem Schreibtischstuhl stehend, um an das oberste Regal zu kommen.

»Vivian, da steht, sie geben dir ein andres Stipendium. Weil du keine Leichtathletik mehr machen kannst. Das heißt, für das komplette Studium. Mann, V, wieso hast du mir das nicht erzählt?«

»Weil wir auch mit Stipendium in Arztrechnungen ertrinken«, antwortete Vivian, diesmal heftiger. Sie kam nicht an das Regal ran. »Deshalb. Ist. Es. Egal.«

Vivian stürzte.

Und riss die halbe Wand mit.

Das Brett löste sich von den Schrauben. Der Putz darunter brach auf, krümelte zu Boden und bedeckte alles mit einer Staubschicht.

Beck bewegte sich dorthin, wo Vivian gelandet war, und reichte ihr die Hand.

»Kannst du jetzt endlich aufhören?«, fragte Beck.

»Nein«, antwortete Vivian. »Kann ich nicht. Ich muss das hier alles raushaben, Beck.«

»Aber wieso?«

»Weil es mir nichts mehr bedeutet. Es hat mir alles bedeutet und jetzt nicht mehr.«

Beck sagte nichts weiter, fing jedoch an ihr zu helfen.

Sie hob die Trophäen hoch. Sie kehrte das Stück Wand und den Staub auf.

»Aber du kannst dich nicht ewig hier verstecken«, sagte Beck. »Unsere eigentlichen Leben sind vielleicht auf Eis gelegt worden, als Cassie … letzten Frühling. Aber sie sind nicht vorbei. Du wirst immer noch Ärztin werden. Und du wirst immer noch all die Dinge tun, für die du so hart gearbeitet hast. Es bedeutet nicht *nichts*. Die Bedeutung hat sich nur einfach gewandelt.«

»Wieso kann ich mich hier nicht verstecken? Tust du nicht dasselbe?«

Beck wollte sie korrigieren, ihr sagen, dass auch sie sich an der lähmenden Trauer vorbeizwängte, in der sie gefangen gewesen war. Nicht erst, seit sie Cassie verloren hatte, sondern schon viel, viel länger. Seit sie ihre Eltern verloren hatte.

Doch sie hatte den Job noch nicht. Sie wusste nicht, ob sie eine Zukunft außerhalb von Bell haben würde.

Deshalb schwieg sie.

Beck nahm den Sack mit. Sie hatte Angst, dass ihn Vivian die Straße entlang zum Müllcontainer neben der Tankstelle schleppen würde, wenn Beck ihn stehen ließ. Und Beck wusste, dass Vivian die Sachen irgendwann würde wiederhaben wollen. Vielleicht nicht sehr bald, aber irgendwann sicher.

Beck schnappte sich einen Eimer aus Vivians Küche. Fand Handschuhe im Schrank. Alkohol gab es nicht, deshalb nahm sie Seife und Wasserstoffperoxid. Wenn Beck sich mit irgendwas auskannte, dann mit Farben. Sie würde eine Möglichkeit finden, die Schmiererei von der bescheuerten Haustür zu kriegen.

Es dauerte eine Stunde, die Tür sauber zu bekommen, und als sie zurück in den Bus stieg – zurück zu Cassie –, spielte der Song. Derselbe. Es war immer derselbe. Aber Beck sagte nichts. Sie griff nach unten, drehte die Lautstärke auf und sang mit.

Als Cassie auch einstimmte, weil sie einfach nicht widerstehen konnte, lächelte Beck.

Ihre Freundinnen mochten verletzend, unterschiedlicher

Ansicht und richtungslos sein. Aber eigentlich war das Becks Spezialität. Ihre Freundinnen hatten es die letzten zehn Jahre geschafft, *sie* festzuhalten, *sie* davon abgebracht, in Trauer und Angst auseinanderzufliegen.

Jetzt musste Beck das Gleiche für die beiden tun.

Beck musste zu Ende bringen, was sie begonnen hatten.

CASSIE

Betty steht am Ende des Grundstücks
von Becks Grandpa,
gleich hinter der Scheune
und direkt vor den Sonnenblumenfeldern
der Warrens.

Beck hat mich den Platz wählen lassen.
Von hier aus seh ich
die Blumen aufragen wie Kinder,
die auf Zehen stehend
ihr Gesicht in die Sonne halten.

Aber nicht alle Blüten
sind aufgegangen.
Einige verkümmern auf ihren Stängeln
oder die Erde darunter
ist schwarz von Fäulnis und,
wenn man genauer hinsieht,
von Maden.

Die Tage vergehen und ich
schau dem Verrotten zu –
eine Blüte nach der andern.

Ich weiß nicht,
ob es schon immer da war

und seinen Tod durch
die Blumenfelder wand.
Ich habe nie auf die Erde geschaut,
sondern war nur fixiert auf die Blüten.

Es ist schwer, die Veränderungen
wahrzunehmen, wenn sie dezent sind,
und noch schwerer, wenn sie
von etwas Schönem verdeckt sind,
deshalb hab ich's vielleicht nicht bemerkt.

Genau wie ich nicht bemerkte,
dass Nico jedes Mal fester zudrückte,
wenn er meine Hand hielt,
bis es irgendwann wehtat.
Und wie seine Komplimente sich änderten
und mehr und mehr Drohungen bargen.

Deine Stimme ist schön
wurde zu
Du solltest nur für mich singen.

Ich werde dich immer lieben
wurde zu
Ob du es willst oder nicht.

Sei mein *war nicht*
wie die Herzen, die wir
jedes Jahr im Februar
am Valentinstag in einen
geschmückten Schuhkarton warfen.

Und vielleicht sollten wir
Kindern nicht beibringen,
dass lieben *und* besitzen
Synonyme sind.

Die Sonnenblumen erinnern mich daran,
diesmal genauer hinzuschauen.
Auf die Felder.
Auf die Stadt.

Ich merke jetzt,
dass die Gefahr immer
da war, direkt vor mir,
doch ich wurde erzogen, mich vor Fremden
zu fürchten, nicht vor meinem Freund.

Es war zu dezent für uns, um es
zu registrieren, und dann war es zu spät.
Zu spät für mich
und zu spät für die Sonnenblumen.
Ihre Stiele brachen auf,
während sie noch die Sonne schlürften.

Bell wirkt jetzt anders.

Eine Zeit lang dachte ich,
dass ich der Grund sei,
weil ich tot bin und so.
Doch je länger ich bleibe
und je genauer ich hinschau,
desto stärker sehe ich es.

Mein Blick ist jetzt auf die Wurzeln gerichtet
und die Wurzeln sind alle verrottet.

Denn dies ist ein Ort,
der auf seine eigene subtile Weise
vor langer Zeit beschlossen hat,
dass die Firma zuerst kommt.

Dieser Ort ist ein Hund,
der vor mir weglief
und wieder nach Hause kam.
Ich will ihn begrüßen
mit ausgebreiteten Armen,
ihn, den ich so sehr vermisst hab.
Aber seine Augen wirken ein bisschen wild,
als ich auf ihn zutrete,
und als ich zu nahe komme,
fletscht er vor mir die Zähne.

Es ist etwas Besessenes,
nicht Geliebtes.
Und jetzt ist es tollwütig.
Und so gut wie tot für mich.

WE CAN BE HEROES
STAFFEL 2: FOLGE 17
»DER REDAKTEUR«

MERIT LOGAN: *Schön, dass ihr wieder dabei seid bei* We Can Be Heroes, *liebe Zuhörerinnen und Zuhörer. Vor ein paar Tagen hat sich die Kongressabgeordnete Maria Roberts im öffentlichen Rundfunk über Waffen geäußert, die in die falschen Hände geraten, und dabei Bezug genommen auf Cassie Queen und die Wandbilder in Bell.*

[Audio-Clip]
»Es ist großartig, dass sich junge Menschen in unserem Land Gedanken machen. Dass sie ihre Stimme erheben und ihre Kunst dazu nutzen, sich gegen Waffengewalt einzusetzen. Eigentlich sollten nicht sie diese Last auf ihren Schultern tragen. Wir, die Älteren, hätten schon längst diese Themen angehen müssen. Aber wir können jetzt handeln. Ich bin tief beeindruckt von den Wandbildern in Bell und von Cassie Queen. Und ich werde schnellstmöglich im Kongress eine neue Gesetzesregelung einbringen als Antwort auf diese wichtigen Äußerungen zum Thema Gewalt.«

MERIT LOGAN: *Gerade gestern hat die Lokalzeitung* Bell Review *einen Leserkommentar veröffentlicht, der auf die sechzehnjährige Schülerin Vivian Hughes zielt. Vivian wurde bei den Schüssen in der Schule verletzt, hat den Anschlag aber überlebt. Als Gast habe ich heute Ryan Ripley bei mir, den zuständigen Redakteur für die Meinungsspalte in der* Bell Review.

MERIT: Mr Ripley, danke, dass Sie sich bereit erklärt haben ein paar Fragen zu beantworten.

RIPLEY: Sehr gern.

MERIT: Können wir über den Kommentar reden, den Sie gestern veröffentlicht haben, in dem es um Vivian Hughes geht?

RIPLEY: Der Autor des Beitrags hat Beweise gefunden, dass Vivian Hughes an dem Morgen, als die Schüsse fielen, überhaupt nicht in der Schule war. Das schien mir immerhin eine wichtige Information.

MERIT: Finden Sie nicht, dass eine andere wichtige Information ... ich weiß nicht? ... zum Beispiel die medizinischen Unterlagen wären, die beweisen, dass Vivian die ganze Woche nach dem Anschlag auf der Intensivstation lag, wo die Schusswunde an ihrem Oberschenkel behandelt wurde?

RIPLEY: Natürlich ist auch das wichtig. Es war nur nicht Teil des Kommentars.

MERIT: Mr Ripley, finden Sie es nicht etwas unehrlich, bloß den ersten Teil der Information zu drucken?

RIPLEY: Nein. Unsere Leserinnen und Leser haben das Recht, Nachrichten, die sie in unserer Zeitung lesen, zu überprüfen. Und wir haben ja keine Lüge veröffentlicht. Vivian Hughes' Kreditkarte *wurde* an dem Morgen benutzt, und zwar genau zu der Zeit der Schüsse. Der Autor des Kommentars hat lediglich eine Frage gestellt. Eine Frage, die wichtig ist im Zusammenhang mit der Klage, der sich ausgerechnet die Firma ausgesetzt sieht, die der Hälfte der Menschen hier in der Stadt Arbeit und Brot gibt. Außerdem unterliegen Krankenakten nun mal dem Datenschutz, deshalb hätten wir diese Informationen ohnehin nicht bestätigen können.

MERIT: Glauben Sie, dass Vivian mit Konsequenzen rechnen muss nach dem, was in Ihrer Zeitung gedruckt wurde?

RIPLEY: Nein, das glaube ich nicht. Und selbst wenn, sehe ich nicht, wie man uns für Handlungen einzelner Leser zur Rechenschaft ziehen könnte.

MERIT: Obwohl Sie eine Falschinformation in Ihrer Zeitung veröffentlicht haben?

RIPLEY: Ich wiederhole noch einmal: Es standen keine Lügen in dem Kommentar.

MERIT: Nur irreführende, unvollständige Wahrheiten.

RIPLEY: *Meinungen*, Ms Logan.

MERIT: Meinungen, die als Wahrheiten präsentiert werden, Mr Ripley.

RIPLEY: Es steht viel auf dem Spiel in diesem Prozess, Ms Logan. Wir übermitteln nur Informationen. Unsere Leser haben das Recht, aus ihnen ihre eigenen Schlüsse zu ziehen.

MERIT: Ihre Leser oder Ihre Anzeigenkunden?

[längeres Schweigen]

RIPLEY: Ich verstehe die Frage nicht.

MERIT: Es geht um sehr viel. Aber ich habe mich über die *Bell Review* kundig gemacht. Steven Bell zahlt einen großen Teil der Anzeigen, sowohl bei der gedruckten Ausgabe als auch bei der Online-Version. Genau gesagt ist Bell Firearms der konstanteste Anzeigenkunde seit Bestehen der Zeitung.

RIPLEY: Ich verstehe nicht, was das mit –

MERIT: Ich übermittle nur Informationen an meine Zuhörerinnen und Zuhörer, Mr Ripley. Sie haben das Recht, daraus ihre eigenen Schlüsse zu ziehen.

WANDBILD 5

TITEL: CIRCE

ORT: DIE ALTE MÜHLE

CASSIE

Heute Abend sehe ich Beck schon,
bevor sie mich sieht.

Sie hat ihre Beine
auf dem Fahrersitz
unter den Körper gezogen.
Ihre wilden roten Locken werden
nur schlecht von dem üblichen
lockeren Knoten gebändigt,
einem chaotischen Nest
oben auf ihrem Kopf.
Zu ihrer illegalen
Mitternachts-Spraykluft
gehören:
ein altes T-Shirt,
ein Overall
und ein Flanellhemd –
trotz Hitze.

Einer ihrer Skizzenblöcke liegt
aufgeschlagen in ihrem Schoß.
Anstatt zu zeichnen macht Beck
eine Liste mit dem Titel:
»Leute, die Cassie getötet haben«.

Es gibt viele,
die sagen würden,
in Wahrheit dürfe nur einer
dort stehen.
Der Mensch, dessen Finger
den Abzug fand
und dann abdrückte.

Aber Beck ergänzt seinen Vater,
seine Mutter, den Sheriff
und seinen Vertreter, den jungen,
der beim ersten Mal auf der Polizeiwache
meine Aussage aufnahm.

Als Letztes schreibt Beck ihren eigenen Namen
und unterstreicht ihn.
Kreist ihn ein,
fährt wieder und wieder die Buchstaben lang,
die ihren Namen bilden,
bis man ihn gar nicht mehr lesen kann,
sticht mit ihrem Stift auf das Blatt ein,
bis es durchweicht ist und reißt,
die Tinte auf den nächsten Bogen blutet.

Ich weiß nicht, wieso Beck
sich die Schuld gibt
an meinem Tod, aber
ich kenne Beck.
Und der einzige Mensch,
der ihr vergeben kann,
ist sie selbst.

Als sie das Blatt endlich umschlägt,
skizziert sie ihr Wandbild
für diese Nacht.
Unser Motiv: Circe.

Wenn in den Sagen Frauen
mit einer Gabe geboren oder verflucht wurden –
einer außergewöhnlichen Gabe,
einer, die sie sogar
zu ihrer Selbstverteidigung nutzen konnten –,
wurden sie zu etwas Neuem.
Nicht zu Heldinnen, das nie,
sondern immer zu etwas,
dem man die Schuld geben konnte.
Medusa hatte die Schlangen,
um ihre Schönheit zu verbergen,
und Augen, um Männer in Stein zu verwandeln,
falls sie sich weigerten
ihre Grenzen zu respektieren.

Circe hatte ihre Insel
und ihre Magie.
Wenn ich *allein auf einer Insel wäre,*
würd ich wahrscheinlich auch
fremde Männer, die an meinen Ufern landen,
mit einem Fluch bestrafen.

Ich hätte Nico wohl nicht in ein
Schwein verwandelt, aber manchmal denk ich,
er hätte doch eine schöne Mücke abgegeben,
klein genug, um sie in meiner Hand
zu zerquetschen.

Becks Stil für das Wandbild
ist so wie bei den andern.
Fette, dicke Linien.
Einfache, saubere Konturen
bilden eine Insel mit
dunkelblauen Wellen ringsum.
Circe steht in der Mitte,
schlank wie ein Baum.
Beck zeichnet ihr
meine tintenschwarzen Haare
und meerblaue Augen.

Circes Arme sind voller Blumen,
die sie gesammelt hat –
den Schätzen der Insel –,
um sie vor den Männern zu schützen,
die gekommen sind, sie zu stehlen,
Männern, die sie für ihren Betrug
verwandelt hat.
Beck füllt die Insel aus,
rosa,
und ergänzt scharfe schwarze Linien,
die ein Meer von Rüsseln,
von Ohren
und dicken Bäuchen bilden.
Überall sind jetzt Schweine,
kreisen sie ein,
setzen sie fest
in ihrem eignen Zuhause.

An der Seite des Wandbilds
fügt Beck ein paar Worte ein,

die aus dem Meer aufsteigen:
Collige Virgo Rosas.

Pflücke, Mädchen, die Rosen,
solange du es noch kannst.

Pflücke sie alle,
bevor wütende Götter,
missmutige Könige,
eifersüchtige Männer
und gefräßige Monster
(aber ich wiederhol mich)
kommen und sie
dir wegnehmen.

BECK

»Du bist nicht so raffiniert, wie du glaubst«, sagte Beck zu dem Geist auf der hinteren Bank von ihrem Bus.

Cassie tauchte im Rückspiegel auf.

»Kannst du das inzwischen tun, wann du willst?«, fragte Beck und Cassie lächelte sie stolz an.

»Ich fürchte, Spuken braucht Übung.«

»Also, Zeit hast du ja«, antwortete Beck und ihr gefiel nicht, wie Cassie bei dem Satz plötzlich den Blick senkte. »Oder?«

Cassie antwortete nicht und dann wurde die Beifahrertür von Betty aufgerissen.

»Startklar?«, fragte Vivian.

Das Wandbild dieser Nacht sollte an der alten Mühle entstehen, so wie es Grandpa vorgeschlagen hatte. Natürlich war das gewesen, bevor die Belohnung ausgesetzt wurde. Vor der erhöhten Aufmerksamkeit und dem erhöhten Risiko. Bevor Grandpa sie gebeten hatte ihre Aktionen für eine Weile ruhen zu lassen, bis sich die Lage ein wenig beruhigte. Beck hatte es nur ein paar Tage ausgehalten. Sie hatte länger warten wollen, doch die Belohnung verschwand nicht und der Kommentar in der Zeitung oder die Schmiererei auf Vivians Haustür hatten sie nur noch entschlossener gemacht.

Es hatte immer ein Risiko in dem Plan gegeben. Das reichte ihr nicht als Argument aufzuhören. Und es ging inzwischen ja nicht mehr nur um Cassie, sondern auch um

Vivian. Grandpa wusste nichts von der roten Farbe, die irgendwer auf Vivians Haustür geschmiert hatte. Von den Trophäen und Preisen, die im Müll gelandet waren. Von dem Stipendium, das an jemand anderen gehen würde, nur weil sich Vivian nicht aus dem Albtraum lösen konnte, in den Nico Bell sie geworfen hatte.

Beck musste für ihre Freundinnen kämpfen. Es musste sein.

Doch keine der Überlegungen verringerte das Schuldgefühl, ihren Großvater zu hintergehen und weiterzusprayen. Beck drehte sich um und schaute auf das Farmhaus. Beim Abendessen heute hatte er ihr noch gedankt, dass sie in der Sache einen Gang runterschaltete. »Ich weiß, dass das nicht leicht ist für dich, an der Seitenlinie zu hocken, und sei es auch bloß für ein paar Wochen.«

Sie hatte gewartet, bis Grandpa einschlief, und sich dann wie sonst hinausgeschlichen. Beck hasste es, ihn allein zu lassen. Hasste es, ihn anzulügen.

Doch es gab immer noch einen Geist, der in ihrem Bus spukte. Cassie hatte verdient, dass sie es durchzogen. Und so wie Cassie sich verhalten hatte – ihre seltsame, unheimliche Distanziertheit –, war Beck in Sorge, dass sie ihnen entglitt, nicht weiterkam, sondern für immer in diesem seltsamen Schwebezustand gefangen blieb.

Beck spürte das unheilvolle Ticken einer Uhr und sie konnte es nicht ignorieren. Schnell ließ sie den Motor an, bevor sie noch anfing über das Loch in ihrem Magen nachzudenken, dieses Loch, das ihr sagte: Was immer sie an Gründen und Rechtfertigungen vorbrachte, es blieb dabei, dass sie ihren Großvater in dieser Sache hinterging.

Die Fahrt war kurz – die alte Mühle lag nur zwei Grundstücke entfernt, diagonal gegenüber vom größten

Sonnenblumenfeld der Warrens und auf der anderen Seite der Freifläche, die die Familie der Stadt für das jährliche Sonnenblumenfest überließ. Es waren nur noch wenige Tage bis zum Fest und alles war bereits aufgebaut. Es unterschied sich nicht groß von jedem anderen Jahrmarkt – in der Mitte stand ein altes Riesenrad, von dem Beck fand, dass es eher aussah wie eine Todesfalle. Es gab Spielbuden und das Sonnenblumen-Labyrinth, das Mr Warren in sein Feld geschnitten hatte.

So wie jedes Jahr.

Beck überlegte, mit Vivian über ihre Bedenken zu reden. Über Cassie. Ihre Angst, sie wieder zu verlieren, zu früh. Oder über die Distanz, die Cassie zwischen ihnen schuf. Aber es tat zu weh, deshalb sagte sie nichts. Schweigend bauten sie die Farbdosen auf. Vivian stellte das Skizzenbuch für Beck hin. Doch wenn Beck etwas von ihren Eltern geerbt hatte, dann Dinge zu meiden, die man besprechen sollte. Und sie hätte auch gar nicht gewusst, wo sie anfangen sollte.

Der Mond stand nur als schmale Sichel am Himmel, was das Sprayen schwieriger machte, aber auch die Wahrscheinlichkeit senkte, dass jemand sie im Vorbeifahren bemerkte.

»Wir sollten heute Nacht schnell machen«, sagte Vivian, wobei sie selbstverständlich auch die Vorstellung antrieb, erwischt zu werden. Es waren Patrouillen unterwegs. Nicht nur die Polizei, sondern auch Leute in ihren Trucks. Sie waren auf dem Lokalsender Channel 6 befragt worden und hatten gemeint, dass sie diese Vandalen schon finden und schnappen würden und dann bekämen sie die Belohnung von Bell.

Die Gefahr war größer in dieser Nacht.

»Das Bild ist ganz einfach.« Beck fing mit der Insel an, einem großen, unförmigen schwarzen Kreis. Um die Insel herum sprühte sie blaue Wellen und beeilte sich mit Circe, die groß und elegant über der Insel wachte. Beck ließ sie aussehen wie Cassie. Und dann umgab sie Circe mit den Schweinen. Alle Schweine, dicht an dicht, sodass sie zu einem einzigen Meer verschwammen. Die Insel sprayte sie rosa, dann fügte sie Bögen für die Bäuche, Dreiecke für die Ohren und runde kleine Schnauzen ein. Eine Stunde zuvor war das Ganze bloß leeres, geweißtes Mauerwerk aus grobem Stein gewesen. Jetzt bedeutete es etwas. Beck liebte dieses Gefühl.

»Das hier fühlt sich anders an, nicht?«, fragte Vivian, während sie von der Wand zurücktrat. »Es wirkt wie eine Anklage.«

»Circe eben. Und sind sie das nicht alle? Anklagen?«

»Das hier ist nicht *ein* Monster. Nicht *ein* rachsüchtiger Gott. *Ein* böser Mensch. Das hier ist ein ganzer Schwarm. Männer, die nicht durch und durch böse sind. Sie haben nur zugestimmt, bei dem Bösen mitzumachen, das andere taten.«

»Deshalb sind sie trotzdem scheißschuldig«, antwortete Beck.

»Ich hab nicht gesagt, dass sie unschuldig sind«, flüsterte Vivian. Dann reckte sie den Hals weiter zurück. »Schau sie dir alle mal an.«

Beck sah hoch.

Es war eine perfekte, sternklare Nacht. Als wenn das ganze Universum drohend über ihnen hinge. Beck fühlte sich klein, aber mächtig. Als ob sie der letzte Stein in einem Tausend-Teile-Puzzle wäre. Ein winziger Stein, aber ohne ihn wäre der Rest nicht vollständig.

Dieses Gefühl gaben ihr die Sterne immer. Als ob sie zu Hause wäre.

»Willst du weiter, dass Raumschiffe kommen, um dich zu holen?«, fragte Vivian leise. In jedem anderen Moment hätte die Frage spöttisch geklungen. Sie hätte etwas Bissiges gehabt – eine in den Worten versteckte Kampfansage. Doch je mehr sie jetzt zusammen waren, ohne Cassie, desto weniger Stachel fanden den Weg in ihre Gespräche.

»Weißt du, was noch unheimlicher ist als die Existenz von Aliens?«

»Was?«, fragte Vivian, dann folgte ein nur ganz leises Keuchen, ein Lufteinsaugen, als ein paar Sternschnuppen über den Himmel jagten.

»Wenn es keine Aliens gibt«, sagte Beck und Vivian verdrehte die Augen.

»Nein, hör mir zu«, fuhr Beck fort. »Stell es dir einfach mal vor. Schau dir das da oben an und stell dir vor, dass es in dieser ganzen unendlichen Weite niemanden sonst gibt. Es gibt eine Quadrillion Sterne da draußen. Das ist eine Eins mit vierundzwanzig Nullen. Eine Zahl, die wir kaum begreifen können. Und stell dir vor, dass wir in diesem großen, riesigen, endlosen Raum *allein* sind.«

Vivian schaute zu Beck. »Du hast recht. Das ist wirklich unheimlicher.«

Sie fingen an die Dosen zusammenzuräumen. Beck lief zum Auto, um die Scheinwerfer einzuschalten und das Wandbild für ein Foto anzustrahlen, bevor sie sich aus dem Staub machten.

Sie drehte den Schlüssel.

Der Motor orgelte, sprang aber nicht an.

Beck versuchte es noch mal.

Er orgelte wieder und wieder.

Bettys Batterie war tot.

»Scheiße«, sagte Beck. »Cassie, der Bus streikt.«

Aber Cassie war ganz hinten im Bus und schaute zur Straße.

»Cassie?«, fragte Beck.

»Ist sowieso zu spät«, sagte sie.

»Wieso?« Beck drehte sich um und sah, was Cassie sah.

Jemand näherte sich.

Die Beifahrertür sprang auf und Vivian warf den Rucksack mit den leeren Dosen rein. »Mann, was ist los, Beck? Da kommt ein Auto die Straße lang. Wir müssen *weg.*«

»Betty ist kaputt«, antwortete Beck. Sie versuchte es noch ein letztes Mal und drehte den Schlüssel. Der Motor blieb stumm und sprang nicht an.

»Dann reparier es!«, sagte Vivian. »Du bist doch die Mechanikerin hier.«

»Betty braucht Starthilfe«, erklärte Beck. »Ist die Batterie, die hin ist. Wir haben das Radio für Cass angelassen.«

»Scheiße.« Vivian drehte sich auf dem Sitz um. Es war zu spät. Der Wagen war zur Mühle eingebogen. In ein paar Sekunden würde er da sein. »Dir ist aber schon klar, was das Entscheidende bei einem Fluchtfahrzeug ist? Dass man damit auch tatsächlich *fliehen* kann, ja?«

Der Wagen hielt neben ihnen. Kein Cop. Und dann stieg auf der Fahrerseite eine Frau aus.

Vivians Tür stand noch offen und sie saßen in ängstlichem Schweigen da. Sie waren erwischt worden. All die Arbeit und dann wurden sie wegen einer kaputten Batterie geschnappt.

»Hi«, sagte die Frau und lächelte sie an. »Braucht ihr zwei Starthilfe?«

Eine Stunde später saßen Beck und Vivian im Loft.

Betty stand ein Stück weiter die Straße entlang, diesmal mit einem Handy statt dem Radio, um für Cassie Musik zu spielen.

Und ihnen gegenüber saß Merit Logan.

Es waren angespannte Sekunden gewesen, als sie aufeinandertrafen und Beck und Vivian dachten, sie wäre auf die Belohnung scharf und würde sie der Polizei ausliefern. Aber Merit hatte dem Bus Starthilfe gegeben, ihnen ihre Visitenkarte gereicht und gefragt, ob sie sich irgendwo treffen könnten, um miteinander zu reden.

Beck und Vivian stritten die ganze Zeit unterwegs.

»Sie spricht über Bell und Waffengewalt und sie berichtet über die Wandbilder«, sagte Vivian. »Die kann uns helfen. Die ist auf unserer Seite.«

»Das *weißt* du nicht«, konterte Beck. Sie hatte noch nie erlebt, dass ausgerechnet sie die Vorsichtige von ihnen beiden war. Aber vom ersten Moment, als die Geschichte losging, hatte sich Vivian immer tiefer in ihre Pläne reingehängt – in die Wandbilder, in die Idee, Bell zur Strecke zu bringen – ohne einen Gedanken an mögliche Folgen. »Du musst vorsichtig sein, V. Nicht nur um deinetwillen. Wenn du erwischt wirst, kann das den ganzen Prozess kaputt machen.«

»Gut. Dann lassen wir Cassie entscheiden«, entgegnete Vivian, sackte auf dem Beifahrersitz zusammen und verschränkte die Arme.

»Casper?«, fragte Beck leise.

Cassie beugte sich vor und ihr weicher Schimmer erhellte die zwei auf den Sitzen vorn. »Ich denke, wir müssen rausfinden, was die Frau uns zu sagen hat«, sagte sie und Beck fluchte leise.

Es war ein weiteres Risiko. Und sie riskierten bereits viel zu viel.

»Sie hat von den Wandbildern berichtet«, sagte Cassie. »Und unserer kleinen Plattform enormen Schub gegeben. Sie ist der Grund, wieso unsere Bilder im ganzen Land Aufmerksamkeit bekommen. Was Beck so Angst macht, ist die Tatsache, dass Bell eine Belohnung ausgesetzt hat. Ich denke … ich glaube, wir können ihr vertrauen. Ich will ihr vertrauen.«

»Okay«, sagte Beck in dem Wissen, dass sie überstimmt war.

Sie würde also hingehen.

Was nicht hieß, dass sie der Frau traute.

Merit setzte sich und legte ein Notizbuch auf den Tisch, hielt es aber geschlossen, mit dem Stift obendrauf.

Merit Logan war jünger, als Beck gedacht hatte. Noch nicht lange vom College runter. Anfang bis Mitte zwanzig. Sie hatte glatte schwarze Haare, die kurz über den Schultern endeten und hin und her schwangen, wenn sie den Kopf bewegte. Ihre Augen waren leuchtend braun, Augen, die von irgendwas sprühten. *Aufregung?*, überlegte Beck. *Aber warum?*

»Ich habe nach euch gesucht«, sagte Merit, hob die Hand und fuhr sich mit den Fingern durch ihre Haare. Vielleicht war es Nervosität, nicht Aufregung. Wie auch immer. Bei Merits Worten ging sofort Becks Visier hoch und es musste sich auf ihrem Gesicht gezeigt haben.

»Nicht wie du denkst«, sagte Merit. »Ich werde niemandem sagen, wer ihr seid. Ich brauche wirklich bloß Informationen. Für meine Sendung.«

»Wieso?«, fragte Vivian.

»Wärt ihr bereit zu akzeptieren, dass die Sendung, die

ich mache, in Wirklichkeit gar nicht das ist, was sie zu sein scheint?«, fragte Merit.

»Na ja, war eigentlich von Anfang an klar, dass Sie *für* strengere Waffengesetze sind«, sagte Beck. »Aber das würde ja niemanden überraschen.«

»Hört zu, ich denke, es ist klar, dass ich ein Ziel verfolge«, antwortete Merit. »Aber es ist nicht das Ziel, das sich alle vorstellen. Die Waffenlobby ist riesig – größer als ein Mensch, eine Firma oder sogar eine Stadt. Wenn es mir um Waffengesetze ginge, dann wäre ich der Sache bei Weitem nicht gewachsen. Mein Ziel ist ... kleiner. Fokussierter. Und es ist ganz persönlich. Aber jetzt brauche ich eure Hilfe. Ich brauche mehr Informationen.«

»Worüber?«, fragte Beck.

»Über Cassandra.«

Beck schob ihren Stuhl vom Tisch weg. »Ich wusste es. Sie will bloß die gleichen schmutzigen Details, die auch alle anderen wollten. Details über Nico.«

»Warte«, sagten Vivian und Merit gleichzeitig, als Beck aufstand und gehen wollte.

»Bleib da«, sagte Merit. »Bitte.«

»Ich will zu Ende hören, was sie sagt«, erklärte Vivian.

Beck setzte sich wieder und Merit schaute sich um. Doch es war schon spät für die Leute in Bell an einem Mittwochabend. Es war keiner mehr in dem Lokal.

»Was ich habe, sind bloß die offiziellen Polizeiberichte«, erklärte Merit. »Natürlich erwähnen sie dort Mr Bell nicht, aber ich muss wissen – war er auf irgendeine Weise involviert in die Art, wie die Polizei auf Cassie reagiert hat? War er dort? Haben sie ihn erwähnt? Ich muss wissen, was passiert ist, als Cassie zur Polizei ging.«

»Wann?«, fragte Beck.

Sie sah, dass die Frage Merit überraschte. Niemand kannte dieses Detail. Niemand wusste, dass es, als Cassie im März ein Kontaktverbot forderte – drei Tage bevor Nico sie umbrachte –, bereits ihr zweiter Gang zur Polizei gewesen war.

»Diese Dreckschweine«, sagte Merit und zog die dunklen Augen zu Schlitzen zusammen. »Dann beim ersten Mal. Bitte.«

»Warum sollten wir Ihnen Cassies Geheimnisse anvertrauen?«, fragte Vivian.

»Würdet ihr mir ihre Geheimnisse anvertrauen, wenn ich euch meine anvertraue?«

Vivian und Beck sahen sich an und Beck nickte.

»Denn ich bin hinter Steven Bell her«, bekannte Merit. »Und ich brauche eure Hilfe, um ihn zu kriegen.«

Es war in jeder Hinsicht ein schrecklicher Silvesterabend.

Aber weil Beck sich schon um neun Uhr die Kante gab, fing er bereits beschissen an.

Sie war den ganzen Tag über mit Grandpa im Krankenhaus gewesen und hatte die meiste Zeit mit Warten verbracht, während man ihn untersuchte. Untersuchte und schließlich zu einer Prognose kam, die Beck jede Kontrolle verlieren ließ. Jede Selbstbeherrschung. Die Ärzte hatten es *nichts mehr, was wir noch tun können* genannt.

Ein paar Monate, hatten sie gesagt. *Wenn es hochkommt.*

Sie sagten, sie solle nach Hause fahren, sich ausruhen und ihn am nächsten Nachmittag abholen.

Als sie das Krankenhaus verließ, hatte sie das Gefühl zu platzen. Sie brauchte Cassie. Vielleicht sogar auch Vivian. Deshalb fuhr sie, anstatt nach Hause, direkt zu der

Silvesterparty, auf die Nico sie alle drei eingeladen hatte. Als sie ihre Freundinnen nicht fand, fing sie an zu trinken. Als das Trinken nicht half, trank sie noch mehr. Einen besseren Weg wusste sie damals nicht. Das kam erst, als sie eine Therapeutin fand, die mit ihr alles durchging. Davor hatte es sich angefühlt, als läge Selbstzerstörung in ihrer Familie. Und so hatte Vivian sie schließlich gefunden: Sie taumelte durch die Küche der Bells, mit einer halb vollen Wodkaflasche in der einen Hand und einem Becher Bier in der andern. Beck erinnerte sich nicht mehr wirklich an die Details, doch sie wusste noch, wie Vivians Augen von irgendwas Gefährlichem, Wutgeladenem funkelten.

Vivian zerrte Beck ins Bad und schlug die Tür hinter sich zu.

»Wo ist Cass?«, fragte Beck mit schleppender Stimme und beugte sich über das Waschbecken. Alles drehte sich und sie schloss fest die Augen vor dem Schwindelgefühl, das sie überkam.

»Bei Nico.«

»Natürlich«, sagte Beck. Cassie hatte Nico. Und ihr Singen. Vivian hatte ihr College. Vivian würde verschwinden und all das erreichen, wovon sie immer redete. Beck wusste das.

Und Beck würde weiter hierbleiben.

Schlimmer noch, sie würde allein hierbleiben.

»Du bist mit dem Auto da, Beck. Wie stellst du dir vor, dass du nach Hause kommst?«

»Mit dir?«, fragte Beck.

»Gut, dass ich heute Abend gekommen bin. Eigentlich wollte ich zu Hause bleiben und –«

»Lernen«, sagten sie beide gleichzeitig.

Vivians wütender Blick war beängstigend, selbst für ihre Verhältnisse.

»Du könntest dir echt etwas abschauen von dem, wie hart ich lerne. Wer weiß, ob es die Werkstatt von deinem Grandpa noch lange geben wird, wenn du sie mal übernimmst.«

Vivian wusste natürlich nicht Bescheid. Sie wusste nicht, dass er krank war, sie kannte die Diagnose nicht. Und sie wusste eindeutig nicht, dass Beck den ganzen Tag im Krankenhaus gewesen war und auf ein Wunder gehofft hatte. Und dass sie schließlich das Worst-Case-Szenario für den Krebs ihres Grandpas erfahren hatte.

Deshalb konnte sie auch nicht wissen, dass ihre Worte Beck so fertigmachen würden.

Beck brach in Tränen aus und sank auf den Badezimmerboden.

»Beck?«, fragte Vivian. Beck hatte noch nie vor ihr geweint.

Sie hatte überhaupt noch nie vor jemandem geweint.

Beck gab dem Wodka die Schuld.

Im nächsten Moment war Vivian bei ihr, legte ihr die Hand auf den Hinterkopf und spielte mit ihren Fingern in dem wilden Lockengewirr. »Beck? O mein Gott, Beck. Tut mir leid.«

»Er stirbt, Vivian. Er ist krank, er wird sterben und es gibt nichts mehr, was wir dagegen tun können. In einem Jahr wird er nicht mehr hier sein. Und du auch nicht. Oder Cassie. Und ich kann nicht –« Sie brach ab und vergrub ihr Gesicht in den Händen.

Vivian blieb da, kauerte sich neben Beck auf den Boden. Sie drängte sie nicht oder sagte, sie solle aufhören zu weinen.

»Es tut mir so leid«, sagte sie. Und sie blieb einfach, kauerte unbequem am Boden und ließ Beck die ganze Zeit, die sie weinte, nicht los.

Als sich Beck schließlich beruhigte, musste Vivian vorsichtig ihre Finger aus den Haaren befreien, damit sie keine mit ausriss. Sie goss Becks Bier in den Ausguss, spülte den Becher aus und füllte ihn schließlich mit kaltem Wasser. Sie setzte sich neben Beck und sorgte dafür, dass sie den ganzen Becher austrank und dann noch einen. Sie strich ihr in tröstenden Kreisen über den Rücken.

»Wieso bist du nett zu mir?«, fragte Beck.

»Weil du mir echt auf die Nerven gehst. Aber ich liebe dich.«

Und genau in diesem Moment kam Cassie zur Tür reingerannt.

Beck und Vivian fuhren auseinander wie gegenläufig gepolte Magneten und eine halbe Sekunde später war Vivian auf den Beinen. »Cass?«

»Ich hab gesagt, *fass* mich nicht an. Wir sind fertig!«, schrie Cassie, schlug die Tür zu und riegelte sie ab.

»Scheiße, was ist …?«, hatte Beck geschrien und war aufgestanden. »Cassie?«

Cassie trat von der Tür zurück, ihre Arme, die sie um den Körper geschlungen hatte, zitterten.

Ihr Oversize-Pulli glitt herunter.

Beck holte tief Luft und fasste nach Cassie. Die Oberarme waren voller blauer Flecken. Blauer Flecken, die einen Halbkreis bildeten, einen an jedem Arm, gerade so, als wenn …

»Sind das Fingerabdrücke?«, fragte Vivian, trat näher und fuhr behutsam mit dem Finger über die blau-violetten Stellen. Cassie zuckte noch immer zurück.

»Scheiße, Cassie«, wiederholte Beck und diesmal waren die Worte eine Aussage, keine Frage. Auch Becks Hand fasste nach Cassie und legte ihre Finger auf die Blutergüsse. Beck begriff, dass der, der Cassie das angetan hatte, viel größere Hände hatte als sie.

Eine Faust hämmerte plötzlich gegen die Tür.

»Cassie«, sagte Nico durch die Tür und durch etwas, das nach zusammengepressten Zähnen klang.

»Cassandra. Renn. Nicht. Vor. Mir. Weg.« Jedes Wort unterstrichen von einem Schlag gegen die Tür. Und Cassie bewegte sich mit jedem Schlag noch ein Stück weiter rückwärts.

»Scheiße«, sagte Vivian und sprang in Aktion. »Wir müssen hier raus. Und zwar sofort. Geh zur Seite.«

Vivian riss die Tür auf und stand plötzlich Auge in Auge mit Nico Bell.

Er wirkte in dieser Nacht größer als je zuvor auf Beck. Eins neunzig und schlank gebaut, aber stark durch sein jahrelanges Schwimmen.

Er war riesig im Vergleich zu Cassie. Wieso hatte sie das nie bemerkt?

»Geh aus dem Weg, Nico«, sagte Vivian. Ihre Stimme war kräftig und standfest und Beck wusste, wenn sie nicht so betrunken wäre, würde *sie* dort stehen, wo jetzt Vivian stand, und Cassie beschützen. Aber Beck war zu fix und fertig, um etwas anderes zu tun, als Cassie mitzuziehen, den Pullover nach oben zu schieben, um ihre bloßen Arme zu verdecken, und sie zur Tür zu steuern.

Nico musste geglaubt haben, dass Cassie allein im Bad war, denn er trat schockiert zurück und ging auf Abstand, wie Vivian es von ihm verlangte.

»Verschwinde, Nico«, sagte sie, machte einen weiteren

Schritt nach vorn und zwang ihn, sie entweder zu berühren oder weiter zurückzutreten.

Nico trat zurück.

Beck wartete nicht ab. Sie packte Cassie und führte sie auf kürzestem Weg zwischen den Partygästen hindurch nach draußen zu ihrem VW-Bus.

Im nächsten Moment holte Vivian sie ein und streckte die Hand aus.

»Schlüssel«, sagte sie bloß und Beck gab ihn ihr.

Beck stieg mit Cassie auf die Rückbank.

Ihre ganze Freundschaft hindurch war es immer Cassie gewesen, die auf Beck aufpasste. Die ihr geholfen hatte sich in Bell einzuleben. Und sie auf die typische Cassie-Art in den Arm genommen und gedrückt hatte. Doch in jener Nacht war es Beck, die ihre Arme um Cassie schlang.

Cass weinte nicht während der ganzen Fahrt, sie wirkte nur kalt und weit weg. Und aus irgendeinem Grund fand Beck das noch schlimmer.

Vivian fuhr an den See.

Sie stellte den Motor ab und lehnte kurz ihren Kopf auf Bettys Lenkrad. Dann drehte sie sich zur Rückbank um.

»Okay. Heute Nacht war ein Desaster. Und wir überstürzen jetzt nichts.«

Beck und Cassie nickten gemeinsam.

»Cassie, bitte rede mit uns. Bitte sag uns, was da verdammt noch mal gerade abgegangen ist.«

Cassie setzte sich ein bisschen aufrechter und als Beck sie anschaute, sah sie, dass Cassie zu ihnen zurückkehrte.

»Das«, sagte Cassie, »war Nico.«

»Das mit den blauen Flecken?«, drängte Vivian weiter.

»Ich hab neulich mit Ethan geredet. Wir haben nur … wir haben nur zusammen gelacht. Ich bin in der Probe über seinen Fuß gestolpert und es …« Ihre Stimme verlor sich und Cassie schaute hinaus auf den See. Er lag so still da im Winter. An den Rändern zu Eis gefroren. Schweigsam.

»Cass?«, fragte Beck und holte sie wieder zurück.

»Er kam gerade den Flur entlang, als wir noch lachten, und er sagte kein Wort. Hat bloß meine Arme gepackt. Ganz fest. Mich in den Abstellraum gezogen und angeschrien. Mich beschuldigt, ich würde mit anderen Jungen flirten. Ihn betrügen. Es war … es ging eine ganze Weile so weiter und er hat mich nicht losgelassen.« Cassies Hände waren die Arme entlanggekrochen und hielten die Stellen, von denen Beck wusste, dass dort die blauen Flecke waren.

»Ich dachte, er würde sich heute Abend entschuldigen. Er hat sich bisher immer entschuldigt, wenn er … wenn wir gestritten hatten. Aber als ich ihm sagte, er hätte mir wehgetan, ist er ausgeflippt. Mitten im Wohnzimmer mit all den andern drum rum, die tanzten und tranken. Hat mich wieder angeschrien und gemeint, wenn ich nicht wie eine Schlampe mit jedem Jungen rummachen würde, müsste er auch nicht so sein.«

»O Gott, Cassie.« Vivian seufzte. »Wie lange geht das schon so?«

»Oh …« Cassie wirkte, als ob sie zurückdenken würde, zurück an das erste Mal. Beck hatte gedacht, sie würde sagen, vor heute noch nie. Oder seit ein paar Wochen. Dass plötzlich etwas passiert sei, Nico sich in dieses … dieses Monster verwandelt hätte. Aber das sagte Cassie nicht.

»Von Anfang an. Er war schon immer so«, antwortete Cassie. »Er ist vielleicht körperlich gewalttätiger geworden. Aber die Eifersucht, dieses Besitzergreifende, das …

gab es von Anfang an. Und heute Nacht bin ich einfach weggerannt. Ich wusste gar nicht, dass ihr zwei im Bad wart. Ich wollte bloß weg von ihm, von seinen hässlichen Worten. Ich bin so –« Sie bekam einen Schluckauf und brach plötzlich ab. Dann folgte ein »Ich schäme mich.«

»Wieso schämst *du* dich, Cassie? Nico ist der Arsch«, sagte Beck.

»Ich hätte schon vor Monaten Schluss machen sollen«, antwortete Cassie. »Aber ich hab immer wieder Entschuldigungen gesucht. Ihm verziehen.«

»Wir hätten es sehen müssen, Cass. Wir hätten dir helfen müssen.« Vivian kletterte nach hinten auf die Rückbank und setzte sich auf die andere Seite, nahm sie in die Mitte und legte ihr den Arm um die Schulter. »Aber wir haben dich jetzt. Und dieses Arschloch kommt nie mehr auch nur in deine Nähe.«

»Du verstehst nicht, er ist Nico Bell. Er kriegt keine Probleme. Und ich kann nichts sagen, sonst ruiniere ich seine –«

»*Seine* Zukunft?«, unterbrach Beck sie. »Cassie, der hat dir Angst gemacht. Der hat dir *weh*getan. Das war es, was er gemacht hat. *Er* hat das entschieden. Vergiss das Arschloch.«

»Cassie, du musst damit zur Polizei«, sagte Vivian behutsam.

»Es muss noch einen andern Weg geben«, antwortete Cass mit einem Anklang von Panik in ihrer Stimme.

»Natürlich gibt es noch einen anderen Weg«, erklärte ihr Beck. »Wir schneiden ihm die Finger ab, weil er handgreiflich geworden ist.«

Cassie sah Hilfe suchend zu Vivian. Aber die so nüchterne, immer praktisch orientierte Vivian nickte zu Becks

Worten. »Welche der zwei Optionen wird seiner Schwimmkarriere mehr schaden?«, fragte sie.

Cassie lachte mit einem rauen, wütenden Tonfall. Nicht so wie sonst. Doch es war zumindest ein Lachen.

»Gott, ihr habt ja so recht. Ich weiß, ihr habt recht. Okay. Dann los.«

Als Vivian fuhr, schien Cassie wieder mehr Selbstvertrauen zu finden. Beck vermutete, es lag daran, dass sie so eine vereinte Front bildeten – sie und Vivian – und keine Sekunde schwankten, dass zur Polizei gehen das einzig Richtige war.

Vivian ging mit Cass auf die Wache und ließ Beck im Wagen zurück, weil die noch immer betrunken war.

Als sie wieder herauskamen, hatte Cassie ein paar Blätter Papier in der Hand. Sie wirkten so armselig klein als Schutz vor einem Jungen wie Nico. Vor einer Familie wie den Bells.

»Hast du ihn angezeigt?«, fragte Beck.

»Nein«, antwortete Cassie. »Das war nicht nötig.«

»Scheiße, was soll denn das heißen?«, drängte Beck. »Was ist passiert?« Sie richtete die Frage an Vivian.

»Ich durfte nicht dabei sein«, erklärte Vivian.

»Sie haben mich angehört«, sagte Cassie. »Der Beamte hat gemeint, er geht morgen als Erstes zu Nico und redet mit ihm. Und er hat mir ein paar Broschüren mit Beratungsstellen, Informationsquellen und so mitgegeben.«

Beck wollte weiter protestieren, doch im Bus war es eisig und sie war immer noch betrunken, deshalb akzeptierte sie, dass Vivian sie heimfuhr, beharrte aber darauf, am andern Morgen weiter drüber zu reden.

Sie übernachteten bei Beck und krochen zusammen in ihr riesiges Bett. Beck lag im Dunkeln und schaute zu den auf die Decke gemalten Sternen. Vivian und sie hielten Cass fest, bis sie eingeschlafen war. Dann spürte Beck, wie Vivians Hand in ihre glitt und sie drückte. Sie musste nichts sagen, Beck wusste genau, dass sie sich erinnerte, wie der Abend begonnen hatte. Mit Becks Trauer um ihren Grandpa. Sie hatte es nicht vergessen, sollte der Händedruck sagen. Doch im Moment brauchte Cass sie am meisten.

Aber selbst in dem Moment ängstigten die drei all die falschen Dinge. Oder vielleicht waren sie doch nicht verängstigt genug. Denn das Schlimmste von Nico Bell stand ihnen erst noch bevor.

CASSIE

Etwas an dem Betreten
der Polizeiwache
erzeugte in mir ein Gefühl
von Schuld.

Es war grau und dann noch grauer
und ich kann diesen Drang nicht erklären,
wegzurennen,
als ich den ersten Beamten sah.

Ich, die ich in meinem ganzen Leben
nicht einmal abgebogen war,
ohne zu blinken,
oder im Drogeriemarkt
einen Lippenstift in meiner Tasche
hatte verschwinden lassen.

Cassie Queen war immer
ein braves Mädchen *gewesen.*
Doch was nützte ihr das
am Ende?

Der Stuhl, auf den sie mich setzten,
war so riesig groß.
Und das gab mir ein Gefühl,
ganz, ganz klein zu sein.

Sie erlaubten nicht,
dass Vivian bei mir blieb,
und das gab mir ein Gefühl,
ganz, ganz allein zu sein.

Der Beamte brachte mir ein Glas Wasser,
doch das Wasser war nicht so kalt
wie der Stuhl, auf dem ich saß,
oder der Tisch,
auf dem meine Arme lagen,
und ich zitterte, als ich wartete,
und dachte, vielleicht liegt es am Stuhl.
Gibt einem das Sitzen
auf demselben Stuhl wie ein Verbrecher
das Gefühl, selbst einer zu sein?

Er nahm meine Aussage auf,
ohne mich zu unterbrechen,
und sagte freundliche Dinge wie
Lass dir Zeit.
Als ich erzählte, was Nico gesagt hatte –
dass er mich umbringen würde,
wenn ich Schluss machte,
meinte er: Tut mir leid,
was dir passiert ist.

Erst als er mich
nach dem Namen des Jungen fragte,
der mir das angetan hatte,
änderte sich seine Körpersprache.

Sein Blick war noch immer besorgt,
doch die Sorge galt
nicht mehr mir,
deshalb konnte er mir nicht
in die Augen sehen und schaute weg.

Er machte sich Sorgen um sich,
um seinen Job.
Denn jetzt war ich nicht irgendein Mädchen,
das ihn um Hilfe bat –
ich war im besten Fall ein Problem
und im schlimmsten Fall eine Bedrohung.

Ich war auf der Wache, um zu verlangen,
dass sie den Sohn
ihres Idols festnahmen.
Des Mannes, der in der Stadt
alle Fäden zog.

Als Nächstes sagte er:
Würdest du mich bitte
einen Augenblick entschuldigen?

Es war vielleicht Zufall,
dass er die Tür offen ließ.
Oder vielleicht war es
auch Absicht.

Ich hörte, wie er dem Sheriff erklärte,
wer ich war
und dass ich gekommen sei,
um Bell anzuzeigen.

Steven?,
fragte der Sheriff als Erstes
und der Beamte
sagte darauf: Nein,
seinen Sohn.

Ich weiß noch, wie der Sheriff
gar nicht überrascht klang,
als er noch glaubte, es ginge
um Mr Bell.

Nur eine Anzeige?,
fragte der Sheriff.
Thompson. Oder Thomas.
Ich erinnere mich an die Wahlplakate
auf dem Rasen vorm Haus der Bells,
als er für seine Wiederwahl kandidierte.

Das ist kein so großes Problem,
solange sie nicht ein
Kontaktverbot fordert,
sagte der Sheriff.

Mal schauen, was sie verlangt,
antwortete der Beamte,
der nette,
wenn die Anwälte
vom Zentrum für Opfer
häuslicher Gewalt da waren.
Die Anwälte?
Warum sollten wir die rufen?
Weil wir das immer so machen

bei häuslicher Gewalt,
antwortete der Beamte.

Das hier ist keine häusliche Gewalt,
erwiderte der Sheriff.
Und lachte.
Ich erinnere mich an sein Lachen.
Das hier ist Jugendliebe. Theatralik.
Kein Grund, die Leute zu rufen
und das Ganze unnütz aufzublasen.
Und wenn sie nicht klagt,
braucht es auch keinen Bericht.
Ich will keine belastenden Dokumente
gegen Bell.

Das wär für die Medien
gefundenes Fressen.

Ja, Sir,
sagte der Beamte,
der nette,
der noch eben gemeint hatte,
dass es ihm leidtue,
was ich durchgemacht hätte
mit Nico
(bevor er den Namen erfuhr).
Der mich ermuntert hatte
ihn beim Vornamen zu nennen,
als ob uns das zu Freunden machte,
als ob das hieße,
er werde mir helfen.

Aber in diesem Moment,
als der Sheriff kalt lachte,
fühlte ich mich tatsächlich erleichtert.

Ich dachte: Wenn sie nicht besorgt sind,
ist es vielleicht gar nicht
so schlimm.
Vielleicht ist er ja gar nicht gefährlich.

Deshalb sagte ich,
als der Beamte zurückkam,
ich wolle keine Anzeige
gegen Nico erstatten.
Da wirkte auch er erleichtert.

Ich sagte, ich wolle bloß,
dass mich Nico in Ruhe ließ,
und er versprach mir
persönlich vorbeizugehen
und mit ihm zu reden.
Nico zu sagen, er solle mir Freiraum geben.

Ich glaubte, das wäre mein Weg
aus dem Chaos, das Nico
aus meinem Leben gemacht hatte.
Ein Weg nach vorn,
ohne seines zu ruinieren.

Ohne Theatralik.

Ohne die Blicke im Rücken
zu spüren, dass ich es wagte,

den geliebten Sohn
der geliebten Bells
fertigzumachen.

Doch jetzt seh ich es anders.

Ich sehe:
Während sie Nico schützten
und während ich Nico schützte,

war niemand da, der mich schützte.

VIVIAN

Nach dem Vorfall an Silvester brauchte Nico keine acht Stunden, um Cassie erneut zu verfolgen. Vivian wachte von lautem Geschrei auf, noch ganz verschlafen und erschöpft nach der langen Nacht, die sie im Warteraum der Polizeiwache verbracht hatte. Vivian wälzte sich aus dem Bett und checkte ihr Handy. Es war noch früh. Sie schob den Vorhang in Becks Zimmer zur Seite.

Nico.

»Cassie!«, brüllte er. »*Cassandra!*«

Seine Bewegungen waren sprunghaft. Wild. Er lief im Kreis zu seinem Wagen und trat gegen die Reifen.

Becks Grandpa war noch im Krankenhaus. Deshalb waren sie nur zu dritt im Haus. Nico hatte dieselben Sachen an wie in der Nacht zuvor. Wenn Vivian sich nicht täuschte, war er noch halb betrunken.

Cassie wachte auf und trat zu Vivian ans Fenster.

»Cassie!« Nicos Stimme wurde weicher, als er sie sah. »Komm runter. Wir müssen reden. Cassie, bitte. Es war … es war ein riesiges Missverständnis.«

Auch Beck war jetzt wach, zog Cassie vom Fenster zurück und drehte sie so, dass sie sie ansehen musste.

»Geh nicht runter. Geh nicht zu ihm raus. Ich werde schon mit ihm fertig.« Und dann stieß Beck sie in Vivians Arme. »Halt sie hier fest.«

Vivian und Cassie setzten sich an das Erkerfenster. Sie sahen, wie Beck zu Nico auf den Hof trat.

Sie hielt einen Baseballschläger in der Hand.

Cassie beugte sich vor und schob das Fenster auf, um zu hören, was Beck sagte.

»… zum letzten Mal, Nico. Komm nie wieder her. Und auch nicht zu Cassies Haus. Halt dich in der Schule von ihr fern, sieh sie nicht einmal an. Lass. Sie. In. Ruhe.«

»Ernsthaft, Beck? Ein Baseballschläger? Und du meinst, damit kannst du was ausrichten gegen das, was ich dabei hab?«

Nico hob sein Shirt an und zeigte Beck die Pistole, die er im Hosenbund seiner Jeans stecken hatte.

Cassie sog neben Vivian heftig die Luft ein und Vivian drückte ihre Hand extrafest als Antwort.

Sie schwiegen, den Blick auf Nico fixiert.

Er ließ das Shirt wieder sinken. »Du weißt *genau*, wer ich bin. Also leg dich nicht mit mir an, Beck. Ich kann alles zerstören, was dir lieb und wichtig ist.« Dann schaute er gezielt auf die Scheune von ihrem Grandpa. Auf seine Werkstatt. Ihre Lebensgrundlage.

»Das Einzige, was mir lieb und wichtig ist, ist Cassie«, antwortete Beck mit fester Stimme. »Du wirst sie nicht mehr zurückkriegen. Und jetzt verpiss dich oder wir rufen die Polizei. Zum zweiten Mal.«

»Weißt du was?«, spie Nico hervor und warf seine Arme hoch. »Du kannst mich mal.«

Dann schaute er nach oben, direkt zu Cassie und brüllte erneut: »Hörst du das, Cassie? Du bist es nicht wert, Schatz.«

Dann stieg er in seinen Wagen und raste davon.

Als Beck wieder hochkam, legten sie sich alle drei noch mal ins Bett. Die Kombination aus dem Alkohol letzte Nacht, Stress, Schlafmangel und dazu dem Stachel der

Angst hatte sie von Neuem erschöpft. Deshalb schliefen sie. Bis nach Mittag, den halben Neujahrstag durch. Dann kochten sie in Becks Küche Kaffee und setzten sich mit ihren Bechern auf die Veranda. Sie versuchten den Tag mit Nägellackieren und mit Musik zu retten und redeten über nichts von Bedeutung, weil alles, was von Bedeutung war, einfach zu wehtat. Grandpa. Nico. Cassie.

Beck trug den Baseballschläger das ganze Wochenende immer bei sich und legte ihn danach in den VW-Bus. Als ob das reichen würde. Als ob sie nichts weiter brauchen würden, um Nico Bell außer Gefecht zu setzen, wenn er noch mal auftauchte und sein hässliches, brutales Gesicht zeigte. Nico Bell mit seiner rasenden Wut im Bauch, mit seinen Waffen und der ganzen Stadt, die ihm gehorsam aus der Hand fraß.

Vivian wünschte, es wäre so gewesen.

Vivian wünschte, Becks Liebe und ihre hätten ausgereicht Cassie zu schützen.

Vivian und Beck erlaubten Merit sich Notizen zu machen, während sie ihr beschrieben, was passiert war. Sie war ganz auf die Details des Vorfalls in der Silvesternacht fixiert und legte sie als Chronik der Ereignisse an.

Wann hatten sie die Party verlassen? Wann kamen sie bei der Polizeiwache an?

Hatte Cassie irgendwelche Unterlagen von der Polizei bekommen? Gab es einen Polizeibericht?

Wann tauchte Nico am nächsten Morgen auf?

Vivian überlegte genau und beantwortete alles, was sie wusste. Auf ein paar Fragen konnten sie keine Antwort geben, die wusste nur Cassie.

Aber Vivian konnte ja schlecht sagen, dass sie erst ihren Geist befragen müssten und danach zurückkommen würden, deshalb meinte sie bloß, sie würde versuchen sich zu erinnern, ob Cassie irgendwas in der Richtung erzählt hätte.

»Wusstet ihr, dass es nur eine halbe Stunde von hier entfernt ein Zentrum für Opfer von häuslicher Gewalt gibt?«, fragte Merit schließlich, als sie den Stift ablegte.

»Nein«, antwortete Beck und Vivian zuckte mit den Schultern.

»Die Polizei von Bell hat seit Jahren mit den Leuten von dort zusammengearbeitet. Sie ziehen Anwälte hinzu, um die Opfer von häuslicher Gewalt oder Vergewaltigungen zu unterstützen. Hat Cassie das Zentrum nie erwähnt?«

»Nein, ich glaube nicht, dass Cassie je dort war«, antwortete Vivian. »Wir wären es wahrscheinlich gewesen, die sie dort hätten hinbringen müssen.«

»Man muss da nicht hin«, sagte Merit. »Die Polizei ruft dort an und besorgt jemanden von denen, wenn es ein Fall ist, der in ihren Aufgabenbereich fällt. Hat Cassie das Zentrum wirklich niemals erwähnt?«

»Nein. Sie hatte ein paar Broschüren dabei, als sie in der Nacht aus der Polizeiwache kam. Vielleicht war ja da eine ...?« Vivian verstummte, als Merit den Kopf schüttelte.

»Es hätte einen Anruf geben müssen. Ein Anwalt wär dann persönlich zur Wache gekommen, um Cassie bei der Befragung zu unterstützen. Und er hätte ihr bei der Durchsetzung eines Kontaktverbots geholfen.«

Beck schüttelte den Kopf. »Das ist nicht passiert.«

»Okay, danke«, sagte Merit. »Ich weiß, es tut weh, über all das zu reden. Ich weiß es wirklich zu schätzen, dass ihr euch die Zeit genommen habt.«

»Wenn wir Ihnen helfen können«, antwortete Vivian.

Sie mochte Merit. Ihr hatte auch die Sendung gefallen, schon bevor sie die Frau persönlich trafen. Merit war ehrlich und sie scheute sich nicht, üble Männer beim Namen zu nennen, wenn es gerechtfertigt war.

Und es war sehr gerechtfertigt, begriff Vivian.

»Noch eine letzte Frage«, sagte Merit und beugte sich vor. »Aber sie ist wichtig. Als Cassie im März im Krankenhaus lag und sie das Kontaktverbot endlich durchbekommen hatte, wurden dort an dem Abend zwei Besucher in ihrem Zimmer registriert. Ich weiß, dass einer davon Sheriff Thomas war. Aber von dem andern gibt es nur ein unleserliches Gekritzel auf der Besucheranmeldung und das Krankenhaus lässt mich die Überwachungsbänder nicht einsehen. Wisst ihr, wer an dem Tag mit dem Sheriff in Cassies Zimmer war? Könnte das ein Anwalt von dem erwähnten Zentrum gewesen sein?«

Diese Frage konnte Vivian beantworten.

Cassie hatte es ihnen nicht erzählt, als sie noch lebte, doch als Beck und Vivian sie nach der ganzen schrecklichen Geschichte fragten, hatte sie ihnen auch von dem Tag erzählt, als sie die Polizei um ein Kontaktverbot ersuchte. Von dem Tag, als sie ins Krankenhaus kam.

Vivian wusste nur, was danach passiert war, weil Cassie, fast tot, aber nicht ganz und in dem VW-Bus herumgeisternd, in der Lage gewesen war, drüber zu sprechen.

»Das war kein Anwalt vom Zeugenschutzprogramm«, sagte Vivian. »Es war Bell.«

»Was? Nico Bell durfte ins Krankenhaus?«, fragte Merit.

»Nicht Nico. Sein Vater. Steven Bell.«

Merits Gesicht versteinerte bei den Worten und ihre Lippen zitterten vor Wut, ehe sie sich zu einem harten, schmalen Strich zusammenzogen. Vivian kannte den Ausdruck nur allzu gut. Sie kannte die Wut, die ihn prägte. Wenn jemand Vivian vor sechs Monaten gefragt hätte, hätte sie ihn nicht deuten können. Aber jetzt wusste sie, dass es sich anfühlte wie ein Wurm, der sich tief in sie eingegraben hatte. Er erfüllte sie mit Dingen, um die sie nie gebeten hatte – Trauer, Verlust und das Gefühl von Ohnmacht, die sie seit März hatten erstarren lassen. Sie hatte sich gefragt, ob das für immer so bleiben würde, etwas, womit sie leben musste. Und jetzt, als sie Merit ansah, dachte sie: *Ja*, das würde sie immer mit sich herumschleppen müssen. Vivian hatte nicht um diese Wut gebeten, doch sie war da, war ein Teil von ihr geworden, genau wie ihr vernarbtes Bein, genau wie ihr vernarbtes Herz, von dem sie wusste, dass es sich nach Cassie sehnen würde, dann, wenn sie sie ganz verlassen hätte. Vivian wünschte sich, sie könnte diesen Schmerz selbst aus sich herausziehen wie einen Parasiten, der er ja war, doch er saß zu tief. Ihn herauszuholen würde sie nur noch mehr verletzen. Manche Dinge muss man einfach mit sich herumtragen und darauf hoffen, dass man sich an die Last gewöhnt.

»Okay«, sagte Merit. »Ich habe alles, was ich brauche, um weiterzumachen. Danke. Wirklich: tausend Dank, dass ihr eingewilligt habt mit mir zu sprechen. Ich weiß, es ist im Moment nicht einfach, jemandem zu trauen.«

Merit stand auf und packte ihre Sachen zusammen.

»Moment«, sagte Vivian. »Ich habe auch noch eine Frage an Sie.«

Merit blieb stehen.

»Warum sind Sie wirklich hier?«

»Was glaubt ihr?«, fragte Merit zurück, mit einem traurigen Lächeln. »Ich bin aus dem gleichen Grund wieder da, aus dem ihr beide nicht von hier wegkönnt. Vergeltung.«

»Vergeltung gegen wen, Merit?«, hakte Vivian nach.

»Gegen die Bells«, antwortete sie. »Sie werden nicht mehr damit durchkommen, Mädchen wehzutun.«

WE CAN BE HEROES

STAFFEL 2: FOLGE 18

»DIE ANWÄLTIN«

MERIT LOGAN: Willkommen zurück bei We Can Be Heroes, *liebe Zuhörerinnen und Zuhörer. In den Vereinigten Staaten ist es einundzwanzigmal wahrscheinlicher, dass eine Frau erschossen wird, als in vergleichbaren Ländern. Der Zugang zu Waffen und die Gewalt, die durch einen Beziehungspartner verübt wird, stehen in einem extremen Zusammenhang in den USA, wo jeden Monat im Schnitt dreiundfünfzig Frauen durch den Beziehungspartner getötet werden. Um einen Einblick in die Welt hinter diesen Zahlen zu bekommen und zu erfahren, was Hilfsstellen für Menschen in Not dazu beitragen, sie publik zu machen, habe ich heute Margaret Swift eingeladen, die das örtliche Zentrum für Opfer von häuslicher Gewalt, Sarah's Place, leitet.*

MERIT: Herzlich willkommen, Dr. Swift.

DR. SWIFT: Ich danke Ihnen, Merit.

MERIT: Erzählen Sie uns von Ihrer Organisation.

DR. SWIFT: Sarah's Place wurde Mitte der 1980er-Jahre gegründet. Es gab in dem Jahrzehnt vorher eine deutliche Veränderung, was häusliche Gewalt angeht – aber es hat lange gedauert, bis sich in den Gesetzen widerspiegelte, was Frauen erlebten. In der Zwischenzeit entstanden viele Anlaufstellen, die Überlebenden in ihren Häusern einen Platz zum Schlafen boten, der wirklich sicher war. Sarah's Place wurde nach der Tochter der

Gründerin benannt, die 1983 von ihrem Mann ermordet wurde.

MERIT: Erleben Sie das häufig in der Opfervertretung? Dass sich Menschen aus persönlicher Betroffenheit bei solchen Initiativen beteiligen oder um Opfer zu ehren, die sie kannten?

DR. SWIFT: Auf jeden Fall. Leider braucht es oft diese persönliche Erfahrung bei den Menschen, um sich bewusst zu werden, wie verheerend die Auswirkungen von häuslicher Gewalt sind, und zu begreifen, wie schnell solche Situationen von unangenehm in verhängnisvoll umschlagen.

MERIT: Haben Sie die Sache mit den Wandbildern in Bell verfolgt?

DR. SWIFT: Ja, natürlich. Wir haben beobachtet, wie die Geschichte Fahrt aufgenommen hat, zum Beispiel durch die Bemerkungen unserer Kongressabgeordneten.

MERIT: Was denken Sie selber darüber?

DR. SWIFT: Auf jeden Fall, dass die Aktion offenbar ganz im Einklang zu dem steht, was wir im Zentrum tun. Von der Idee her zumindest.

MERIT: Wie das?

DR. SWIFT: Nun, denken Sie an die Frauen, die in den 1970ern andere Frauen in ihren Häusern aufnahmen. Sie wandten sich gegen die Gesellschaft und gegen das Gesetz, halfen ihnen, ihre Männer zu verlassen in einer Zeit, in der Vergewaltigung und Misshandlung in der Ehe vielerorts noch gar nicht als illegal angesehen wurden. Manchmal sind, was legal und was richtig ist, zwei verschiedene Dinge.

MERIT: Arbeitet Ihr Zentrum mit der Polizeibehörde von Bell zusammen?

DR. SWIFT: Wir haben eine enge Arbeitsbeziehung. Wir bieten jährliche Fortbildungen zum Thema Gewalt für die Beamten an. Sie ziehen uns bei Fällen von häuslicher Gewalt, beim Durchsetzen von Kontaktverboten oder Fragen der Opferentschädigung hinzu – solche Dinge.

MERIT: Wurde Ihr Zentrum auch im Fall Cassie Queen kontaktiert?

DR. SWIFT: Nein.

MERIT: Dr. Swift, wie oft tritt die Stadt Bell mit Ihrem Zentrum in solchen Fällen in Kontakt?

DR. SWIFT: Ich dachte mir schon, dass Sie das fragen werden, deshalb habe ich mal die Statistik für den Landkreis und die für Bell rausgesucht.

MERIT: Die Daten für die Stadt habe ich ebenfalls gefunden.

DR. SWIFT: Dann haben Sie auch gesehen, dass es letztes Jahr neunzehn Anzeigen auf Verfügung eines vorübergehenden Kontaktverbots gab?

MERIT: Und jede dieser Anzeigen enthielt zusätzlich die Forderung nach vorübergehender Einziehung sämtlicher Waffen.

DR. SWIFT: Wir versuchen das immer mit einzufordern und die Anwälte unserer Organisation haben diese Bitten der Opfer auch stets unterstützt.

MERIT: Und Sie wurden in jedem dieser Fälle kontaktiert?

DR. SWIFT: Letztes Jahr, ja.

MERIT: Erzählen Sie mir doch etwas über das Fortbildungsprogramm für die Beamten. Verstehen sie die Bedeutung von häuslicher Gewalt … die potenzielle Gefahr?

DR. SWIFT: Natürlich. Auch zu ihrer eigenen Sicherheit. Anrufe wegen häuslicher Gewalt sind mit die gefährlichsten, auf die die Polizei reagieren muss.

MERIT: Und wie ist das bei Gewalt in Beziehungen Jugendlicher? Haben Sie darüber ebenfalls gesprochen?

DR. SWIFT: Ja, aber um das klarzustellen: Vom Muster her ähnelt diese Form dem, was wir bei verheirateten Partnern oder außerehelichen Beziehungen Erwachsener sehen. Das Alter spielt da keine Rolle, was den Risikofaktor angeht. Deshalb empfehlen wir allen Beamten ein Letalitäts-Screening.

MERIT: Können Sie den Begriff unseren Zuhörern erklären?

DR. SWIFT: Ein Letalitäts-Screening beinhaltet eine Reihe von Fragen, zu denen wir Polizeibeamten und Rechtsbeiständen raten, um die Härte des Falls einzuschätzen – will heißen, ob ohne sinnvolle Intervention ein tödlicher Verlauf wahrscheinlich ist.

MERIT: Welche Fragen gehören zu diesem Screening?

DR. SWIFT: Also zum Beispiel nach einer Todesdrohung, ob mit Waffeneinsatz gedroht wurde oder ob ein Zugang zu Waffen besteht –

MERIT: Entschuldigung, dass ich noch einmal nachhake, aber der Zugang zu Waffen ist unbedingt eine der Fragen?

DR. SWIFT: Ja.

MERIT: Wieso das?

DR. SWIFT: Studien belegen, dass ein Zugang zu Schusswaffen die Wahrscheinlichkeit für eine Frau, von ihrem gewalttätigen Partner getötet zu werden, deutlich erhöht.

MERIT: Wenn Cassie an einen Rechtsberater oder eine

Anwältin verwiesen worden wäre, hätte es dann ein Letalitäts-Screening mit ihr gegeben? Wäre Nicos Zugang zu Schusswaffen ein Warnsignal gewesen?

DR. SWIFT: Ohne jeden Zweifel. Wir können nie vorhersagen, welche Fälle so ernst werden wie der von Cassie, aber der Verlauf der Gewalt, die Art, wie die Gewalt eskaliert ist, und Nicos Zugang zu Waffen hätten uns eindeutig zu der Einschätzung geführt, dass Cassie in Lebensgefahr war.

CASSIE

Ich weinte, noch ehe
wir von der Bühne kamen.
Die letzte Vorstellung
der Abschlussklasse im März.

Es fühlte sich an wie Trauer –
diese Bühne zurückzulassen.
Als wenn ein Teil von mir wüsste,
dass ich das letzte Mal gesungen hatte.

Die ganze Theater-AG
kam hinter der Bühne zusammen,
halb ausgezogen, in Eile,
bereit zu gehen, zu feiern.

Ich war in ungefähr sieben Minuten
abgeschminkt und zur Tür raus.
Sie warteten auf mich.
Beck, Vivian, Betty
und der See im März,
ein schreckliches,
eisiges Etwas.
Doch es war Tradition.

Als ich um die Ecke kam,
wartete er auf mich.

Matteo
mit Sonnenblumen in der Hand.
Golden leuchtende Farbpunkte
auf dem tristen Flur.

Es war neu. Das mit uns.
Es ging erst seit ein paar Wochen.
Wochen zärtlicher Worte,
Wochen zärtlicher Berührungen,
eine Berührung der Hände auf dem Flur.
Wir behielten es für uns,
weil es ganz neu war
und ich nicht wusste,
ob er uns noch immer beobachtete.

Die Nachrichten hatten endlich aufgehört.
Die Ich-will-dich-zurück-*Nachrichten,*
die Wie-kannst-du-es-wagen-mich-zu-verlassen-*Nachrichten,*
die Ich-fass-es-nicht-dass-du-
bei-der-Polizei-warst-
und-versucht-hast-
mein-Leben-
zu-ruinieren-
Nachrichten.

Wir hatten es für uns behalten,
doch es war niemand mehr hinter der Bühne,
deshalb willigte ich ein,
als Matteo sich zu mir beugte
und mich an einer Stelle küsste,
die man meine Wange nennen könnte,

die aber auch der Rand
meines Lächelns war,
und zog ihn eng an mich.

Ich küsste ihn,
als ob ich es die ganze Zeit gewollt hätte,
als ob ich keine Angst mehr hätte,
und es war süß.
Er war süß.
Doch im nächsten Moment
war Matteo weg,
gegen die Spinde geschleudert,
und stattdessen stand Nico da,
hoch aufragend und mit rotem Gesicht,
und als er sprach, war er
so voller Wut, dass seine Spucke
auf meinem Gesicht, meinem Hals landete,
und als ich zurückwich,
folgte er meiner Bewegung.
Seine Hand fand meine Schulter,
glitt hinauf an den Hals
und drückte zu.

Ich hörte Matteos Schreien
und spürte, wie er in Nico krachte,
der mich keuchend losließ.
Er beschimpfte mich noch als Nutte,
dann drehte er sich um und ging.
Entfernte sich.
Als gäbe es keinen Grund, sich zu beeilen.
Keinen Grund, sich Sorgen zu machen.
Schluchzend sank ich zu Boden

und Matteo hielt mich fest,
bis Vivian und Beck kamen,
um nach mir zu suchen.
Und dann übernahmen
die Arme der beiden für ihn.

Vivian redete in flüsterndem,
dringlichem Ton auf mich ein.
Wir sind da.
Jetzt sind wir für dich da.

Becks Wut war lautlos.
Aber manchmal kann lautlos
auch heftig sein.

BECK

Als Beck versuchte sich ins Haus zu schleichen, stolperte sie über zwei Füße.

»So eine Scheiße, was –?«

»Keine Schimpfwörter«, hörte sie eine Stimme aus dem Schaukelstuhl sagen. Beck hatte ihn gar nicht gesehen.

»Grandpa, es ist zwei Uhr morgens. Was machst du hier draußen?«

Ihr Großvater setzte sich zurecht und schaute sich auf der dunklen Veranda um. »Hast du zwei gesagt? Wieso gehst du morgens um zwei?«

»Ich *geh* nicht«, antwortete Beck. »Ich komme.«

»Ich bin seit zehn hier draußen«, erklärte er mit einem leisen Lachen, stand auf und reckte sich. »Ich wollte dich dabei erwischen, wie du gehst, nachdem du gesagt hast, keine Wandbilder mehr für eine Weile.« Grandpa legte Beck eine Hand auf den Kopf, während er sprach. Das war ein Zeichen von Liebe bei ihm.

»Tja, da hast du mich erwischt«, antwortete sie. »Beim Zurückkommen. Ich bin schon früh los, ungefähr als die Sonne unterging.«

»Als die Sonne unterging?«, wiederholte er ihre Worte. »Dann muss ich dich verpasst haben. Hab gedacht, du wärst oben und malst. Und ich hab auch Betty gar nicht gesehen.«

»Sie stand drüben am Feldrand. Ich hab sie die letzten Wochen immer dort abgestellt.«

»Verstehe, verstehe«, sagte Grandpa. »Und hast du gesprayt?«

Beck senkte den Blick, unfähig ihn anzulügen, aber genauso unfähig zu sagen, dass sie ihr Wort nicht gehalten hatte.

»Kein Problem, Beck. Ist schon okay. Wie gesagt, du bist erwachsen. Du musst deine eigenen Entscheidungen treffen. Aber Bell ist ein mächtiger Mann. Wenn er glaubt, dass das, was du tust, seinem Unternehmen schadet, dann gnade dir Gott.«

»Ich will seinem Unternehmen nicht schaden«, antwortete Beck. »Ich will es zerstören.«

Grandpa schlurfte zum Eingang und hielt Beck die Fliegentür auf.

»Es wird hässlich in der Stadt werden«, warnte er. »Und Cassie ist tot.«

»Cassie ist nicht *tot*«, sagte Beck. »Also ich meine, ich hab das *Gefühl*, dass sie immer noch hier ist. Ich hab das Gefühl, für sie kämpfen zu müssen. Und das Ganze ist doch sowieso schon längst hässlich.«

Grandpa stritt nicht weiter mit Beck. Er nickte ihr verständnisvoll zu und drückte ihre Schulter. Dann sagte er von der Treppe aus leise Gute Nacht. »Sei vorsichtig.«

Beck saß noch Stunden an ihrem Erkerfenster, den Blick auf ihren VW-Bus am Ende des Hofs gerichtet.

Ihre Augen fixierten Cassie, die neben dem Bus stand.

Sie wirkte fast lebendig.

Der blaue Schimmer konnte beinahe als Mondlicht durchgehen, das auf ihr Gesicht fiel. Aber Beck wusste es natürlich besser. Sie wusste, dass Cassie nicht lebendig war. Egal wie sehr sie es sich wünschte. Und sie wusste auch, dass Cassie fast so weit war zu gehen.

Beck schlief schlecht, von Albträumen geplagt. Oder eher von einem Albtraum, der aber wieder und wieder kam. Ein vertrauter Albtraum. Sie träumte, dass sie an jenem Tag im Klassenzimmer war. Träumte, es wäre ihr Bein, das zerstört wurde, und ihre Leiche würde neben Cassie liegen. Sie träumte es immer wieder und jedes Mal versuchte sie sich schnell genug zu bewegen. Versuchte ihn aufzuhalten oder sich zumindest vor Cass zu stellen, ehe der erste Schuss über die Tische hinweg knallte. Aber sie war nie schnell genug. Der Moment in der Klasse war nicht der, in dem irgendwer hätte Cassie retten können. Die Chance, sie zu retten, war vorher da gewesen, bei der Polizei. Im Krankenhaus. Als Cassie um Hilfe bat.

Deshalb schlief Beck schlecht und am Morgen wachte sie mit mehr Schuldgefühlen auf als am Tag zuvor.

Sie würde niemals Vivian die Schuld geben, dass sie Cassie nicht gerettet hatte.

Wieso konnte sie dann nicht aufhören sich selbst die Schuld zu geben?

Es war noch nicht Sonnenuntergangszeit, als am nächsten Abend das Handy in Becks Hosentasche summte. Sie steckte bis zu den Ellenbogen in einem Motor, von Öl und Ruß verschmiert.

»Scheiße«, sagte sie.

Eilig wischte sie ihre Hände sauber und checkte ihre Nachrichten. Eine Voicemail von einer unterdrückten Nummer.

Beck, hier ist Merit. Merit Logan. Ich habe einen Anruf von einer Freundin bekommen. Die Polizei hat gerade einen Jugendlichen auf die Wache gebracht, um ihn wegen der Wandbilder zu befragen. Ich glaube, er ist erwischt worden, als er die Wandbilder auf dem Social-Media-Account gepostet hat, und zwar drüben in der Bücherei von Tannersville.

Scheiße. Matteo steckte in Schwierigkeiten.

Der Junge heißt ... Matteo. Kennst du ihn? Hilft er euch? Meine Freundin sagt, soweit sie weiß, wurde er nicht verhaftet. Die Polizei hat ihn nur gebeten mitzukommen, um mit ihnen zu reden. Aber Beck, er könnte echt ein Problem kriegen, wenn sie ihn irgendwie mit den Wandbildern in Verbindung bringen. Ich bin auf dem Weg zur Polizei. Vielleicht könnt ihr, Vivian und du, zum Marktplatz kommen und wir treffen uns dort? Ich versuche den Jungen da rauszukriegen.

Beck rannte zu ihrem VW-Bus und rief Grandpa schnell durch das offene Küchenfenster ein Tschüs zu. Dann rief sie Vivian an, die gerade mit Merit gesprochen hatte und schon auf dem Weg war.

Beck wusste nicht, was sie in der Stadt erwartete, aber auf jeden Fall nicht das, was sie sah, als sie Betty abstellte. Die Sonne verschwand gerade hinter dem Horizont und Cassie tauchte auf der Rückbank auf, doch sie schwieg und nahm die Szene ebenfalls in sich auf.

Menschen versammelten sich auf dem Marktplatz, skandierten und hatten Plakate dabei.

»Was geht denn da ab?«, fragte Beck und zuckte zusammen, als sie es am Fenster auf der Fahrerseite trommeln hörte.

Vivian.

»Cass, wir sind so schnell wie möglich wieder zurück.«

Beck wartete auf keine Antwort. Sie war schon aus dem Bus und lief mit Vivian in Richtung der Menge. Am Rand stand Lola Talbot. Sie trug ein Plakat.

WEG MIT DEN BELL-WAFFEN.

»Lola«, sagte Vivian und berührte ihren Arm. »Lola, was ist das hier?«

»Hey, schön, dass ihr zwei es geschafft habt«, antwortete Lola und drückte sie beide.

»Dass wir was geschafft haben?«, fragte Beck. Langsam entdeckte sie immer mehr Leute in der Menge, die sie kannte. Freunde und Freundinnen aus der Schule. Und auch ein paar Lehrkräfte. »Wann hat das angefangen?«

»Erst vor 'ner Stunde«, sagte Lola. »Ich hab Merits Podcast verfolgt – und ihre Social-Media-Posts. Als ich begriffen habe, dass es Matteo ist, der geschnappt wurde, hab ich die Theater-AG angerufen und die haben sich mit dem Chor in Verbindung gesetzt, die wiederum den Debattierclub angerufen haben und die haben das Lehrernetz erreicht und … alle haben sofort gesagt, sie kommen. Für Cassie. Und für Matteo. Die Polizei befragt Matteo wegen *nichts*. Das Einzige, was er getan hat, war diese Fotos online zu stellen und das hat er für Cassie getan. Das Ganze ist Schwachsinn.«

Beck las die Plakate um sie herum.

Wir wollen JETZT strengere Waffengesetze.

Für Cassie.

Bell-Waffen TÖTEN.

Schützt unsere Mädchen.

»Die ganzen Leute sind hier … wegen Cassie?«

»Nicht alle«, antwortete Lola und zeigte auf eine Gruppe am anderen Ende des Platzes. Die Leute dort trugen keine Plakate. Und sie schwiegen. Doch sie waren bewaffnet. »Sie behaupten, sie wären hier, um den Frieden zu wahren.«

»Die sind für Bell hier«, sagte Vivian und ihre Augen verdunkelten sich vor Wut.

Dann ging die Tür der Polizeiwache auf und Merit Logan kam mit Matteo die Treppe herunter. Alle, die um Beck herumstanden, johlten und die auf der anderen Seite des Platzes begannen zu brüllen.

Matteo suchte über die Menge hinweg Blickkontakt mit Beck und hob die Hand zu einem ungelenken Winken.

»Er hat uns gesehen«, sagte Beck zu Vivian. »Wir müssen hier raus.«

Matteo schob sich durch die Menge, wurde aber immer wieder von Leuten aufgehalten, die sagten, er solle weitermachen. Weiter über Cassie reden. Wie sehr sie Cassie vermissten. Beck wollte am liebsten stehen bleiben und es genießen – diese Welle der Anerkennung.

Aber es blieb keine Zeit. Beck wandte den Kopf zu Vivian, um ihr etwas zu sagen, doch Vivian war nicht mehr da.

Beck suchte den Platz ab, suchte nach ihr und entdeckte sie schließlich neben dem Pavillon. Was hatte Vivian vor? Beck konnte sie kaum erkennen, als sie auf die andere Gruppe zuging – auf die Bewaffneten. Dann war sie plötzlich verschwunden.

Als Beck endlich aus der Menge hervorbrach, sah sie auf einmal, wie Vivian direkt auf einen der Bewaffneten zuging – mit einem wütenden, völlig entrückten Blick.

Es war waghalsig.

Beck packte sie, zog sie zurück und riss sie zu Boden.

»Vivian. Vivian, du kannst nicht einfach auf die da losgehen. *Vivian.*«

Einer der Bewaffneten hatte ein Mikrofon in der Hand und sprach zu den andern.

Beck hörte nur den letzten Rest seiner Rede. »... und alles nur, weil ein junger Mensch *eine* falsche Entscheidung getroffen hat.«

Zuerst dachte Beck, er meine Cassie, und sie spürte, wie eine Welle der Wut in ihr hochstieg, dass er es wagte, *ihr* die Schuld für irgendwas zu geben. Aber dann begriff sie.

Es war von *Nico* die Rede. Beck drehte sich um und dachte, sie müsse Vivian mit physischer Gewalt davon abhalten, den Mann anzugreifen, aber Vivian war wie erstarrt neben Beck, den Blick auf den Mann fixiert, der ihnen am nächsten stand – auf seine Waffe.

Beck sah, wie Vivian aschfahl im Gesicht wurde und anfing zu zittern. Plötzlich gaben ihre Beine nach und Vivian sackte zusammen.

Und so fand sie Matteo.

Er kniete sich neben Vivian, mit der einen Hand fühlte er ihren Puls am Handgelenk, mit der andern berührte er vorsichtig ihr Gesicht, um die Augen zu checken.

»Ich glaube, sie hat eine Panikattacke, Beck. Wir müssen sie hier wegbringen, unbedingt.«

Beck und Matteo arbeiteten zusammen, richteten Vivian auf und legten ihr jeder einen Arm um die Hüfte. Dann gingen sie los, diesmal außen um die Menge herum, nicht mitten durch.

Danach die Straße entlang zurück zu Betty. Zurück in Sicherheit.

Plötzlich hörten sie einen Schrei hinter sich und Beck drehte sich um.

Der Pavillon brannte – Beck sah die Flammen, die schnell in Richtung des dunklen Himmels aufstiegen. Sie hörte, wie in der Ferne bei der Feuerwache eine Sirene losging.

Es herrschte Chaos.

Schließlich erreichten sie den Häuserblock, vor dem sie Betty abgestellt hatte. Und Beck blieb abrupt stehen.

Wieder sah sie Cassie neben dem Wagen statt innen drin. Und direkt hinter ihr, den Blick in ein Schaufenster gerichtet, stand Steven Bell.

Beck sah, wie Mr Bell sein Spiegelbild in der Fensterscheibe eines Waffenladens betrachtete. Eine Straßenbeleuchtung ging flackernd an. Er schob seine Krawatte zurecht und als sie das blasierte Lächeln sah, das sich in seinem Gesicht breitmachte, wurde ihr schlecht, doch sie konnte sich nicht von ihm abwenden, als sich sein Blick nur ganz leicht zur Seite verschob, auf das Spiegelbild neben seinem.

Auf Cassie.

Cassie schaute einen Moment lang zurück, dann griff sie nach den Ziegelsteinen, die einen Baum auf dem Bürgersteig säumten. Ihre Hand sank in die Erde und Beck sah, wie sich die Finger um einen der Steine legten, sah, wie sie den Stein anhob und dann ihren Arm über den Kopf schwang.

Cassie warf den Stein auf Bell.

Er traf die Schaufensterscheibe vor ihm und zerschlug sie. Tausende kleiner Scherben und Glassplitter stürzten zu Boden und sahen im Fallen wie Sterne aus, die am Nachthimmel flimmern.

Mr Bell warf die Arme hoch, um sein Gesicht zu schützen.

Während er zu abgelenkt war, um sie zu sehen, trieb Beck ihre Freunde in den Bus. Sie musste sie retten, die, die sie am meisten liebte: ein gebrochenes Mädchen, einen ernsten Jungen und einen zu Recht rachsüchtigen Geist.

CASSIE

Bell brennt.

Ich erkenne meine Nachbarn,
die auf dem Marktplatz zusammenkommen.

Ich sehe Direktor Ewing,
der einmal meinte, ich sei ein Star,
und nun mit einem Plakat dasteht
und fordert, dass Bell
Verantwortung übernimmt
für meinen Tod.

Da steht auch die Warren-Familie,
deren Sonnenblumen
das jährliche Stadtfest schmücken,
und fordert die Absetzung
des Sheriffs.

Auf ihrem Plakat sieht man
das Cassandra-Porträt
von Becks erstem Wandbild.
Für Cassie,
steht unten
am Rand.

Sie haben
ihre Kinder mitgebracht,
auf die ich früher aufgepasst habe.

Schützt unsere Mädchen
vor denen, die sie missbrauchen,
steht auf einem andern Plakat.
Die Mutter, die es hochhält,
hat sich ihr Baby
vor die Brust geschnallt.
Stell dir die Dringlichkeit vor,
die sie umtreibt,
die Angst,
wegen der sie anfängt für ihre
Tochter zu protestieren,
noch bevor die Kleine
laufen kann.

Kinder statt Waffen,
steht auf dem nächsten Plakat.
Waffenkontrollen jetzt.

Weg mit den Bell-Waffen.

Das Plakat hält Lola hoch.
Lola, meine Freundin,
Lola, die mich sterben sah.

Aber das ist nur die eine Seite
der versammelten Menge
an diesem warmen Abend
im August.

Die andere Seite unterscheidet sich.
Die Leute wirken nicht wirklich wütender,
aber bösartiger vielleicht.
Und sie sind bis an die Zähne
bewaffnet.

Ich bin aus dem Bus ausgestiegen,
doch näher komm ich nicht ran.
Jeder weitere Schritt
auf die Polizeiwache zu,
auf Beck, Matteo und Vivian,
ist wie auf Nadeln laufen
und dann Nichts.
Als wenn ich mit jedem Schritt,
den ich näher herankomme,
ein Stück weiter
von ihnen fortgleite.

Deshalb warte ich am Bus,
wütend und in Angst,
weil ich nicht sehe,
wie die Mütter,
die ihre Babys an sich drücken,
und die Teenager, die
gerade erst aus der Schule raus sind,
bestehen sollen
gegen all diese wütenden Männer
mit all ihren Waffen.

Eine Bewegung auf dem Gehweg
springt mir ins Auge
und ich drehe mich um.

Steven Bell steht
direkt hinter mir
und sieht durch mich durch
auf die Menge.

Es liegt der Hauch eines Lächelns
auf seinen Lippen,
als ob er weiß,
welche Seite die Macht hat.

Das letzte Mal, dass ich Mr Bell sah,
war zwei Tage, ehe ich starb.

Statt in den See zu springen,
ging ich ins Krankenhaus
wegen der Blutergüsse
an meinem Hals,
meiner krächzenden Stimme
und meiner gereizten Stimmbänder.

Als das Krankenhaus die Verletzungen
der Polizei meldete,
schickten sie den Sheriff.

Und der Sheriff
brachte Mr Bell mit.

Ich weiß noch, dass ich mir
wie ein Nichts vorkam,
wie ein Kaugummi
unter seinem Schuh,
als er geradewegs in mein

Krankenzimmer marschierte,
als ob ihm alles gehörte –
was ja auch stimmt.
Ihm gehörte die Stadt
und sie gehört ihm noch immer.

Er sagte mir,
dass sich Nico dieses Mal
von mir fernhalten würde.
Dafür werde er sorgen.
Aber ob ich als Gegenleistung
überlegen könne,
auf eine Anzeige zu verzichten.

Denk an seine Zukunft, *sagte Mr Bell,*
und der Sheriff ließ ihn gewähren.
Er sagte, Nico würde zu Hause bleiben,
den Abschluss online machen,
damit man ihn nicht von der Schule warf.
Auf die Weise könne er weiter schwimmen.

Er sagte es, als wenn
sein Schwimmen
das Wichtigste wär,
wichtiger als die Blutergüsse
an meinem Hals
in der Form von Nicos Hand.
Es tat weh zu sprechen.
Es tat weh ihm zu sagen:
Nein!
Trotzdem sagte ich an dem Tag
Nein zu Mr Bell.

Ich zeige Nico an,
erklärte ich ihm
und sah dabei zum Sheriff.
Und ich will ein Kontaktverbot.
Und ich will, dass Nico
von der Schule fliegt, endgültig.
Oder er geht in den Knast.

Mr Bell sah aus,
als ob auch er mich
gleich würgen wollte.
Stattdessen stürmte er raus.

Der Sheriff musste
die Anzeige aufnehmen,
doch als wir zu dem Punkt kamen,
alle Waffen aus dem Haus
des Missbrauchstäters zu entfernen,
grinste er und sagte:
Das geht nicht bei den Bells.
Das ist ihr Familienerbe.
Und außerdem sind sie der Polizei
vermutlich an Waffen weit überlegen.

Aber Nico scherte sich nicht
um ein Familienerbe
oder um seine Schwimmmannschaft.
Nico kümmerte nur
Besitz.

Er war immer
ein verwöhntes Kind gewesen

und er wurde
ein eifersüchtiger Mann.
Ein wütender Mann
mit Zugriff auf ein komplettes
Arsenal von Waffen im Haus.
Das heißt, die einzige Entscheidung
für Nico hieß,
welche *Waffe er nehmen sollte,*
um sicherzugehen,
dass ich nie mehr für irgendwen
singen würde außer für ihn.

Ich drehe mich um,
schaue zur Glasfront des Ladens
und Mr Bell dreht sich auch um.

Betty, der Bus stand ironischerweise
vor dem Waffenladen von Bell
auf der Main Street.

Mr Bell zieht seine Krawatte
in der spiegelnden Scheibe zurecht,
doch dann schaut er hoch
und sein Blick begegnet meinem
im Schaufenster.
Und ich denke: Er sieht mich.
Er sieht *mich tatsächlich.*

Bell wirkt, als hätte er einen Geist gesehen –
wahrscheinlich, weil es so ist.
Sein Gesicht wird bleich
und die Hand gleitet langsam an die Seite.

Als ich nach einem Ziegelstein greife,
der halb verborgen
zu meinen Füßen liegt,
weiß ich gar nicht so richtig,
ob ich ihn heben kann.

Das hier ist schwerer als
einen Button am Handy zu drücken
oder zu hupen,
aber ich schließe die Hand um den Stein.

Ich bin jetzt stärker.

Als ich ihn packe,
zögre ich nicht.
Ich stehe auf und schleudere ihn
so fest ich kann
Richtung Scheibe.

Ich habe seit Wochen
die Wut gesehen in meinen Freundinnen,
ihren Brass hinter all dem, was sie tun,
und es ist auch meine Wut, mein Brass.
Es ist mein Leben, das die Bells stahlen.

Und es wird wieder passieren,
heute oder morgen,
in dieser Stadt
oder der nächsten.
Einem anderen Mädchen.

Und dann werden sich ihre Freundinnen,
die zurückbleiben, fragen,
was die Währung von Rache ist
in einer Welt, die Mädchen sagt,
dass wir nicht wütend sein dürfen,
selbst dann, wenn uns
unser Leben
aus den Händen gerissen wird.

Als ich den Stein werfe,
stell ich mir vor,
ich wäre ein kleines Kind,
das Pennys in einen Teich wirft
und sich etwas wünscht.

Also wünsche auch ich mir heute Abend etwas
und der Wunsch beginnt mit
Wenn doch nur –

Wenn doch nur diese Welt lebende Mädchen
genauso lieben würde wie tote.

VIVIAN

Sie parkten Betty am Sonnenblumenfeld.

Vivian atmete wieder normal und folgte Matteos Anweisungen. Es war nicht ihre erste Panikattacke und sie bezweifelte, dass es die letzte sein würde.

»Wie lange geht das schon so?«, fragte Matteo behutsam.

»Weiß nicht«, antwortete Vivian.

»Doch, das weißt du«, beharrte Matteo.

Vivian beobachtete Beck. Sie hielt das Lenkrad so fest umkrallt, dass die Knöchel weiß wurden.

»Beck?«, fragte sie.

»Seid ihr … ist das okay für euch? Wenn ich gehe? Ich muss was erledigen.« Becks Stimme klang zäh von der Last der nicht geweinten Tränen.

»Ab hier komme ich allein mit ihr klar«, antwortete Matteo. »Also bring ich sie nach Hause.«

»Gut«, sagte Beck. »Tschüs, V. Tschüs, Ca–« Beck brach ab und sah Vivian im Rückspiegel an.

Vivian saß direkt neben Cassie, aber Matteo konnte Cass nicht sehen.

»Tschüs, Matteo«, beendete Beck ihren Satz und stieg aus dem Bus.

Als Nächstes folgten Vivian und Matteo. Vivian warf Cassie noch ein liebevolles Lächeln zu und zuckte mit den Schultern, bevor sie die Wagentür schloss. In Matteos Gegenwart konnte sie mit Cassie nicht reden. Ein Gespräch über Bell, den Ziegelstein und den Marktplatz musste warten.

»Und du steckst in der Scheiße?«, fragte Vivian.

»Nee, mach dir keine Sorgen«, antwortete Matteo. Er tat es zu leicht ab.

»Matteo«, sagte Vivian und ließ sich auf seinen Beifahrersitz plumpsen. »Jetzt sag schon.«

»Jemand hat gesehen, wie ich am Bibliothekscomputer Sachen gepostet hab. Hat die Cops gerufen. Nehme an, er hat gehofft, dass er Bells hübsche Belohnung kassieren kann oder so. Aber ich hab nur mein Recht auf freie Meinungsäußerung in Anspruch genommen, deshalb können sie mir nichts anhaben, solange sie nicht beweisen, dass ich was mit den Wandbildern selbst zu tun hab. Und das schaffen sie nicht. Merit hat mir geholfen. Die ist echt cool.«

»Ja, das stimmt.«

»Ich dachte, *wir* hassen Bell, aber wow.«

»Die will echt Blut sehen.«

»Gut so«, sagte Matteo.

Während er fuhr, machte er mehrmals den Mund auf und schloss ihn dann wieder.

Vivian wartete nicht länger – sie wusste genau, was er sagen wollte. Dass sie aufhören sollten mit dem Ganzen. Aber das ging nicht, noch nicht. Cassie war immer noch da. Sie brauchte noch den Kampf, den Vivian und Beck für sie fochten.

»Verdammte Scheiße«, sagte Vivian, als sie plötzlich den Wasserturm entdeckte. »Matteo, halt an.«

Matteo blieb am Straßenrand stehen und beugte sich zu Vivian rüber.

Vivian deutete in die Richtung.

Das Wandbild auf dem Wasserturm war verschwunden.

Stattdessen prangten dort eine Sonnenblume und die Worte *ALLJÄHRLICHES SONNENBLUMENFEST IN BELL* mit dem Tag der nächsten Woche, an dem es stattfand.

Die hatten Cassie im wahrsten Sinne des Wortes mit dem Fest überdeckt.

In Vivian kroch die Verzweiflung hoch. Die versuchten mit aller Gewalt, den Schmerz der Stadt zu übertünchen und auf Friede, Freude, Eierkuchen zu machen, die Stadt für Besucher einladend aussehen zu lassen. Aber die Realität konnte nicht weiter davon entfernt sein, wenn man nur an die Zusammenstöße auf dem Marktplatz dachte, wo sich mit Pistolen bewaffnete Männer den Menschen entgegenstellten, die bloß mit Plakaten und der Bitte um Sicherheit demonstrierten.

»Können wir … können wir bitte bei den andern vorbeifahren und gucken, ob sie noch da sind?«, fragte Vivian.

Sie fühlte sich besiegt. Die ganze Arbeit zunichte.

»Klar«, antwortete Matteo. Und er fuhr sie zu der Plakatwand an der Route 90, von der jetzt auch Sonnenblumen leuchteten sowie eine Wegbeschreibung, wie man zu den Feldern bei der Warren-Farm kam – dort, wo das Fest stattfinden sollte.

Als Nächstes checkten sie das Wandbild an der Highschool-Aula – hier gab es zwar keine Werbung und auch keine rote Farbe mehr, aber das Wandbild war jetzt mit dem Maskottchen der Schule übermalt.

Als Letztes fuhren sie zu der alten Mühle. Sie hatten noch nicht mal ein Foto von dort – war das Bild wirklich erst letzte Nacht entstanden? Es kam ihr viel länger vor.

Vivian stieß einen tiefen Seufzer der Erleichterung aus, als sie sah, dass es noch da war. Wahrscheinlich hatte es noch niemand entdeckt.

»Eine Sekunde«, erklärte sie Matteo und stieg aus dem Wagen. Matteo hatte ihn so geparkt, dass die Scheinwerfer Circe und ihre Insel anstrahlten. Es würde kein tolles Foto geben, wenn sie das Bild auf diese Weise im Dunkeln aufnahm. Aber Vivian konnte nicht warten. Womöglich war es bis morgen schon längst übermalt.

Auf jeden Fall würde es nicht bis zum Sonnenblumenfest dort bleiben.

Nicht das Image von Bell beschädigen.

Sie schoss ein paar Fotos, solange es noch ging.

Sobald sie wieder im Auto saß, fuhr Matteo Vivian nach Hause. Er parkte vor den Reihenhäusern, in denen sie beide wohnten.

Sie wusste, er wollte ihr noch etwas sagen. Sie kannte ihn lange genug, um es zu spüren. Matteo war immer der stille Typ gewesen, aber wenn er etwas sagte, hörte sie ihm zu. Deshalb wartete sie.

Sie öffnete den Account, den sie für Cassie eingerichtet und den Matteo für die letzten Wandbilder übernommen hatte. Sie scrollte zu dem ursprünglichen Post hoch. *Cassandra* verbreitete sich diese Woche wie ein Lauffeuer – es gab Millionen von Likes. Auch die anderen hatten an Dynamik gewonnen, aber nicht so stark wie das erste Bild.

Das Bild, das Cassies Namen verbreitete.

Vivian folgte den Links und las die Kommentare. Es waren jede Menge Teenager, die wütend waren über die Amoklauf-Übungen, die an den Schulen gemacht wurden. Wütend, dass ihre jüngere Schwester, ihre Cousine oder ihre beste Freundin kein Kontaktverbot hatte durchsetzen können, weil der, der sie misshandelte, dann von der Schule geflogen wäre.

Wütend, dass sie sich nicht schützen konnten. Einander nicht schützen konnten.

#FuckBellGuns setzte sich durch. Als Vivian den Hashtag anklickte, tauchte als Erstes das Marktplatzbild vom Abend auf. Lola stand mit ihrem Plakat da und im Hintergrund, nur leicht verschwommen, konnte man die bewaffneten Männer erkennen.

Vivian drückte Matteos Hand.

Ihre Freunde und Freundinnen waren so mutig. Matteo wurde von den Cops geschnappt, Lola ließ sich von diesen Männern nicht einschüchtern. Und Merit Logan war wild entschlossen die Wahrheit ans Licht zu bringen.

Es war nicht alles verloren, bloß weil die Wandbilder zerstört wurden.

»Vivian … ich glaube, es ist Zeit aufzuhören«, sagte Matteo schließlich. »Ich weiß, dass Beck und du versucht die Erinnerung an Cassie wachzuhalten – dass ihr versucht für eine echte Veränderung zu kämpfen, als Andenken an sie, und ich finde das auch sehr stark, aber das da? Das wird echt gefährlich. Ihr könnt verletzt werden. Und irgendwann werdet ihr garantiert erwischt. Und dann verlierst du dein College-Stipendium und –«

»Ich hab dir schon gesagt, dass ich nicht aufs College gehe«, fuhr sie dazwischen.

»Scheiße, Vivian. Hör dich doch mal selbst an. Du darfst nicht alles aufgeben, wofür du so hart gearbeitet hast, nur weil –«

»*Nur weil* was, Matteo? Cassie wurde ermordet. Ich denke, die Erwachsenen, die sie hätten beschützen sollen, müssen endlich mal ein bisschen Verantwortung übernehmen.«

»Ich wollte sagen, nur wegen einem Arschloch. Scheiß auf Nico Bell. Er hat schon Cassie die Zukunft geklaut. Wieso muss er auch noch deine kaputt machen?«

Vivian kaute eine Weile an seinen Sätzen und überlegte hin und her. Die logische Vivian – die, die jede ihrer Entscheidungen genau überdachte – wusste, dass er recht hatte. Das Problem war nur, auch jetzt noch: Für Cassie war es das Risiko wert. Sie musste an Cassie denken.

»Wir sind noch nicht fertig«, sagte Vivian ruhig. Matteo fluchte leise und drehte sich von ihr weg.

»Gut, aber ich bin raus«, antwortete er. »Mein Name steht jetzt mit dem Ganzen in Verbindung. Meine Mom verliert wahrscheinlich deshalb ihren Job und ich weiß« – er hob die Hände –, »das geht auf meine Kappe, nicht auf deine, V. Ich bin das Risiko eingegangen. Aber ich finde, es reicht jetzt. Ich hab gedacht, wenn ich dir und Beck helfe, dann reicht das.«

»Tja, reicht aber nicht.«

»Vivian, ihr habt es geschafft. Alle reden über Cass. Die Waffenlobby dreht durch, ganz zu schweigen von Bell persönlich, der sogar eine Belohnung ausgesetzt hat, um euch zu kriegen. Lasst Merit von jetzt an übernehmen. Hört auf das Gesetz zu brechen, bevor ihr erwischt werdet. Und ruf dein tolles College an und sag, dass du kommst. Du schaffst das. Du musst nur um ein bisschen Hilfe bitten, V. Du weißt, dass das hier besser wird. Du weißt es ganz genau.«

»Danke, Matteo. Dass du uns mit den Posts geholfen hast«, antwortete Vivian. »Ich weiß, von den Cops geschnappt zu werden, muss ganz schön beängstigend für dich gewesen sein.«

»Vivian –«

»Wir können noch nicht aufhören, Matteo. Wir sind noch nicht fertig.«

»Vivian, die Klage wird Jahre dauern«, sagte Matteo. »Lass die Gerechtigkeit ihren Weg vor Gericht finden. Beck und du, ihr spielt mit dem Feuer.«

»Du verstehst es nicht. Wir *können* nicht aufhören, weil wir ihr helfen müssen.«

»Weil ihr wem helfen müsst?«

»Cassie«, antwortete Vivian. Es gab nur eine Möglichkeit, Matteo begreiflich zu machen, wieso sie noch nicht aufhören konnten. Sie musste ihm die Wahrheit sagen. »Matteo, wir können nicht aufhören. Cassie ist noch da.«

»Wie bitte? Wovon redest du denn?«

»Cassie sucht uns so was von heim.«

BECK

Beck wusste, wo er sie aufbewahrte.

Sie stieß die schwere Tür zu Grandpas Werkstatt auf und zog an der Schnur der Glühbirne, die daraufhin über der Werkbank hin und her schwankte. Es war gruselig nachts in der Werkstatt mit all den Schatten und dem Rascheln der Mäuse im Gebälk.

Aber Beck wusste, dass sie keine Ruhe finden würde, solange sie das hier nicht tat.

Sie wusste, wo er sie aufbewahrte, und sie wusste auch, wo er den Zahlencode notiert hatte. Vier Ziffern am Rand der Werkbank. Das Geburtsdatum ihrer Mutter. Das bedeuteten die Zahlen. Grandpa benutzte sie für alle Passwörter, obwohl sie ihm tausendmal gesagt hatte, dass das nicht sicher war.

Als Nächstes ging sie zum Schrank, gab die Ziffern ein und ließ die Tür weit aufschwingen. Beck überlegte kurz, ob es für Nico an dem besagten Tag auch so einfach gewesen war. Vielleicht sogar noch leichter.

Grandpa besaß fünf Schusswaffen. Zwei Gewehre, mit denen er auf Jagd gegangen war, als er noch Tiere jagte. Und drei Pistolen, von denen Beck vermutete, dass sie ein Jahrzehnt oder länger unberührt im Safe gelegen hatten. Doch der mangelnde Gebrauch änderte nicht, wozu sie fähig waren.

Sie begann mit einem Gewehr und einem Hammer.

Sie schwang den Hammer so fest sie konnte, traf aber

beim ersten Mal nicht, weil sie Tränen in den Augen hatte, die sie erst wegwischen musste.

Dann holte sie erneut aus und der Vorschlaghammer dellte das glatte Metall an der Seite ein. Aber es war nur eine Schramme, eine Beule. Das reichte nicht. Beck richtete sich wieder auf und ging in den Hinterraum, wo Grandpa all das aufbewahrte, was sie nicht ständig brauchten. Sie griff nach dem Vorschlaghammer, den sie vor Jahren benutzt hatten, um eine Wand einzureißen.

Jetzt schwang sie ihn, diesmal beide Hände fest um den Schaft gelegt, und legte alle Kraft in die Bewegung. Und diesmal zielte sie auf den Namen der Waffe, der in die Seite eingraviert war. Bell Firearms.

Beck schwang den Vorschlaghammer energisch.

Eine Beule entstand.

Dann eine zweite, dritte. Der Lauf des Gewehrs gab nach, wenn auch nur leicht.

Es reichte immer noch nicht. Beck wollte die Waffen kurz und klein schlagen. Sie wollte, dass sie unbrauchbar wurden.

Wenn man Cassies Leib in Asche und Staub verwandeln konnte, dann doch die Scheißwaffen bitte auch.

Sie nahm das Gewehr und trug es zu dem Schraubstock, der an der Werkbank befestigt war. Sie steckte die Waffe zwischen die Spannbacken und kurbelte, bis das Gewehr festsaß. Dann packte sie erneut den Vorschlaghammer und zielte auf den Griff.

Diesmal brach ein Stück ab und das Holz splitterte. Sie schwang den Hammer von Neuem, wieder und wieder und wieder.

Sie traf das Gewehr, so fest sie nur konnte, doch der Vorschlaghammer war schwer, ihre Arme schmerzten und sie spürte es auch in der Brust – die Schwere des Ganzen. Cass zu verlieren, jetzt für sie zu kämpfen. Zu sehen, wie sich die Stadt gegen sie stellte, nur weil Vivian und sie wollten, dass Cassies Verlust nicht umsonst war. Zu sehen, wie sich die Leute für diese Firma entschieden, wieder und immer wieder. All das traf Beck, als sie den Hammer schwang. Und es tat weh, tat unsäglich weh.

Plötzlich wog der Vorschlaghammer nichts mehr.

Er war ihr aus den Händen gezogen worden und Beck ließ los, brach auf dem ölfleckigen Zementboden der Werkstatt zusammen. Sie spürte, wie sich die Brust hob und senkte und wie sie nach Luft rang.

Aber Grandpa war bei ihr. Er legte den Vorschlaghammer beiseite und kniete sich neben sie auf den Boden. Er hielt sie fest. Schlang sie fest in seine Arme und holte sie auf den Boden der Tatsachen zurück, in das Leben, das sie noch besaß.

Beck schluchzte, bis alles aus ihr heraus war. Doch Grandpa blieb bei ihr.

Als sie schließlich den Kopf hob, war ihr schwindelig und sie fühlte sich völlig erschöpft. Dieser Tag wollte einfach nicht aufhören.

Grandpa half ihr aufzustehen.

»Das hält niemand aus, mein Schatz«, sagte Grandpa. »Du warst so stark. Aber das hier …« Er deutete auf das zerbeulte Gewehr und den abgelegten Vorschlaghammer. »Das wird nicht klappen.«

Beck nickte. Er hatte recht. Fünf Waffen zu zerstören würde überhaupt nichts ändern. Würde Cassie nicht zurückbringen, nicht wirklich. Würde ihr auch nicht helfen weiterzukommen. Es bedeutete gar nichts, außer was Beck darin sah.

Doch dann legte Grandpa eine der Pistolen aus dem Schrank in einen Blechbehälter, den er unter der Werkbank vorgezogen hatte. Er ging zum Werkzeugschrank und kam mit einem Schweißbrenner zurück.

Beck setzte sich auf den Schemel. *Das wird nicht klappen*, hatte er gesagt und auf den Hammer gestarrt.

Beck sah zu, wie ihr Grandpa den Schweißbrenner anstellte. Er schnitt durch die Pistole, ganz langsam. Er schnitt durch das Metall, diagonal und dann wieder zurück, wobei er den Brenner genau auf die Waffe richtete, die getrennten Teile zuschweißte, die Trommel und die ganze Mechanik in unbrauchbare Metallblöcke verwandelte. Jetzt ließ sich die Waffe nicht mehr reparieren. Sie würde nie mehr eine Kugel abfeuern.

Als er mit der einen Pistole fertig war, griff er nach dem Gewehr, das Beck mit dem Vorschlaghammer traktiert hatte. Er gab Beck ein Zeichen und reichte ihr dann den Schneidbrenner und eine Schutzbrille.

Er zeigte ihr, wo sie schneiden musste. Diagonale Linien an den entscheidenden Stellen, um sicherzustellen, dass das Gewehr für immer unbrauchbar war.

Beck zerstörte sie alle, eine Waffe nach der andern. Schließlich stellte sie den Brenner aus und legte die Schutzbrille auf die Werkbank. Grandpa legte ihr einen Arm um die Schulter und starrte in den Behälter, der nichts anderes mehr enthielt als Metallschrott.

»Gute Arbeit, Beck«, sagte er und drückte sie an sich. »Ich bin stolz auf dich, mein Schatz.«

Beck weinte wieder und drückte ihr Gesicht in seinen Arm, dankbar, dass er sie verstand. Dankbar, dass sie nicht alleine war. Dankbar, Teil seines Universums zu sein, direkt hier auf der Erde. Zu Hause.

WE CAN BE HEROES
STAFFEL 2: FOLGE 19
»DER SHERIFF«

[Handyaufnahme]

MERIT LOGAN: Sheriff Thomas, ich bin überrascht wieder von Ihnen zu hören.

SHERIFF THOMAS: Das kann ich mir vorstellen, Ms Logan. Sie haben hier in der Gegend ganz schön für Wirbel gesorgt mit Ihren Fragen an alle möglichen Leute von meinem Stellvertreter bis zum Chef unserer Zeitung in Bell.

MERIT: Ich weise Sie darauf hin, dass wir dieses Gespräch aufzeichnen.

SHERIFF THOMAS: Das ist okay, Ms Logan. Wir haben nichts zu verbergen. Hören Sie, wir sind alle untröstlich über das, was Ms Queen im März passiert ist. Aber Sie suchen nach Fehlern in etwas, das einfach nur eine Tragödie war. Manchmal sind Tragödien unvermeidbar.

MERIT: Manchmal aber auch nicht.

SHERIFF THOMAS: Nun, wir haben eine Menge wütender Menschen hier in der Stadt. Diese Leute sagen, dass Sie es sind, die die Wandbilder immer wieder in die Schlagzeilen bringen. Sie unterstützen die Klage. Sie verfolgen ein Ziel. Und jetzt haben wir Proteste mitten auf unserem Marktplatz. Vielleicht wird es Zeit, dass Sie verschwinden und eine andere Stadt terrorisieren.

[Leises Lachen]

MERIT: Hm, ich bin aber mit dieser hier noch nicht fertig. Sheriff, bevor Sie also auflegen, habe ich noch eine letzte Frage an Sie ... Warum wurde das Zentrum für Opfer von häuslicher Gewalt bei Cassie nicht hinzugezogen?

SHERIFF THOMAS: Es war kein so gravierender Fall – er schien – er schien nicht so ernst.

MERIT: Sie haben nicht gedacht, dass Nico vielleicht Zugang zu Waffen haben könnte?

SHERIFF THOMAS: Das wäre eine extreme Reaktion gewesen, denke ich, Ms Logan.

MERIT: Wurden Sie aufgefordert an den Schulungen zum Thema häusliche Gewalt teilzunehmen, die Dr. Swift von Sarah's Place anbietet?

SHERIFF THOMAS: Ich wurde nicht aufgefordert. Ich habe mich entschieden teilzunehmen.

MERIT: Hat Dr. Swift Ihnen erklärt, warum im Letalitäts-Screening ganz konkret nach Würgeversuchen gefragt wird?

SHERIFF THOMAS: Oh, das weiß ich nicht mehr.

MERIT: Weil Würgen oder der Versuch, jemanden zu erdrosseln, oft der letzte Akt ist, ehe es zur Tötung kommt?

SHERIFF THOMAS: Das ist richtig.

MERIT: Sir, können Sie mir noch einmal sagen, welche Verletzungen Cassie an dem Tag hatte, als Sie sie im Krankenhaus besuchten?

SHERIFF THOMAS: Sie hatte Blutergüsse an den Armen, an der Schulter ...

MERIT: ... und am Hals. Ich habe die Aufnahmen gesehen, Sheriff. Und die Bemerkungen des Krankenhauses dazu. Nico hatte Cassie an dem Tag eindeutig gewürgt.

SHERIFF THOMAS: Ja, das stimmt, aber wir haben nicht gedacht –

MERIT: Sheriff, wer ist an dem Tag mit Ihnen ins Krankenhaus gefahren?

SHERIFF THOMAS: Wie bitte?

MERIT: Es gibt ein Besucherregister. Jemand hat sich mit Ihnen gemeinsam eingetragen, aber der Name ist unleserlich. Wer also war an dem Tag mit Ihnen dort?

SHERIFF THOMAS: Ich erinnere mich nicht. Vermutlich Deputy Everett.

MERIT: Nein, er war nicht dort. Ich habe bereits mit ihm gesprochen.

SHERIFF THOMAS: Ich muss jetzt zu meiner Arbeit zurück.

MERIT: Natürlich, Sheriff Thomas. Nur eine letzte Frage.

SHERIFF THOMAS: Okay.

MERIT: Vor acht Jahren wurde schon mal eine Klage gegen Steven Bell erhoben und dann zurückgezogen. Es war eine Zivilklage wegen Körperverletzung. Erinnern Sie sich? Sie waren in dem Jahr gerade Sheriff geworden.

SHERIFF THOMAS: Nein, daran erinnere ich mich nicht.

MERIT: Die Klage warf Mr Bell vor, sich an einer jungen Frau – einer Mitarbeiterin aus dem Bürgermeisteramt – vergangen zu haben. Es hieß, dass Mr Bell einen »speziellen Zutritt« beim Bürgermeister genoss und diesen nutzte, um die junge Frau zu einer Affäre mit ihm zu bewegen. Er war damals vierundvierzig, die junge Frau siebzehn.

SHERIFF THOMAS: Ach, die Sache. Das war alles Unsinn. Das Ganze war einvernehmlich. Völlig belanglos.

[Langes Schweigen]

MERIT: Es mag vielleicht belanglos scheinen, aber vielleicht kommt die Sache jetzt wieder hoch, wo Mr Bell eine neue Klage am Hals hat. Was ist mit der jungen Frau passiert?

SHERIFF THOMAS: Dieses Mädchen da hat versucht sich wichtigzumachen. Am Ende hat sie begriffen, dass sie sich nur selber schadet. Die Bürger von Bell haben sich schnell gegen sie gestellt. Das Letzte, was ich von ihr gehört habe, war, dass sie in einen anderen Bundesstaat gezogen ist.

MERIT: Sie meinen, das Problem hatte sich dadurch erledigt?

SHERIFF THOMAS: Was uns angeht, bedeutete es genau das.

MERIT: Haben Sie bei Cassie Queen das Gleiche gedacht?

[Verbindung bricht ab]

MERIT LOGAN: Liebe Zuhörer und Zuhörerinnen, ich fürchte, wir haben die Verbindung verloren. Okay, das klappt jetzt vielleicht nicht, aber auf geht's: Ich möchte mit Steven Bell sprechen. Mr Bell, ich bezweifle, dass Sie gerade zuhören, doch ich weiß, dass Ihre Leute zuhören. Hier kommt sie also: eine Einladung an Sie, in meinen Podcast zu kommen. Sie haben die Möglichkeit, Ihre Version der Geschichte zu erzählen. Erzählen Sie uns, was mit Cassie Queen passiert ist. Ich verspreche Ihnen, dass ich nicht beiße, Mr Bell.

WANDBILD 6

TITEL: HELENA

ORT: DAMM AM BELL-SEE

CASSIE

Becks Grandpa stirbt
mit einem Lächeln auf den Lippen,
einer Wange voll Tabak
und der Sonne, die ihm
ins Gesicht scheint.

Beck hatte gesagt,
dass sie mehr Glück hatten
als viele andere Menschen,
dass sie Zeit gehabt hätten,
über seine letzten Wünsche zu sprechen,
all diese seltsamen
Lebensendedetails,
die nichts bedeuten,
bis sie auf einmal alles bedeuten.

Sie hatten bereits über seine
Beerdigungszeremonie gesprochen:
keine.
Und über die Beisetzung:
auf dem St. Mary's Friedhof
neben meiner Frau.
Und sogar über
die genaue Formulierung
der Todesanzeige:
Sag Jack O'Day ruhig,

dass er die Wette gewinnt,
ich aber nicht zahle.

Er stirbt auf der Veranda,
während Beck in seiner
Werkstatt arbeitet.
Als sie zurückkommt,
glaubt sie zuerst, er schläft.

Es ist der Tag
des Sonnenblumenfests
und für die Nacht
haben Vivian und Beck
das nächste Wandbild geplant,
am sichtbarsten Ort von allen.

Sie würden früh loslegen müssen,
schon bald, um genug Zeit zu haben.
Und die ganze Stadt
musste abgelenkt sein,
damit sie es schafften.

Das Fest war perfekt dafür.

Der Bell-See hat einen Überlauf
wie ein Wasserfall.
Das Wasser ist schnell und wild,
doch seitlich von einer kahlen
Betonwand begrenzt.
Einer Wand, die man
von der Bell-Firearms-Zentrale
einsehen kann.

Genau dort will Beck
Helena sprayen –
Helena, die einen Krieg anfing.

Als Beck sie für das
letzte Wandbild vorschlug,
sagte Vivian:
Die ist perfekt für Cassie.
Für das Gesicht, das
zehntausend Tweets ausgelöst hat.

Was bedeutet es für deinen Körper,
Kollateralschaden zu sein
in einem Krieg,
den du nie wolltest?
Ich stelle mir vor, so muss sich
Helena gefühlt haben
inmitten des Ganzen.

Beck kommt früh am Abend.

In dem Moment, als die Sonne
den Horizont berührt,
tritt sie aus dem Haus
und rennt auf mich zu,
in Richtung Betty.

Sie reißt die Tür auf
und ihre Augen leuchten wild,
als sie den Bus absucht.

Ich weiß, dass sie mich sieht,
doch ihr Blick wandert
suchend weiter
und ich brauche einen Moment,
bis ich begreife:
Sie sucht nach ihm.
Er ist nicht da.
Ich sage ihr,
was sie selbst sieht.
Ich sage es laut,
denn manchmal
muss man es hören.

Beck sackt zusammen
und sie weint, wie ich sie
nie habe weinen sehen.

Obwohl sie vielleicht
um mich so geweint hat
und ihr Grandpa sie vielleicht
fest an sich gedrückt hat.

Aber ich kann sie nicht drücken.
Ich kann neben ihr schweben,
an ihrer Seite.
Ich kann die Arme ausstrecken
und hoffen, dass sie vielleicht
das Streiflicht meiner Berührung
an ihrer Schulter spürt,
doch das ist nicht das Gleiche
wie wenn du dein ganzes Ich
um jemanden schlingst,

um ihn dazubehalten,
ihn davon abzuhalten,
dass er zerbricht.

Das Quietschen von Autoreifen
zieht meine Aufmerksamkeit an.
Vivian.

Der Wagen steht noch nicht ganz,
da springt sie schon raus und rennt,
stürzt neben Beck
und hält sie fest,
als ob man Beck
festhalten müsste.

Es ist zu viel.
Dieser Verlust.
Es spielt keine Rolle,
dass sie wusste, es würde passieren.
Trauer lässt keinen Platz
für Vernunft.

Und für Beck bedeutet es noch etwas anderes,
etwas Altes,
das tief in ihr vergraben ist
unter den Knochen:
Einsamkeit.

Beck hat uns
auf Tausende Arten erklärt,
was sie am meisten fürchtete,
ohne es je aussprechen

zu müssen.
Sie wollte nicht
allein sein.

An Beck, die immer
rau und scharfkantig war,
kam man schwer ran,
aber man kam von ihr
nie mehr los.

Ich wusste das
vom ersten Moment an
und tief im Innern
wusste es Vivian auch.
Wusste, dass sie
einander brauchten.

Wir müssen nicht fahren,
sagt Vivian.
Aber Beck wischt sich mit dem Ärmel
die Tränen aus dem Gesicht.
Natürlich fahren wir, *sagt sie.*
Wir müssen das Bild sprayen.
Ich will, dass Bell es sieht.

Als die Sonne hinter ihnen
am Horizont untergeht,
erkenne ich nur noch ihre dunklen
Silhouetten vor dem
infernalischen Himmel.

Wir sollten das nicht tun müssen –
uns selbst in Brand setzen,
um die Dinge, so wie sie sind, zu verändern.

Aber ich fürchte, um in dieser Welt
Mädchen zu sein, muss man
vielleicht manchmal brennen.

Manchmal geht es nur so,
dass wir den Weg erhellen.

BECK

Trauer war Beck nicht fremd.

Sie kannte Trauer wie den Nachthimmel über dem Farmhaus im Sommer. Wie die grünen Stellen in Cassies blauen Augen. Wie die Windungen in Vivians Zöpfen oder die feurige Glut in ihren Augen, wenn Vivian wütend war.

Wie die Atemzüge von ihrem Grandpa, auf die sie horchte, wenn sie nachts an seiner Zimmertür stand.

Beck wusste, dass Trauer sie ruinieren konnte.

Also unterdrückte sie sie, verbarg sie tief, tief im Innern. Sie ließ sie unter den Knochen zur Ruhe kommen und forderte sie auf dort zu bleiben, bis sie in der Lage wär, sich der Trauer zu stellen.

Heute Nacht hatte sie was zu erledigen.

Vivian hatte Beck angebettelt das Wandbild sein zu lassen. Sie wusste, dass Beck litt. Und Beck wusste, dass Vivian versuchte zu helfen. Doch der einzige Weg, den Schmerz durchzustehen, hieß weitermachen – zumindest für Beck.

Er wartete nicht im Bus.

Er hatte keine unerledigten Dinge.

Er war ganz einfach im einen Moment da und im nächsten fort.

Wenn sie es zuließ, würde es sie erdrücken.

Beck checkte ihren Rucksack. Dieses Bild war ein Porträt, so wie das erste. Helena von Troja. Beck plante,

Cassie diesmal im Profil zu zeichnen, wie sie hinaus aufs Meer schaute, zu den Schiffen auf dem Wasser. Den Schiffen, die kamen, um sie zu retten, indem sie die Stadt in Schutt und Asche legten.

Sie befanden sich am gegenüberliegenden Ufer des Sees, wo das Wasser am tiefsten war, sich über den Rand des Damms ergoss und den dünnen Nebelschleier eines Wasserfalls bildete. Doch am Rand des Damms gab es eine neun Meter hohe Mauer, die das Ganze stützte.

Es war der perfekte Ort. Sie hatten ihn für das letzte Bild aufgehoben, weil er so gut sichtbar war. Sie brauchten das Sonnenblumenfest als Deckung, als Ablenkung. Und heute war es so weit.

Sie fuhren im Dunkeln und Beck ging in Gedanken noch einmal ihre Liste der Dinge durch, die sie für diese Nacht eingepackt hatte. Sie konnten die Mauer nicht hochklettern, deshalb würde Beck Kletterausrüstung verwenden, um sich abzuseilen. Es war gefährlicher als alles, was sie bisher gemacht hatten, aber Beck war das egal. Sie musste es durchziehen.

Sie hatte ihm nicht mal davon erzählt.

Das war es, was sie am meisten schmerzte. Sie hatte schon vor Tagen den Anruf bekommen – sie hatten ihr die Zusage für die Ausbildung in dem Tattoo-Studio gegeben. Sie würde in die Stadt ziehen, sich eine Wohnung suchen müssen. Und versuchen müssen tapfer zu sein, so wie Cassie tapfer war. Es war tapfer, etwas für *sich selbst* zu wollen. Es war tapfer, es wirklich durchzuziehen.

Beck wusste, ihr Grandpa wäre stolz gewesen auf ihre Entscheidung.

Und sie würde es ihm nun nie mehr erzählen können.

»Wir sollten warten«, sagte Vivian wieder. Sie ließ heute

Nacht nicht locker, obwohl sie schon oben auf der Betonmauer standen und das Seil ums Geländer wickelten. Ihre Hände waren beschäftigt, die Seilwinde in Gang zu setzen, mit der sie Beck hinablassen wollten. Sie waren eine Stunde weit gefahren, um in einem Outdoorladen alles zu besorgen, was sie brauchten, und hatten sich im Internet Anleitungen angeschaut, um zu verstehen, wie man die Sachen benutzte. »Das ist gefährlich.«

Der Damm war alt. Beck war nie aufgefallen, wie heruntergekommen das Ganze wirkte.

Aber das Geländer würde sie halten. Sie hatten es ausprobiert.

»Gefährlich war der Wasserturm auch«, konterte Beck. Sie ließ die Farbdosen in ihrem Rucksack, schnallte ihn aber auf den Bauch, um an sie dranzukommen, wenn sie in der Luft hing.

»Das war nicht annähernd so schlimm. Und ich dachte, du hast Höhenangst. Warum warten wir nicht, bis –«

»Wir können nicht warten, V!«, schrie Beck. Sie wollte nicht mit ihr streiten. Sie würde ihre Meinung nicht ändern. Sie mussten dieses Wandbild machen. Mr Bell würde durchkommen – mit allem durchkommen, wenn sie nicht an sämtlichen Fronten den Druck aufrechterhielten. Mit dem Podcast. Mit der Klage.

Und mit den Wandbildern.

»Wieso nicht?«, fragte Vivian.

»Weil sie uns verlässt«, antwortete Beck. »Deshalb ist sie stärker, Vivian. Stark genug den Bus zu verlassen. Sie wird in die Sonnenblumenfelder laufen und diesmal wird sie wirklich verschwinden. Wirklich tot sein.«

»Das weißt du nicht«, sagte Vivian. Beck sah zu ihr hoch.

»Ich weiß es wohl. Und du weißt es auch. Das hier ist vielleicht das Letzte. Und es ist die einzige Chance, das Bild zu sprayen. Wenn alle Leute plus *Sheriff* auf dem Sonnenblumenfest sind.«

Sie sah, wie Vivian mit der Wahrheit kämpfte.

Sah den Moment, als Vivian es akzeptierte.

»Okay. Dann schnell. Und bitte brich dir nicht das Scheißgenick.«

Sie sicherten die Seile am Geländer und Vivian half Beck auf die andere Seite zu klettern. Hinter Beck gab es jetzt nichts mehr außer den Sturz ins Wasser. Und sie merkte, wie sich Panik in ihr breitmachte.

Beck unterdrückte auch die.

Später.

Trauer später.

Panik später.

Und es gab noch etwas, das Beck antrieb. Sie jenseits der Trauer direkt in diese Leichtsinnigkeit hineintrieb. Die Blutergüsse an Cassies Hals waren wieder sichtbar. Je sichtbarer Cassie für Vivian und Beck wurde, desto offensichtlicher wurde ihr Schmerz. Cassie fror. Das hatte sie ihnen draußen am Rand des Sonnenblumenfeldes erzählt. Beck fixierte sich darauf.

Cassie fror und es war ihre Aufgabe, Cassie zu helfen.

Aber es war mehr als das. Es war das, was Beck die ganze Zeit im Innern zurückgehalten hatte. Aus Angst, wenn sie es ausspräche, würde es irgendwie noch mehr wehtun, als wenn sie das Geheimnis für sich behielt.

Das letzte Mal, als Beck die Dinge in ihre Hand genommen hatte, war Cassie umgebracht worden.

Beck erinnerte sich daran, wie sie Cassie in jener Nacht, als Nico auf sie losging, am Krankenhaus abgesetzt hatte.

Und sie zu Vivian gesagt hatte, sie solle im Warteraum bleiben, bis Cassie zurückkam. Und anrufen, wenn Beck sie abholen solle. Und dann war sie zu Nico Bell nach Hause gefahren. Sie parkte Betty fast direkt vor dem Tor, stieg auf die Gartenmauer und warf ihren Baseballschläger voraus.

Sie fand Nicos Wagen. Er war neu, er glänzte und sah abgefahren teuer aus. Sie vergewisserte sich, dass es auch wirklich Nicos war.

Beck demolierte als Erstes die Windschutzscheibe, danach schlug sie die Seitenfenster ein. Sie zerdellte die Kotflügel und zog ihren Schlüssel aus der Tasche, um mit ihm in alle vier Reifen zu stechen. Als sie beim letzten Reifen war, kam er schreiend aus dem Haus gerannt. Sein ganzes Gesicht war rot. Beck lief weg, warf sich gegen das Tor und es öffnete sich weit genug, dass sie gerade in dem Moment rauskam, als Nico sie einholte. Im Laufen fragte sie sich, ob das die Wut war, die Cassie bei ihm erlebt hatte. Wenn ja, dann reichte der Wagen nicht aus. Sie hätte den Schläger gegen Nico selbst richten sollen.

Doch es waren seine Worte, als sie eilig zu Betty zurückrannte – seine Worte, die er Beck hinterherschrie und die sie jetzt heimsuchten.

Sogar noch mehr heimsuchten als Cassies Geist.

Ich hab dich gewarnt, halt dich raus. Oder ich bring dich um.

Und mit diesen Worten hatte Beck die letzten fünf Monate gelebt. Vielleicht hätte er es ja auch so getan. Aber Beck würde sich immer fragen, ob sie der Kipppunkt gewesen war. Sich fragen, ob er es an jenem Tag in der Schule in Wahrheit auf sie abgesehen hatte.

Und es war auch der Grund, wieso Beck nicht aufhören

würde – aufhören konnte –, bis sie das Wandbild fertig hatte.

Beck schritt über die Mauer hinweg und begann sich abzuseilen. Sie hangelte sich die Mauer nach unten entlang, rückwärts, einen Fuß unter den andern, etwa drei Meter weit, dann blieb sie stehen. Sie sah das Bild in ihrem Kopf, jeden einzelnen Strich. Dann ließ sie ihren Instinkt die Hand führen und die ersten fetten Bögen auf die Wand sprühen. Sie zeichnete Cassies Haare in Locken, die oben am Kopf zusammengebunden waren. Sprayte ihre Augen im sattesten Blau, das Beck finden konnte. Und malte ihren Blick auf den Horizont gerichtet, in Erwartung der Schiffe.

Damit kannte sich Beck aus. Mit der Erinnerung an Cassies Gesicht. An ihr Lächeln. Sie malte eine Blume in Cassies Haare. Schließlich fehlten nur noch die Worte. Die, die sie in jedes Wandbild gesprayt hatte. *Collige Virgo Rosas.*

Beck griff nach der letzten Dose mit schwarzer Farbe. Sie musste dafür eines der Seile bewegen und als sie es tat, spürte sie plötzlich einen Ruck und sackte ein paar Zentimeter nach unten.

Sie schaute hoch in die Dunkelheit, ihre Augen versuchten sich anzupassen, um das Geländer zu finden.

Es neigte sich.

Vivian sah es im selben Moment und streckte die Hand nach dem Seil aus, das Beck an der Mauer hielt.

Doch das Geländer gab nach, bevor sie es erreichte.

Beck stürzte auf das Wasser unter ihr zu.

Das Wasser war nicht tief.

Beck wusste das, weil sie mit dem Kopf heftig gegen das untere Ende des Damms stieß, als sie eintauchte.

Und dann war es, als ob die Zeit anhielte, und sie bewegte sich in Zeitlupe. Sie wusste, das war nicht gut. Wusste, sie würde ertrinken. Aber es schien bereits so weit weg von ihr, so als ob es mit jemand anderem geschähe.

Als wenn sie einen Film sähe, schwarz-weiß und mit Knistern.

Und dann wurde plötzlich alles hell.

Helle Lichter durchstachen das Wasser und sie erkannte die langen Strähnen ihrer roten Haare, wie sie sich rings um sie herum auffächerten. Ihre Hand reckte sich nach der Oberfläche, doch es hätten auch dreißig Meter sein können statt dem einen, der es in Wirklichkeit war.

Ihr wurde schwarz vor Augen – von Schmerz getrübt. Getrübt von dem lehmigen Rot, das das Wasser um sie herum erfüllte.

Nicht ihre Haare zumindest.

Blut.

Aber die Lichter waren weiter auf sie gerichtet – von irgendwo über ihr.

Sie holten sie.

Nicht Vivian oder Cass, sondern jemand, auf den sie ihr ganzes Leben gewartet hatte.

Die hellen Lichter konnten nur Außerirdische sein. Etwas, nach dem sie wieder und wieder am Nachthimmel gesucht hatte. Etwas, von dem sie sich gewünscht hatte, dass es sie stahl und in eine andere Galaxie mitnahm, in ein anderes Leben.

Und jetzt waren sie da.

Holten sie.

Endlich.

VIVIAN

Vivian rannte an der Seite des Damms entlang und schrie nach Beck.

»Cass, Scheinwerfer! Ich brauch Licht.«

Die Scheinwerfer des Busses gingen an und erleuchteten die Wasseroberfläche.

Sie konnte Becks Silhouette im Wasser erkennen.

Vivian sprang rein. Sie schwamm zu der Stelle, wo sie Beck eben gesehen hatte, tauchte und breitete ihre Arme aus.

Da. Vivians Finger verwirrten sich in Becks Haaren. Sie tauchte tiefer, legte die Arme um Becks Körper und zerrte sie an die Oberfläche zurück, an den Rand des Damms und hinaus aus dem Wasser. Beck atmete nicht. Vivian begann mit der Wiederbelebung. Sie hatte das schon mal gemacht, schon hundertmal, in der Ausbildung und in Notfällen. Sie hatte schon Leute wiederbelebt, dann würde sie es doch auch dieses Mal schaffen.

Sie zählte. Atmete für Beck. Machte eine Herzdruckmassage. Fing wieder von vorn an.

Es konnte nicht länger als eine Minute gedauert haben, auch wenn es Vivian wie eine Ewigkeit vorkam.

Beck spuckte, keuchte plötzlich. Hustete das Wasser hoch.

Während sich Vivian zurücksetzte, um ihr Platz zu geben, zog sie die eigenen Haare aus dem Weg und sah plötzlich, dass ihre Hände blutig waren.

Becks Kopf blutete. Blutete stark.

Vivian brauchte Hilfe.

Es gelang ihr Beck aufzurichten. Sie konnte ihr Gewicht nicht ganz halten, aber Beck lehnte sich an sie und legte den Arm um ihre Schulter. So taumelten sie hoch zum Bus.

Vivian schob Beck auf die Mittelbank, legte sie hin, schnappte sich dann ein Sweatshirt, das auf der Bank lag, und drückte es auf die Wunde am Kopf.

Sie betrachtete das viele Blut von Beck an ihren Händen und auf einmal war sie wieder zurück in der Klasse. Drei Schüsse, dann war es vorbei. Cassie war tot, ehe Vivian überhaupt merkte, was passiert war. Vivians Hände waren voll Blut.

Vivian hatte erst bemerkt, dass auch sie von einer Kugel getroffen war, als jemand versuchte einen Druckverband an ihr Bein zu legen. Wer immer es war, er machte es falsch. Er legte den Verband nicht straff genug an.

Vivian hatte Schritt für Schritt erklärt, was zu tun war, und starrte dabei die ganze Zeit auf ihre Hände. Es war nicht ihr Blut. Es war Cassies. Vivian erinnerte sich, wie sie im Krankenhaus aufgewacht war. Da war Cassie schon tot. Es war, als ob die Welt aufgehört hätte zu sein. Was Vivian anging, hörte die Welt an jenem Tag wirklich auf. Und dann taten alle so, als wenn es normal wäre, jemanden, den du liebst, in der Schule durch eine Kugel zu verlieren. Und Vivian war von dem Moment an voller Wut gewesen. Voller Wut, dass dies eine Form der Welt war, die sie zu akzeptieren hatte, mit der sie zurechtkommen musste. In der sie sich nicht auffressen lassen durfte von ihrem Verlust. Nicht glauben durfte, dass das Leben es wert sei zu kämpfen – gegen Bell, gegen die Fabrik, gegen jeden Menschen, der nicht wusste, wer Cassie war. Deshalb kämpfte sie.

Aber die Nacht heute führte sie zu dem Tag zurück, nur dass es diesmal nicht Cassies Blut an ihren Händen war, sondern Becks.

Und Vivian bekam keine Luft.

Nicht auch noch sie, war ihr einziger Gedanke. *Nicht auch noch Beck*.

Vivian war wie erstarrt, doch sie spürte das Brummen, als der Motor ansprang. Sie schaute hoch und sah Cassie auf dem Fahrersitz.

Das ließ sie wieder klar denken.

»Cassie«, fing Vivian an. »Kannst du –«

»Glaub ja«, antwortete Cassie. »Ich spür die Pedale. Ich spür das Lenkrad. Wo fahren wir hin?«

»Wir brauchen Matteo. Er hat heute Nacht frei. Fahr zu ihm nach Hause. Ich ruf ihn unterwegs an.«

Cassie legte den Gang ein und der Bus bewegte sich. Vivian blieb, wo sie war, ihre Brust wie eingeschnürt vor Angst und Schock, die Hände glitschig von dem Blut aus der Wunde an Becks Kopf, das sie zu stoppen versuchte. Beck lag still da, war aber bei Bewusstsein. Sie drückte Vivians Hand, um sie zu beruhigen.

»Beeil dich«, sagte Vivian in einem bittenden Flüsterton.

Der VW-Bus drängte vorwärts und Cassies Hände glitten voll durch das Lenkrad. Der Wagen fing an zu schlingern und fuhr auf den Graben am Straßenrand zu, aber Cassie fluchte leise und legte die Hände wieder an ihren Platz.

Sie packte das Lenkrad und korrigierte die Richtung.

Und dann fuhren sie.

Cassie fuhr sie durch Bell zurück.

Es war spät und es war niemand sonst auf den Straßen.

Cassie beschleunigte in der nächsten Kurve. Sie waren in der Nähe von Vivians Zuhause. Sie bogen in ihre Straße ein.

Aber dann glitten Cassies Hände erneut durch das Lenkrad und Betty schoss schnell und hart um die Ecke, brach nach rechts aus. Die Baumreihe kam zu nah.

Und wieder war es, als ob die Welt enden würde.

Vivian saß in Matteos Küche und hielt Becks Kopf in ihrem Schoß.

Matteo hatte die Reifen quietschen hören, als Cassie voll in die Eisen trat, um noch rechtzeitig zum Stehen zu kommen. Aber sie schaffte es nicht und Betty war von einem Baum abgeprallt, ehe sie am Straßenrand liegen blieb.

Matteo war wegen des Lärms aus dem Haus gekommen und wurde sofort aktiv. Er hatte Vivian mit Beck in den Armen ins Haus geführt.

Sie hatten am elterlichen Küchentisch agiert und den Erste-Hilfe-Kasten geplündert, um Becks Kopfwunde zu nähen. Vivian hielt sie noch immer, als Matteo längst fertig war und bereits alles sauber machte.

Beck rührte sich, ihre Wimpern zuckten. »Ich bin da«, flüsterte Vivian. »Alles wird gut. Du hast mich echt zu Tode erschreckt, Tribeca Jones.«

Beck schlug die Augen auf und zog die Brauen zusammen, als sie Vivian ansah.

»Nenn mich nicht so«, sagte sie und blickte sich in der Küche um. »Also doch keine Aliens?«

»Was?«, fragte Vivian.

»Sie muss vielleicht ins Krankenhaus, Vivian«, sagte Matteo von der Tür aus.

Vivian sah zu ihm hoch. Er lehnte am Türrahmen, beharrte nicht auf seiner Ansicht, sondern sagte den Satz bloß als Vorschlag.

»War'n Witz«, murmelte Beck. »Aliens. Ein Witz.«

Beck versuchte sich aufzusetzen und Vivian half ihr.

»Was ist passiert?«, fragte sie.

»Cassie hat deinen Bus gecrasht«, antwortete Vivian. »Steht draußen, ein bisschen verbeult.«

»Und Cass?«

»Noch da«, antwortete Vivian. »Aber ich glaub, nicht mehr lange.«

»Ich weiß«, sagte Beck. »Wir müssen zu ihr.«

»Ist dein Kopf okay?« Matteo trat an sie ran und untersuchte die Stiche.

»Tut kaum mehr weh«, antwortete Beck.

»Lügnerin.« Matteo lachte. »Lasst uns mal nachschauen, wie groß der Schaden an deinem schrecklichen Bus ist. Und überlegen, ob wir dich von hier wegkriegen, bevor jemand die Cops ruft und uns das Ganze um die Ohren fliegt.«

Vivian half Beck beim Aufstehen und dann schlangen Matteo und sie ihren Arm um Beck, aber die schüttelte den Kopf und stieß sie weg.

Sie bestand darauf, alleine zu gehen.

»Ich hab euch ja gesagt, wir hätten einfach was abfackeln sollen.«

Vivian lachte gutmütig. Beck hatte das wirklich gesagt, ganz am Anfang.

»Tja, wo du recht hast, hast du recht«, meinte Vivian. »Das wär einfacher gewesen.«

Es reichte. Diese Nacht reichte, um Vivian klarzumachen, dass sie am Limit dessen waren, was sie selbst unternehmen konnten, um gegen Bell anzugehen. Und Cassie wusste das auch. Sie hatte es ihnen zu sagen versucht, aber Vivian war die gewesen, die nichts davon hatte wissen wollen. Sie war egoistisch gewesen an Cassie festzuhalten, weil sie sich nicht von ihr verabschieden konnte.

Doch es war Zeit.

Zeit, Cassie loszulassen, bevor noch jemand anderes verletzt wurde.

CASSIE

Becks Hände sind
voller Farbe.
Vivians Hände sind
voller Blut.

Vivian humpelt
und Beck stützt sich
auf Matteo.

Genau dort,
wo früher mein
Herz saß,
spüre ich plötzlich
ein kehliges
Rums
in der Brust,
als ich Beck bei
Bewusstsein sehe,
am Leben.

Es gab einen Moment,
nachdem sie gestürzt war
und unten am Dammgrund lag,
unter Wasser.
Den Moment, als Vivian
sie rauszog

und hochschaute
zu Betty und mir.
Und als sich
unsere Blicke trafen,
wusste ich ohne jeden Zweifel,
dass wir dasselbe dachten:
Nicht auch noch Beck.

Wir werden das Wandbild
der Helena nicht beenden,
aber ich denke, das ist okay.

Ich denke, wir können sagen,
dass wir unser Bestes gegeben haben.

Ich weiß, dass ich sagen kann,
meine Freundinnen haben für mich gekämpft.
Matteo macht sich draußen bemerkbar,
flüstert ihnen etwas zu
und Vivian schaut hoch,
überrascht,
doch sie nickt.

Matteo tritt allein
an den Bus ran
und setzt sich
auf den Beifahrersitz.

Als er spricht, dreht er
sich nicht zu mir um.

Hey, Cass, *sagt er.*
Mein Name bleibt ihm im Hals stecken,
er muss sich räuspern.

V und Beck, also, die beiden
sagen, dass du hier bist,
irgendwie gefangen?

Ich weiß nicht.
Ich weiß nicht,
was ich noch
glaube, *sagt er.*

Ich wechsle auf die mittlere Bank,
damit ich direkt hinter ihm schwebe.
Becks Handy liegt auf dem Boden
und ich greife nach unten,
um eine Taste zu drücken,
damit das Licht angeht.

Becks erstes Wandbild
erscheint auf dem Display.
Cassandra, die die Zukunft sah.
Das Wandbild führt mich immer
wieder zu demselben Gedanken.
Wenn doch nur das Vorhersehen
ausgereicht hätte, es zu verhindern.

Oh, hallo da unten, *sagt Matteo*
und schaut auf das Handy hinab.
Warst du das?
Er lächelt, als ich

noch einmal
den Button drücke.

Cass, ich muss dir was sagen,
erklärt er. Ich vermisse dich –
es war noch ganz neu,
ich kann nicht so tun,
als hätte ich Anspruch auf dich.

Ich lächle über die Worte,
die so leicht aus ihm rauskommen.
Wenn doch nur alle Jungs
ein bisschen mehr so wie Matteo
und weniger so wie Nico wären.

Aber ich weiß,
welchen Einfluss du hattest.
Und ich werde immer denken,
wenn doch nur …
Wenn ich doch nur
als Erster bei ihr gewesen wäre.

Ich denke, dass du hier bist,
falls du tatsächlich hier bist,
sagt Matteo und bewegt sich
auf seinem Sitz,
sieht mitten durch mich hindurch,
grenzt so sehr an ein Wunder,
wie ich es nicht noch einmal erleben werde.

Ihr drei –
also, ich glaube, ihr seid echt verrückt,

findest du nicht?
Doch zugleich seid ihr meine Heldinnen.
Es tut sich was,
die Wandbilder, die Stadt,
alle reden über euch,
über Waffen, darüber,
wie es so weit kommen konnte.

Aber Beck hätte heute sterben können.
Und die Polizei –
irgendwann wird sie die beiden finden,
bestimmt.
Wenn sich die zwei nicht verletzen,
dann werden sie geschnappt.

Matteo öffnet die Tür,
die laut protestiert,
weil sie gerade gegen
einen Baum gekracht ist.
Dann schiebt er noch mal
seinen Kopf durchs Fenster,
mit einem albernen Lächeln im Gesicht.

Ich liebe dich, Cass.
Ich hätte dir das sagen sollen,
als du noch hier warst,
aber ich bin froh,
dass ich es jetzt sagen kann.

Tschüs, Matteo, *sage ich.*
Aber natürlich
hört er mich nicht.

Matteo musste
mir nicht sagen,
was ich schon selbst
rausgefunden hatte,
als ich am Rand des
Sonnenblumenfelds stand
und das Ziehen und Zerren spürte.
Es ruft mich.

Und dann heute Nacht zuzusehen,
nicht verhindern zu können,
wie Beck nach unten sackte und fiel.

Matteo sprach nur laut aus,
was ich schon
eine Weile wusste.
Doch manchmal musst du
es einfach hören.

Solange ich hier bin,
werden die zwei niemals aufhören.

WE CAN BE HEROES
STAFFEL 2: FOLGE 20
»DER CEO«

MERIT: Ich freue mich, dass Sie Zeit für *We Can Be Heroes* gefunden haben, Mr Bell. Ich habe mir schon lange gewünscht Sie in der Sendung zu Wort kommen zu lassen.

BELL: Und ich hoffe, das markiert den Abschluss Ihrer Reihe über Bell, Ms Logan. Ich bin sicher, dass Sie sich bald auf wichtigere Dinge stürzen werden als unsere kleine Stadt.

MERIT: Bei der Resonanz, die die Sendung findet, gibt es im Moment nichts Wichtigeres als diese Stadt. Aber lassen Sie uns zunächst noch mal ein wenig zurückgehen. Erzählen Sie mir von Cassie.

BELL: Sie war ein Mädchen voller Probleme. Eine Schauspielerin. Theatralisch. Sie hat ständig mit Nico gestritten. Wir – meine Frau und ich – haben versucht Nico zu überzeugen, dass er die Beziehung abbricht, aber die beiden kamen nicht voneinander los. Es war eine sehr aufgeladene Beziehung.

MERIT: Aufgeladen im Sinne von gewalttätig?

BELL: Aufgeladen im Sinne von instabil.

MERIT: Warum dann die Ablehnung eines Kontaktverbots? Das hätte die zwei doch zumindest auf Distanz gehalten.

BELL: Mit meinem Sohn als Schuldigem. Das war nicht akzeptabel.

MERIT: War das der Grund, warum Sie ins Krankenhaus

gefahren sind? Um Cassie davon abzuhalten, Anzeige zu erstatten? Um Nico zu schützen?

BELL: Was?

MERIT: Sie sind am 13. März mit Sheriff Thomas ins Krankenhaus gefahren.

[Langes Schweigen]

MERIT: Mr Bell?

BELL: ... Dafür haben Sie keinen Beweis.

MERIT: Das wissen Sie nicht.

BELL: Ist auch egal. Sie hat ihren Antrag gestellt. Sie hat die Verfügung bekommen. Am Ende spielte das alles keine Rolle.

MERIT: Das heißt, Sie glauben, dass Bell Firearms, die Art, wie die Firma Werbung macht, die Kultur, in der Nico aufwuchs, Ihre Abneigung gegenüber Cassie Queen – dass all dies Nico nicht beeinflusst hat?

BELL: Ich denke, nichts von dem, was wir getan haben, hätte den Ausgang verhindern können. Es ist, wie es ist.

MERIT: Mr Bell, waren Sie überzeugt, dass Ihre Firma jede Gegenreaktion auf die Schüsse im Griff haben würde?

BELL: Die Firma hat in ihrer zweihundertjährigen Geschichte schon so manche Nöte überstanden.

MERIT: Aber das hier war ja keine wirkliche Not, oder? Nicht politisch gesehen. Sind Sie sich bewusst, dass nach Amokläufen in einer Schule die Waffenverkäufe jedes Mal deutlich ansteigen?

BELL: Ja, dessen bin ich mir bewusst.

MERIT: Kann man also sagen, dass Sie in gewisser Weise von solchen Amokläufen unmittelbar profitieren?

BELL: Also hören Sie, die Leute haben Angst. Sie greifen nach –

MERIT: Sicherheit. Sie versprechen ihnen *Sicherheit*, Mr Bell.

BELL: Das stimmt.

MERIT: Haben Sie Cassie auch diese Sicherheit versprochen?

BELL: Cassie Queen war nicht meine Verantwortung.

MERIT: Das klingt kalt, Mr Bell.

BELL: Moment mal, verdammt. Ich habe auch meinen Sohn verloren.

MERIT: Und dieser Verlust tut mir aufrichtig leid, doch Ihr Sohn war ein Killer. Und Cassie hatte Angst vor ihm. Das wussten Sie, stimmt's? Als Sie an dem Tag im Krankenhaus waren, da haben Sie gesehen, wie sehr er sie verletzt hatte.

BELL: Niemand hätte ahnen können, was als Nächstes folgen würde.

MERIT: Das stimmt nicht, Mr Bell. Alle Warnzeichen waren vorhanden. Und dazu der Zugang zu Waffen. Aber Sie und der Sheriff glauben immer noch, dass es gerechtfertigt war, Cassie zu ignorieren, obwohl sie, wie sich herausgestellt hat, völlig zu Recht Angst hatte … weil Ihrer Erfahrung nach was? Cassie log? Cassie überreagierte?

BELL: Nicht log. Übertrieb. Die Wahrheit überdramatisierte. Ich habe das in meinem Leben immer wieder erlebt.

MERIT: Sie meinen nicht bloß Cassie, oder?

BELL: Natürlich. Ms Logan, warum scheren *Sie* sich eigentlich so sehr um die Sache?

MERIT: Ich bin überrascht, Steven. Ich hatte gedacht, wenn Sie mit mir reden, würden Sie zumindest meine Stimme wiedererkennen.

[Lange Pause]

BELL: Wer verdammt – Logan. *Hannah* Logan?

MERIT: Merit ist mein zweiter Vorname. Ich benutze ihn, seit mir Ihr PR-Team bis aufs College gefolgt ist. Ich musste die Uni wechseln. Zweimal.

BELL: ... Um Gottes willen. Die ganze Sache war eine Falle.

MERIT: Das klingt ein bisschen ... wie hatten Sie Cassie noch genannt? *Theatralisch.* Steven, ich weiß, Sie haben fünfzig Jahre Erfahrung, die Ihnen sagt, dass sich alles um Sie dreht, aber das ist nicht wahr. Ich bin wegen Cassie hier. Doch ich konnte mir die Gelegenheit nicht entgehen lassen, Ihnen ins Gesicht zu sagen, dass Sie Abschaum sind.

BELL: Sie haben geglaubt, dass Sie mich lieben.

MERIT: Und Sie haben die Situation ausgenutzt. Ich war damals siebzehn.

BELL: Das spielt keine Rolle. Sie können mir nichts anhängen.

MERIT: Ich muss nur meine Geschichte erzählen. Und Sie haben es zugelassen, indem Sie in das Gespräch heute einwilligten. Der einzige Name, den ich hier in der Sendung nie erwähnt habe, ist Ihrer. Aber das wird sich ändern, nächste Woche, wenn Sie nicht –

BELL: Wenn ich nicht was?

MERIT: Wenn Sie nicht aufhören den Queens und Vivian Hughes zu drohen. Ziehen Sie die Belohnung für die Wandbild-Sprayer zurück. Wenn Sie ihnen weiter nachstellen, mache ich meine Geschichte öffentlich. Dann veröffentliche ich die zweite Hälfte dieses Interviews. Als ich Teenager war, hab ich aus Angst geschwiegen. Und ich weiß, dass Sie das Gleiche bei Cassie versucht haben. Ihr Angst zu machen, damit sie schweigt. Ich will verflucht sein, wenn man Ihnen diesmal *wieder* keine Verantwortung nachweist.

BELL: Niemand wird Ihnen glauben.

MERIT: Vor acht Jahren stimmte das. Niemand hat mir geglaubt. Aber mit all dem, was wir über Cassie wissen – der Art, wie Sie Nicos Gewalttätigkeit ignoriert haben, wie Sie versucht haben Cassie zum Schweigen zu bringen … ich bin sicher, diesmal würde man mir glauben. Wollen Sie es wirklich drauf ankommen lassen?

BELL: Ich ziehe die Belohnung zurück. Und Sie bewahren Ihr Stillschweigen.

MERIT: Fürs Erste. Es spielt sowieso bald keine Rolle mehr.

BELL: Wieso das?

MERIT: Weil Sie die Anklage zerstören wird, auch ohne mein Zutun.

[Verbindung bricht ab]

WANDBILD 7

TITEL: DIE MOIREN

ORT: DIE SCHEUNE

CASSIE

Vivian und Beck
kommen zu mir zurück,
ein bisschen verwundet
und ein bisschen gebrochen,
und ich denke ungewollt:
Jetzt sind wir
zu dritt.

Plötzlich
will ich nur noch
eines
auf dieser
großen,
erschreckenden
Welt:
meine Freundinnen schützen.

Beck kriegt Betty in Gang.
Sie ist verletzt,
aber sie läuft.
Genau wie Beck selbst,
die auf den Beifahrersitz steigt
und ausnahmsweise V fahren lässt.

Vivian, *sage ich*
und suche ihre Aufmerksamkeit,

während sie fährt.
Vivian, es ist Zeit.
Ich muss gehen.

Nein, *sagt Vivian.*

Sie antwortet zu schnell,
als ob sie wüsste,
was ich sagen will,
und fixiert den Blick
auf die Straße.

Beck dreht sich zu mir um.
Jetzt?, *fragt sie.*
Ich hab doch gerade erst ihn verloren.

Aber du hast auch jemanden gefunden,
erkläre ich ihr und mein Blick
wandert wieder zu Vivian.

Sie schweigen beide
so lange, dass ich schon denke,
sie ignorieren mich einfach.

Wohin?, *fragt Vivian.*

Zu den Sonnenblumen,
antwortet Beck für mich.
Antwortet, als wenn sie es auch
schon seit einer Weile wüsste.
Als ob sie beobachtet hätte,
wie ich die Blumen betrachte,

als ob sie wüsste,
dass ich auf etwas
in meinem Innern horche.

Wir fahren durch die Stadt
und die Reste
des Sonnenblumenfests
sind noch sichtbar.
Sonnenblumen
über Sonnenblumen
über Sonnenblumen.
An Schildern
und Laternenpfählen,
auf sämtliche
Schaufensterscheiben gemalt,
bis auf die eine, die noch
mit Brettern vernagelt ist,
weil jemand einen Stein
reingeworfen hat.

Der August ist die einzige Zeit,
in der Bell über Blumen spricht
statt über Waffen,
und ich denke, das ist die
perfekte Zeit für meinen Abschied.

Wir parken am Rand
des Grundstücks
von Becks Grandpa.
Das jetzt Becks Grundstück ist,
nehme ich an.
Direkt vor dem Feld.

Es ist zu spät und zu früh –
diese Geisterstunde im
Dunkeln, während man
auf die Sonne wartet.

Deshalb warten wir gemeinsam.
Vivian und Beck klettern nach hinten
auf die Rückbank und setzen sich
links und rechts neben mich.

Was glaubst du, warum das passiert ist?,
fragt Vivian, als wenn ihr erst gerade
einfiele mich das zu fragen.

Ich denke, wir haben uns geirrt,
erkläre ich ihnen.
Das mit den unerledigten Dingen?
Das war nicht Rache.

Und Scheiße, was dann?
fragt Vivian.

Du warst der Grund.
Du musstest den Weg zurück
zu dem hier finden.
Ich deute auf uns drei.
Vielleicht brauchtet ihr zwei
mich wirklich
noch etwas länger,
antworte ich.

Und jetzt nicht mehr?,
fragt Beck.

Nein, *sage ich.*
Ihr habt jetzt euch.

Der Himmel schlüpft durch
all seine Farben, von Pechschwarz
mit Massen von Sternen
über ein Gräulichblau bis zu
dem ersten rosa Lichtstreifen.

Es könnte jeder beliebige Morgen sein,
den wir drei zusammen
in Betty verbringen.
Alles wie immer.

Und als sie ihre Arme
um mich schlingen,
spüre ich sie.

Das Gewicht ihrer Körper,
das sich an meinen drückt,
als ob ich für einen kurzen Moment
noch leibhaftig da bin.

Hey, Beck, *sage ich.*

Was?, *flüstert sie*
und lehnt ihren Kopf
an meine Schulter.
Wie immer.

Ich hab meine Meinung geändert,
flüstere ich zurück.
Ich glaube, der wirkliche Grund,
warum ich zurückgekommen bin, war,
deinen beschissenen VW-Bus
zu schrotten.

Beck lacht und ihr Lachen
bringt mich zum Lachen
und das überträgt sich auf Vivian,
wie immer.

Und selbst jetzt,
nach all den Verletzungen,
oder vielleicht gerade trotz ihnen,
sind wir drei
genau so, wie wir begonnen haben:
aus Lachen und Licht
geschaffen
mit unseren Sommern
endlos vor uns.

Und wir haben
alle Rosen gepflückt,
die unsere Arme tragen können.

BECK

Das letzte Wandbild war nur einzig und allein für sie. Sie alle drei.

Es zeigte die drei Moiren, die drei griechischen Schicksalsgöttinnen. Beck sprayte das Bild in der letzten Augustwoche an die Seitenwand der Scheune. Diese letzten Tage, die sie mit Sprayen verbrachte, waren lang und einsam. Aber sie würde nicht lange einsam bleiben.

Beck hatte dieses letzte Bild für Vivian gestaltet. Es zeigte sie drei zusammen. Und zwischen ihnen hindurch, sie zusammenbindend, verliefen die Fäden des Schicksals, eingewoben in die Darstellung von Beck selbst. Ihr gefiel die Idee – die Idee unsichtbarer Fäden, die sie an jene Menschen band, die sie am meisten liebte. Die sie zusammenhielten, auch wenn sie so weit entfernt waren. Auch wenn sie aus dem Blickfeld verschwunden waren.

Sie sprayte Vivians Zöpfe und die ständig gerunzelte Stirn. Sie zeichnete Vivian, wie sie sich über die Darstellung neigte und Becks Arbeit beäugte. Wie immer kritisch. Wie immer hochkonzentriert. Beck sprayte sich selbst mit massenhaft roten Locken ringsum und wie sie die Strähnen um ihre Finger wand, leicht verknotet. Bemüht mitzukommen. Es zumindest *versuchend.*

Und dann Cassie, mit dem Faden in Händen und Blumen dort, wo eigentlich ihre Haare sein müssten. Alle Arten von Blumen, die Beck einfielen, zusammengebunden wie eine riesige Krone um ihren Kopf und die Schultern.

Und ein letzter Faden, der sich zwischen den dreien hindurchschlängelte. Sie aneinanderband.

Beck hörte Reifen auf der Zufahrt und stieg von der Leiter, als der Wagen ins Blickfeld kam. Merit Logan stieg aus. Sie trat neben Beck und schirmte die Augen ab, um das grelle Licht der Sonne abzuhalten, damit sie das Wandbild genau betrachten konnte.

»Das ist das Beste bisher«, erklärte sie Beck.

Sie gingen zusammen in die Werkstatt und Merit zog ihr Handy aus der Tasche. Sie hatte versprochen, dass Beck das Interview mit Steven Bell anhören durfte, bevor es ausgestrahlt wurde.

»Werden Sie das Ganze posten?«, fragte Beck, als sie zu Ende gehört hatte.

»Bin mir noch unschlüssig«, antwortete Merit. »Vielleicht lass ich ihn mit der Androhung hocken. Und warte, was er als Nächstes tut. Ich will nur den Queens und Vivian ein bisschen Schutz geben, während die Klage in Gang kommt.«

»Die Belohnung hat er zurückgezogen«, sagte Beck.

»Hab ich gehört.« Merit lächelte. »Schon mal etwas. Aber ich verlasse Bell, um die letzten Folgen der Staffel zu beenden. Noch ein paar Interviews, doch dafür muss ich nicht länger hier sein. Und ich denke, du auch nicht? Vivian hat mir erzählt, dass du gehst.« Merit steckte ihr Handy ein. Sie deutete auf die Werkstatt. »Und was wird damit?«

Beck zuckte mit den Schultern. »Sie wird bleiben. Gehört mir. Wenn ich sie brauche. Aber im Moment brauch ich was anderes.«

»Und das heißt weiterziehen«, sagte Merit.

»Ich geh in die Großstadt. Ich hab einen Job. Mach

dort erst mal eine Ausbildung in einem Tattoo-Laden. Mal sehen, wohin das führt.«

»Und Vivian?«

»Wir ziehen zusammen in eine Wohnung«, antwortete Beck. »Sie konnte … sie wollte in kein Studentenwohnheim.«

»Da habt ihr ja beide spannende Dinge vor«, sagte Merit.

»Danke. Und auch noch mal für …« Becks Stimme verlor sich. In solchen Dingen war sie noch nie gut gewesen.

»Ich sollte euch danken«, widersprach Merit. »Es ist das Ende, das ich brauchte. Willst du etwas Verrücktes hören? Ursprünglich bin ich wegen Cassie hierher zurückgekommen, weil ich dachte – lach jetzt nicht –, weil ich dachte, sie würde mich verfolgen, mich heimsuchen.«

Merit hob eine Hand, als sie sah, dass Beck anfing leise vor sich hinzulachen. *Wenn Sie wüssten*, dachte Beck.

»Ich weiß. Verrückt. Aber ich *schwöre*, ich konnte sie in meinen Träumen sehen. Eine junge Frau mit langen dunklen Haaren. Die mich um Hilfe bittet. Aber in der letzten Woche? Da konnte ich in meinen Träumen schließlich auch das Gesicht sehen. Und das Gesicht war ich selbst. Cassie war eine jüngere Version von mir. Das Mädchen, das ich vor der Welt versteckt hab. Ich habe geglaubt, ihr Trauma verbergen und vergessen zu können. Aber so funktionieren Traumata nicht, stimmt's?«

»Nein«, sagte Beck. »Wohl eher nicht.«

»Ich dachte, ich wäre hier, um Cassie zu helfen. Um ihre Geschichte zu erzählen. Doch in Wirklichkeit ging es darum, meine eigene Geschichte zu erzählen. Ich musste über Bell sprechen.«

Sie gingen zusammen hinaus in die Sonne und schauten auf das Sonnenblumenfeld. Cassies Feld, wie Beck es inzwischen empfand.

»Und jetzt?«, fragte Beck Merit.

»Heute Abend werde ich das Interview posten. Ich brauche den zweiten Teil noch gar nicht – er ist ins Krankenhaus gefahren. Hat versucht Cassie Angst einzujagen. Hatte den Sheriff als Rechtfertigung dabei. Das reicht. Fürs Erste.«

»Gut. Machen Sie die Dreckskerle fertig.«

»Pass auf dich auf, Beck. Und pass auch auf Vivian auf.«

»Das mach ich.« Beck wusste, dass sie es schaffen würde. So war sie nun mal. Sie kümmerte sich um Menschen. Auch wenn es nicht für immer und ewig sein konnte.

Nachdem Merit weg war, ging Beck zurück in die Werkstatt und legte Bettys Schlüssel auf die Werkbank. Sie hatten diskutiert, den Bus in die Stadt mitzunehmen, doch er wirkte auf einmal so leer, ohne Cassies Stimme, die durch den Wagen hallte.

Beck hörte, wie draußen ein Auto hielt, und dann ein Hupen.

Auf dem Weg hinaus hing sie das Geschlossen-Schild an die Tür. Beck warf ihre Taschen auf Vivians Rückbank und stieg auf der Beifahrerseite ein. Sie schaute nicht noch mal zur Farm oder zur Scheune oder auch nur zu Betty zurück, als sie losfuhren.

Es war wie die Sterne in bewölkten Nächten. Es war, als ob Cassie ein letztes Mal in die Sonnenblumenfelder trat.

Alles, was sie liebte, war noch da, auch wenn sie es nicht sehen konnte.

VIVIAN

»Wohin fahren wir?«, fragte Beck, als Vivian in die entgegengesetzte Richtung vom Highway abbog.

»Noch ein letzter Halt«, antwortete Vivian und lächelte über Becks Ungeduld, die Stadt zu verlassen – etwas, das sie niemals bei ihr erwartet hätte. Doch es war Becks Idee gewesen, zusammen aus Bell wegzugehen.

Die Klagen konnten Jahre dauern, hatte Beck argumentiert. Und Vivian wolle doch bestimmt nicht jedes Mal vor Ort sein, wenn sich irgendwas tat, was die Stadt in Unruhe versetzte, oder?

Deshalb sagte Vivian Ja und rief im College an. Sie akzeptierte das Angebot, jeweils nur ein Fach zu belegen, solange sie eine Therapie machte, um das Erlebte zu überwinden. Ein kleiner Schritt nach dem andern. Matteo würde in derselben Stadt sein. Sie hätten also ein vertrautes Gesicht, einen Freund in der Masse. Es war eine Chance, wieder anzufangen. Und genau das brauchten sie.

Vivians Hand strich beim Fahren über den Verband auf ihrem Oberschenkel. Sie hatte darauf bestanden, das erste Tattoo in Becks Ausbildung zu bekommen. Sie hatten ein vertrautes Motiv gewählt – Beck lernte ja noch und das Tattoo musste um das Narbengewebe an Vivians Bein herumlaufen. Es war dasselbe Motiv, das Beck im letzten Sommer auf Cassies Bein gemalt hatte – eine Sonnenblume in voller Blüte und darunter Cassies Lieblingsspruch. *Collige Virgo Rosas*.

»Du wolltest doch, dass ich ›YOLO‹ schreibe, richtig?«, hatte Beck sie über das Sirren der Nadel hinweg geneckt.

Vivian bog auf die kleine Straße ab, die zum See führte.

Bevor sie ohne Aufsicht schwimmen durften, hatten sie sich als Kinder immer an dem großen Weidenbaum getroffen, der auf einem Hügel stand, von wo aus man den ganzen See überblickte. Vivians Mom und Cassies Eltern hatten sie morgens dort abgesetzt und erst bei Anbruch der Dunkelheit wieder abgeholt. Sie konnten den ganzen Tag herumstromern. All ihre Sommer waren so gewesen – sie gehörten nur ihnen allein.

Aus der Weide war inzwischen ein Monsterbaum geworden, total verwachsen und um den eigenen Stamm herumwuchernd. Und seine lange Einsamkeit war in der Verhedderung der Zweige spürbar.

Doch der Baum war nicht immer so einsam gewesen.

Sie hatten Stunden in seinem Schatten verbracht, den Sommer warm auf der Haut und die Lippen rau von den sauren grünen Äpfeln, die sie aus den Obstplantagen der Warrens ganz in der Nähe geklaut hatten. Wenn sie lang und still genug dasaßen, konnten sie verfolgen, wie die Sonnenblumen ihren Hals reckten und der Sonne beim langsamen Untergehen folgten.

Damals hatten sich die Zweige der Weide im Wind bewegt wie Seegras in Wasserwellen. Ziehen und loslassen. Vor und zurück, die Enden hatten ihre nackten Beine gekitzelt. Doch inzwischen waren die Zweige auf eine Weise ineinander verheddert, dass es Vivian schwerfiel, Beck mit sich zu ziehen und über die Zweige hinweg- oder zwischen ihnen hindurchzuklettern, um zu dem Stamm in der Mitte zu kommen.

Sie streckte die Hand aus, fuhr mit den Fingern über die

Rinde und suchte nach dem Entscheidenden. Es dauerte eine Weile; was sie suchte, war nahezu unsichtbar nach so vielen Jahren, überdeckt von der Zeit und den vielen anderen Narben des Baums.

»Weißt du noch, wie wir nur einfach hier gesessen und nach Westen geschaut haben, über die Felder hinweg und den See?«

»Ja, ich erinnere mich«, antwortete Beck.

Sie waren geblieben, bis sich die tiefblauen Tage in Rosa auflösten.

Und dann hatten sie gewartet, bis das ganze Universum über ihnen aus dem Dunkel auftauchte, in faustdicken Sternenhaufen, bis sie überwältigt waren von ihrer Zahl. Sie glaubten, das Ganze sei nur für sie da.

Beck fasste in ihren Overall und zog ein Taschenmesser heraus. »Hier, mach du's.«

Nachdem Vivians Finger das eingeritzte Herz gefunden hatten, strich sie über die Buchstaben ihrer Namen im Innern. Sie konnte mit jedem Schlag ihres Herzens Cassies Stimme hören und der Pulsschlag war so heftig in ihren Fingerspitzen, dass es schien, als ob die verwitterte Form in dem Baum selber pulsieren würde. Vivian nahm das Messer von Beck entgegen und dankte ihr leise. Dann senkte sie die Klinge in die Rinde des Weidenbaums und zog sie nach unten. Schneiden ging in der Richtung leichter und sie wollte sich nicht die Finger abtrennen.

Sie mussten zehn oder elf gewesen sein, als sie das Herz und ihre Namen zum ersten Mal in den Baum geritzt hatten, und Vivian erinnerte sich nicht, dass das Schneiden damals so schwierig gewesen war. Andererseits war es natürlich Beck gewesen, die damals das Schneiden übernommen hatte. Vivian hätte sich nicht getraut.

Der Baum war jünger gewesen. Vielleicht war das Holz damals weicher, die Rinde geschmeidiger.

Auch sie waren weicher gewesen.

Vivian beendete das Nachziehen des Herzens und ihrer Namen und versuchte sich an den genauen Tag zu erinnern, an dem sie es eingeritzt hatten, aber alle Tage schmolzen inzwischen in ihrer Erinnerung zusammen. Es musste ein heller, sonnendurchfluteter Tag gewesen sein, einer von tausend, die sie gemeinsam verbracht hatten.

»Okay, wir sollten aufbrechen«, sagte Vivian und gab Beck das Messer zurück. »Wir müssen die Schlüssel für die Wohnung abholen, bevor das Büro schließt.«

Aber Beck schaute zum See. Dann drehte sie sich um und lächelte Vivian an. »Ein letzter Sprung?«

Vivian wusste, dass sich die Blätter an den Bäumen bald färben würden. Die Äpfel in der Obstplantage würden gepflückt werden und die verfaulten am Boden liegen bleiben für die Rehe. Die Sonnenblumen würden geerntet werden oder verwelken. Es würde Herbst werden und der Sommer hielt, wie sich herausstellte, nicht ewig. Aber jede Erinnerung, die Vivian an Cassie und Beck hatte, war von Sonnenschein durchflutet.

Als die drei zusammen gewesen waren, hatte ihr Sommer ewig gehalten.

WE CAN BE HEROES
STAFFEL 2: FOLGE 25
»DIE ÜBERLEBENDE«

[Audio-Clip]

VIVIAN HUGHES: Was die Kongressabgeordnete Roberts vorschlägt, wäre ein echter Wandel in der Art, wie wir auf Gewalt in Beziehungen reagieren. Wir sind erleichtert, dass alles, was Cassie erlebt hat, wenigstens zu einem gewissen Teil anerkannt wurde. Falls das neue Gesetz verabschiedet wird – und bitte ruft eure Abgeordneten an und zeigt ihnen, dass ihr es unterstützt –, kann es anderen Menschen Schutz geben. Cassie hat so viel mehr verdient. Aber wir bewahren ihr Andenken, indem wir für diese Veränderungen kämpfen. Kämpfen, um das nächste Mädchen zu schützen.

MERIT LOGAN: Willkommen, liebe Zuhörerinnen und Zuhörer, bei der Sendung We Can Be Heroes. *Es ist schwer zu glauben, dass wir bald schon die dritte Staffel unseres Podcasts starten. Danke fürs Zuhören. Danke, dass ihr an die Geschichten von Überlebenden glaubt. Ihr habt gerade Vivian Hughes gehört, Cassandra Queens Freundin und Überlebende der Schießerei, die Cassie das Leben kostete. Vivian beteiligt sich auch an der Klage, die gegen die Firma Bell Firearms läuft.*

Letzten Sommer haben wir euch in einer Reihe von Interviews die Geschichte vorgestellt, die in Bell passiert ist. Damals war die ganze Stadt in der Debatte über Waffengesetze, über die tragischen Ereignisse der Schießerei in einer örtlichen Schule und über eine Reihe von Kunstwerken, die in Cassies Namen als Bürgerreaktion auf die Firma Bell Firearms zielten, gefangen.

Am Ende dieser Ereignisse haben wir erlebt, wie der Sheriff von Bell nach einem öffentlichen Aufschrei wegen seines extremen Fehlverhaltens in der Behandlung des Falls Cassie Queen und wegen seiner eindeutigen Parteinahme für den Vater des Misshandlungstäters, Steven Bell, in Ungnade fiel und seinen Posten räumen musste. Kurz darauf ist Mr Bell auch als CEO bei Bell Firearms zurückgetreten.

Wir verfolgen noch zwei Klagen, die mit diesen Ereignissen in Verbindung stehen – eine Zivilklage, von der zu erwarten ist, dass Steven Bell zahlen wird, und eine zweite gegen die Firma selbst. Letzten Dienstag hat der Supreme Court, das oberste Gericht der Vereinigten Staaten, die Klage gegen Bell Firearms angenommen. Das Urteil in dem Prozess könnte die Landschaft in Hinblick auf eine künftige Strafbarkeit von Waffengewalt deutlich verändern.

Und last but not least hat, wie Vivian Hughes eben berichtete, die Kongressabgeordnete Maria Roberts kürzlich ein neues Gesetz angekündigt, das eine radikale Reform der Waffengesetze und einen Schutz für Überlebende häuslicher Gewalt bietet. Dieses neue Gesetz schränkt den Zugang zu Schusswaffen ein und schafft eine nationale Öffentlichkeitskampagne zum Thema Gewalt und Missbrauch in Beziehungen Jugendlicher, um hierfür das Bewusstsein zu schärfen.

Das neue Gesetz soll unter dem Titel Cassandra-Zusatz eingebracht werden.

CASSIE

Ich renne durch
ein Sonnenblumenfeld
(und denke,
vielleicht geht das
immer so weiter).

Die Sonne liegt warm
auf meinen Schultern
und ich möchte so gern
für immer in diesem
Sommer bleiben.

Oder zumindest,
bis meine Freundinnen
mich treffen können.

Vivian ist das Nein
zu Becks Ja
und seit meinem
achten Lebensjahr
halten die zwei mich im Zaum.

In meiner Kindheit
sind sie das Vibrieren der Reifen
auf einer langen Highway-Strecke,
der Soundtrack,

das weiße Rauschen,
das vertraute Summen.

Sie haben etwas Mechanisches
und Beruhigendes
selbst nach Hunderten
Kilometern zusammen,
denn wenn sich die Reifen bewegen,
dann bist du nicht verunglückt,
verloren gegangen oder hast dich
irgendwo festgefahren.

Es bedeutet, du bist
auf dem richtigen Weg.
Und das war ich
mit ihnen immer.

Und ich weiß vielleicht
besser als die meisten,
dass das Leben nicht nur Spaß ist
und nicht nur Sonnenschein,
aber durch Vivian und Beck
weiß ich, dass ein Großteil der Zeit
trotzdem Spaß und Sonnenschein ist.

Meine Erinnerung an sie
ist ein Schieben und Ziehen.
Und immer ist
eine der Honig
zum Stachel der andern.

Sie sind das Gegenstück
zueinander,
so notwendig wie Einatmen, Ausatmen,
sie brauchten nur
die Gedächtnisstütze.

Ich frage mich, ob sie
vielleicht von Anfang an
die ganze Welt
in der Balance gehalten haben,
so wie sie einander
in der Balance hielten, und mich.

Vielleicht hielten sie
immer alles
im Zaum und ritten
auf überbeanspruchten Schultern
in dem simplen Glauben,
dass böse Menschen
Konsequenzen
zu tragen haben.

Und wenn du lachen solltest
bei dem Gedanken, dass drei Mädchen
im Zentrum stehen
von einfach allem,
dann würde ich sagen,
du hast nie Mädchen
gekannt.

Wenn du Becks Witz
und Vivians Anstand nicht kennst.

Ihre wilde, rechtschaffene Wut.
Das ist es nämlich, woraus
Mädchen bestehen.

Ich muss es wissen, weil ich's erlebt hab
und weil ich für kurze Zeit
auch aus diesen Dingen
gemacht war.

Und ich hab auch die Art gesehen,
wie sie Zeit und Raum beugten,
als ob ihre Trauer
eine Schwerkraft besäße,
die sich nicht leugnen ließ.
Und als sie nachgab,
passierte das Seltsamste überhaupt.
Es ließ mich zu ihnen zurückkehren,
eine Zeit lang, vielleicht
nur so lange,
um die Welt daran zu erinnern,
zu was wir Mädchen fähig sind.
Als Cassandra zum Beispiel
die Zukunft sah,
als Ariadne
aus dem Labyrinth floh,
als Circe die Männer verfluchte
und Helena einen Krieg begann,
als Medusa gejagt
und Andromeda geopfert wurde
für ihre Stadt.

Wenn du die Wahrheit
über Mädchen schon kennst
(wenn du das Glück hattest,
sie zu sehen),
dann weißt du auch,
dass es für drei Mädchen möglich ist,
im Zentrum ihrer eigenen
Geschichten zu stehen –
im Zentrum
von allem.

Dann weißt du bereits:
Wir können Heldinnen sein –
We Can Be Heroes.

DANKSAGUNG

Zu dem Podcast in diesem Buch haben mich die »Take Back the Night«-Kundgebungen* animiert, an denen ich zuerst (ehrfürchtig und dankbar) teilnahm und die ich dann später auf meinem College-Campus selbst organisierte. Viele meiner Gefühle aus dieser Erfahrung sind in die Geschichte eingeflossen – Empathie für die Mitüberlebenden, Frustration über die Systeme, die uns immer wieder im Stich ließen … und Wut. Wut, dass wir überhaupt Kundgebungen brauchten, um gehört zu werden. Wut, dass wir uns zusammenschließen mussten, um uns sicher zu fühlen.

Ich habe Hunderte Geschichten von Überlebenden häuslicher Gewalt angehört – als Rechtsbeistand, Ratgeberin, Freundin. Was mir dabei jedes Mal auffiel, war die Resonanz im Raum. Da waren das Trauma selbst, das aus sich heraus wütend machte, und dann die Folgen: dass einem nicht geglaubt wurde. Mit einer Angst zu leben, die nie ausreichend ernst genommen wird.

Dieses Buch ist für alle, die trotzdem ihre Geschichten teilen. Es kann unfassbar beängstigend sein, das zu tun. Doch es macht die Welt mit jedem Mal ein klein wenig

* »Take Back the Night« ist eine Bewegung gegen alle Formen sexueller Gewalt. Sie wurde in den 1970er-Jahren in den USA gegründet und war damals von dem Wunsch getrieben, sich als Frau nachts sicher zu fühlen. Darauf bezieht sich der Name bis heute, auch wenn sich die Bewegung für alle Menschen einsetzt.

sicherer. Jede einzelne Geschichte. *Ihr sollt ~~nicht~~ schweigen* ist nur eine Geschichte. Und sie ist fiktional. Doch der Kern der Geschichte ist das Wahrste, was ich kennengelernt habe: Wir werden die Heldinnen unserer eigenen Geschichten.

Ich weiß, dass Geschichten über Sechzehnjährige immer heikel sind, aber dieses Buch während einer globalen Pandemie zu schreiben, war eine besondere Herausforderung. Jetzt, wo ich mich auf der anderen Seite der Geschichte befinde, bin ich gar nicht überrascht, eine Geschichte über Trauer und Wut geschrieben zu haben und darüber, wie sie uns zu neuen Menschen formen.

Doch ich bin genauso wenig überrascht, dass ich ein Buch über Freundschaft schrieb und wie sie fortdauert. Ich bin so dankbar für das unglaubliche Netzwerk aus Familie und Freunden, die Wege fanden, mich in diesem Jahr zu ermutigen und zu unterstützen – trotz weiter Entfernungen und der Unmöglichkeit, uns persönlich zu sehen. Danke, Jenny Perinovic, die du mich seit nunmehr fast einem Jahrzehnt immer angetrieben hast auf meiner Schreibreise. Deine Freundschaft bedeutet mir so unendlich viel. Ich hatte das Glück, unter den Schreibenden in diesem Jahr so viele neue Freunde und Freundinnen zu finden, die zutiefst freundlich, einfühlsam und freigebig sind. Danke, Dante, Rocky, Liz, Alex und Nora. Was für ein unerwartetes Geschenk in einem so schrecklichen Jahr.

Ein Dank geht auch an meine wunderbare Agentin Suzie Townsend dafür, dass sie die beste Fürsprecherin für meine Bücher (und für mich) ist. Ein Dank auch an alle bei New Leaf Literary – diese Leidenschaft für eure Autorinnen und Autoren gibt es nur einmal. Und ich bin Katherine Tegen dankbar für ihre Hilfe, dass meine Geschichten eine so unglaublich gute Heimat finden. Ein riesiger Dank geht im Besonderen an Jessica Berg, Gwen Morton, Joel Tippie, Amy Ryan, Kristen Eckhardt, Lisa Calcasola und Aubrey Churchward für ihre Arbeit mit meinen *Heroes*; an Samantha Mash für die fantastische Covergestaltung zur Originalausgabe des Buchs und an Tanu Srivastava für die Beantwortung all meiner vielen Fragen und dass du so gnädig mit ihnen warst. Und schließlich ein Danke an meinen Lektor Ben Rosenthal, für dein unglaubliches Verständnis und die Hilfe, mich durch die chaotischen frühen Fassungen dieser Geschichte zu graben, um zu ihrem Kern vorzudringen. Es ist wirklich eine sehr große Ehre, mit dir zu arbeiten.

Ich bin meiner Mom so dankbar, die immer wieder hunderttausend Wege findet mir zu sagen, dass sie an mich glaubt. Die mich erst dazu gebracht hat, Bücher zu lieben, indem sie ständig eines in den Händen hielt. Danke, dass du mir ein Vorbild dafür warst, wie man Bücher liebt und wie man Mutter ist. Ich bin auch meinem Dad sehr dankbar, der immer davon überzeugt war, dass es sich lohnt, Kunst zu machen, einfach um ihrer selbst willen. Danke, dass du mich ermutigt hast, Musik zu lieben und Songtexte, meine ersten, frühen Schreibversuche.

Und zu guter Letzt danke, Jackson, Kayleigh, Katharyn und Andrew, dass ihr meine ersten Leser und meine besten Freunde seid. Ich bin so unglaublich glücklich, euch zu haben. Rowan und Theo, danke für die süßen Zettel, die ihr mir unter der Tür durchgeschoben, in meinen Notizbüchern hinterlassen und an die Wände in unsrem Haus geklebt habt oder auf die Tastatur von meinem Laptop, und dafür, dass ihr die absolut größte Freude in meinem Leben seid.

HILFE- UND ANLAUFSTELLEN

Ihr sollt ~~nicht~~ schweigen handelt vom Schlimmsten, was in einer ungesunden Beziehung geschehen kann. Der Roman handelt von Signalen, die übersehen wurden, und von einem geraubten Leben. Doch es gibt so viele Organisationen, die hervorragende Arbeit leisten, um Menschen zu helfen, ein völlig anderes Ergebnis für ihre Geschichte zu finden. Wenn du mehr über Beziehungsgewalt/Gewalt in intimen Beziehungen erfahren möchtest, über Organisationen, die sich für weniger Waffen(gewalt) einsetzen, und über Gesetze, die sich um diese Themen kümmern, dann findest du im Folgenden eine ganze Liste. Vergiss aber nie, dass Missbrauchstäter deine Nachforschungen im Internet verfolgen können, und geh nur von einem sicheren Rechner an einem sicheren Ort auf die entsprechenden Websites.

Allgemeine Informationen:

Polizei: Notruf 110 oder die zuständige Polizeidienststelle (Damit ist automatisch die Erstattung einer Anzeige und eine polizeiliche Untersuchung verbunden.)
Österreich: 133, Schweiz: 117

Spuren sexueller Gewalt können als Beweismittel durch sogenannte Gewaltambulanzen gesichert werden und werden zwei Jahre aufbewahrt, können also auch bei einer später erfolgenden polizeilichen Anzeige verwendet werden. Solche Gewaltambulanzen gibt es beispielsweise in Berlin, Düsseldorf, Hannover, Hamburg, Heidelberg und München. Telefonnummern finden sich im Internet.

Es gibt eine deutschlandweite Beratung durch die zuständigen Sozialbürgerhäuser und Jugendämter (auch kurzfristige Unterbringung in Jugendschutzstellen).

Die Broschüre zum Thema Vergewaltigung »Nein heißt Nein« der Stadt München enthält u.a. Informationen zum Sexualstrafrecht. Download unter:
www.frauennotruf-muenchen.de/nein-heisst-nein/

Schutz und Hilfe bei sexualisierter/sexueller Gewalt:

Hilfeportal sexueller Missbrauch des Unabhängigen Beauftragten (der Bundesregierung) für Fragen des sexuellen Missbrauchs mit Suchfunktion für lokale Beratungsstellen, Notdienste, Therapeutinnen und Therapeuten
www.beauftragter-missbrauch.de
www.hilfeportal-missbrauch.de

Hilfetelefon sexueller Missbrauch
Tel.: 0800 225 55 30, kostenfrei und anonym
Mo, Mi, Fr 9–14 Uhr, Di, Do 15–20 Uhr
beratung@hilfetelefon-missbrauch.de

Hilfetelefon – Gewalt gegen Frauen
Tel.: 0800 0 11 60 16 (kostenfrei, anonym, rund um die Uhr, deutschlandweit),
auch per Chat und Mail
www.hilfetelefon.de/das-hilfetelefon/beratung.html

pro familia
deutschlandweit, allgemeine Beratung zu Fragen (selbstbestimmter) Sexualität, 180 Beratungsstellen und Onlineberatung
www.profamilia.de

Weißer Ring
allgemeiner Hilfeverein für Kriminalitätsopfer mit 400 Außenstellen, Telefon- und Mailberatung
Tel.: 11 60 06 (anonym, deutschlandweit, 7–22 Uhr)
www.weisser-ring.de/hilfe-fuer-opfer/onlineberatung

Allgemeine Notfall- und Hilfetelefone:

TelefonSeelsorge
allgemeine Beratung, anonym und kostenfrei, rund um die Uhr, 365 Tage im Jahr, auch per Chat und Mail
Tel.: 0800 1 11 01 11 oder 0800 1 11 02 22
www.telefonseelsorge.de
in Österreich: 142; www.telefonseelsorge.at
in der Schweiz: 143; www.143.ch; Die Dargebotene Hand

Nummer gegen Kummer/Kinder- und Jugendtelefon des Deutschen Kinderschutzbundes
Tel.: 11 61 11 (deutschlandweit, anonym, kostenfrei, Mo–Sa 14–20 Uhr)
Anmeldung zur Online-Beratung (Chat und Mail) unter:
www.nummergegenkummer.de

Muslimisches SeelsorgeTelefon
Tel.: 0304 43 50 98 21 (24 Stunden täglich, dienstags auch auf Türkisch)

Nightlines in Europe
Ein Zuhör- und Informationstelefon von Studierenden für Studierende, Erreichbarkeit abends
www.nightlines.eu (Liste der Nightlines in deutschsprachigen Universitätsstädten)

Beratungsstellen in Österreich:

Allgemeine Informationen des Bundeskanzleramts (mit Suchfunktion für Beratungsstellen) unter
www.gewaltinfo.at

Frauenhelpline gegen Gewalt
Tel.: 0800 22 25 55
www.frauenhelpline.at

TAMAR – Beratungsstelle für misshandelte und sexuell missbrauchte Frauen, Mädchen und Kinder, Wien
Tel.: 0133 4 04 37
www.tamar.at

Beratungsstellen in der Schweiz:

Opferhilfe Schweiz der kantonalen Sozialdirektorinnen und Sozialdirektoren, mit Suchfunktion für Beratungsstellen
www.opferhilfe-schweiz.ch

Frauenberatung sexuelle Gewalt
Tel.: 0442 914646
www.frauenberatung.ch

CASTAGNA – Beratungs- und Informationsstelle für sexuell ausgebeutete Kinder, Jugendliche und in der Kindheit und Jugend ausgebeutete Frauen und Männer, Zürich
Tel.: 0443 609040
mail@castagna-zh.ch, www.castagna-zh.ch